Divorciada Debutante

Da Autora:

Bergdorf Blondes

Divorciada Debutante

Divorciada Debutante

Plum Sykes

Tradução
DÉBORA LANDSBERG

BERTRAND BRASIL

Copyright © 2006, Plum Sykes
Título original: *The Debutante Divorcée*

Capa: Silvana Mattievich
Ilustração de capa: Gavin Reece

Editoração: DFL

2009
Impresso no Brasil
Printed in Brazil

CIP-Brasil. Catalogação na fonte
Sindicato Nacional dos Editores de Livros – RJ

S639d	Sykes, Plum
	Divorciada debutante/Plum Sykes; tradução Débora Landsberg. — Rio de Janeiro: Bertrand Brasil, 2009. 266p.
	Tradução de: The debutante divorcée ISBN 978-85-286-1385-8
	1. Ingleses - Estados Unidos - Ficção. 2. Mulheres divorciadas - Ficção. 3. Romance inglês. I. Landsberg, Débora. II. Título.
09-1392	CDD – 823 CDU – 821.111-3

Todos os direitos reservados pela:
EDITORA BERTRAND BRASIL LTDA.
Rua Argentina, 171 — 1º andar — São Cristóvão
20921-380 — Rio de Janeiro — RJ
Tel.: (0xx21) 2585-2070 — Fax: (0xx21) 2585-2087

Não é permitida a reprodução total ou parcial desta obra, por quaisquer meios, sem a prévia autorização por escrito da Editora.

Atendemos pelo Reembolso Postal.

Para Toby

1

Edição dos Maridos Perdidos

As garotas casadas de Nova York, hoje em dia, fazem quase tanto esforço para se livrarem dos maridos quanto um dia fizeram para agarrá-los. Não é raro eles serem descartados por aí assim que a lua-de-mel começa. Esse é um risco que se corre especialmente em lugares como Capri e Harbour Island, onde o glamour das gangues que vão à praia de manhã cedinho rivaliza com o da primeira fila de um desfile de alta-costura de Valentino. Alguns maridos, como Jamie Bellangere, são esquecidos já no aeroporto de Barbados, um terminal aéreo tão badalado que chegam a considerá-lo perigoso para o trânsito dos recém-casados até mesmo um ano depois do matrimônio. Como a ex-sra. Jamie Bellangere, de 26 anos e meio, sempre diz em sua defesa, *é óbvio* que ela *esqueceu* de pegar Jamie com o carro que o hotel ofereceu como cortesia! O *concierge* de Sandy Lane havia acabado de telefonar para ela a fim de passar o recado dos Douglas Blunkett, dizendo que eles a esperavam às oito para jantar na "banheira"!: ("banheira" é o apelido que os Blunkett deram para seu iate de 150 pés, *Vidas Particulares*). Porém, aquela letal pistinha de decolagem de Mustique é ainda mais célebre do que Barbados: os votos matrimoniais tendem a simplesmente escapulir da mente de uma recém-casada bem ali, na esteira de bagagem feita de bambu. Em geral, isso acontece porque Mick Jagger acabou de convidá-la para um jantar, o que tende a ocorrer no exato segundo em que o avião de uma recém-casada toca o solo.

A demografia social de Careyes, no México, faz com que não haja lugar mais adequado aos prazeres exóticos da Lua-de-Mel Pós-Divórcio. Férias sexualmente escandalosas são o recém-descoberto privilégio, não obstante inalienável, das Divorciadas Debutantes — as garotas jovens, *ins* e recém-separadas de Nova York. Elas devem ser curtidas num local com um ambiente pra cima, paisagens espetaculares, instalações refinadas para acupuntura e ginástica, além de assuntos mais leves que um suflê. Os papos mais populares vão de "Até onde você nadou hoje?" ou "Você conseguiu chegar à ilha?" a "Posso usar jeans branco no jantar?" ou "Você foi convidada para a festa de Réveillon dos Goldsmith?". Há tantas festas toda noite que é literalmente impossível ficar em casa, a não ser que você seja a anfitriã, obviamente. Portanto, todo mundo está permanentemente bêbado, já que a única coisa que se bebe o dia inteiro é michelada — uma mistura de cerveja, limonada e tequila que incita amassos *calientes*. Para ser direta, Careyes é o local ideal para uma linda divorciada, pois ela pode transar com o gestor de um hedge fund diferente por noite, se quiser.

Conheci Lauren Blount na praia, no Dia do Trabalho*. Você sabe como são as coisas em Careyes. Em exatos cinco minutos, as garotas tornam-se melhores amigas porque ambas estão usando um biquíni Pucci. Lauren estava há uma semana em Lua-de-Mel Pós-Divórcio, e me contou tudo em um minuto. Isso, porém, não significava que eu de fato soubesse algo a seu respeito.

---

* Nos Estados Unidos, comemorado na primeira segunda-feira de setembro. (N.T.)

— O dia do meu divórcio foi meio que glamouroso, na verdade — disse Lauren, por debaixo do chapéu preto de abas largas que havia encontrado em sua sacola de lona Hermès. — Gostou do chapéu? O Yves Saint Laurent deu à minha mãe em 1972.

— É charmosérrimo! — Elogiei.

O visual praiano de Lauren era mega chique. Seu corpo ágil e miúdo tinha um delicioso tom cacau que elevava à perfeição a estampa chocolate e turquesa de seu biquininho. As unhas do pé estavam pintadas de um rosa muito discreto, e as mechas castanhas, brilhantes como grãos de café premium, caíam em ondas soltas em volta dos ombros e lambiam a areia quando ela se mexia. Seis longas fileiras de pequeninas pérolas pendiam graciosamente de seu delicado pescoço e, em volta do antebraço, próximo ao cotovelo, três braceletes de ouro que ela comprara na feirinha ao ar livre de Marrakech compunham o visual.

— Mamãe me mataria se soubesse que estou usando as pérolas dela na praia — comentou Lauren, percebendo que eu as observava. — A água salgada acaba com elas. Mas é que me senti tão *Suave é a noite** quando acordei hoje que tive que usá-las. Eu adoro o bom gosto da Riviera dos anos 20, e você?

— Amo de paixão — concordei.

— Meu Deus, que calor. Tem gente demais aqui — suspirou Lauren, passando os olhos ao longo da Playa Rosa. Deviam ter umas três pessoas na praia. — Por que não vamos pra minha casa?

— Adoraria — aceitei, levantando da minha espreguiçadeira.

— Podemos fazer um brunch e ficar conversando a tarde inteira. A casa tem uma sala de estar rebaixada que é divina — disse ela, juntando sua tralha e calçando o par de sandálias de tiras de couro dourado.

---

* Escrito em 1934 por F.S. Fitzgerald, o romance se passa na Riviera Francesa dos anos 1920, época de valorização exacerbada dos prazeres materiais. (N.E.)

É senso comum em Careyes que, sem uma sala de estar rebaixada, uma pessoa *morreria* socialmente. Nenhuma alma caridosa faria uma visita caso você não tivesse uma. Caso tenha, ela deve simultaneamente oferecer sombra, com um toldo impecável coberto de palha, e ser aberta para a brisa oceânica, mesmo que isso signifique que as antiguidades mouras serão corroídas pela maresia numa velocidade alarmante.

A Casa Papa, como Lauren apelidou a casa de seu pai, é um castelo mexicano caiado e iluminado pelo sol, com uma piscina azul-celeste que o circunda como um fosso. Ao chegarmos, Lauren me guiou pela construção até entrarmos na sala de estar rebaixada. Neste exato segundo, uma empregada impecavelmente vestida com um uniforme listrado azul e branco — ela pareceria mais à vontade no Upper East Side — surgiu com um robe de chiffon turquesa na mão, que Lauren logo jogou por cima do biquíni. Instantes depois, uma outra empregada apareceu, trazendo uma bandeja cheia de quesadilhas e guacamole feitos na hora, pratos de vidro e guardanapos de linho rosa-choque.

— Hmmmm! Obrigada, María — disse Lauren. — *Puede hacer nos el favor de traer dos limonadas heladas?*

— *Si, señorita* — assentiu María.

María se moveu vigorosamente, arrumando uma mesinha laqueada. Depois desapareceu dentro da casa para buscar a limonada.

— Meu Deus, isso é demais — eu disse, jogando minha bolsa de praia no chão e desmoronando no sofá fundo, enquanto Lauren se enroscava numa poltrona de vime. No centro da sala, o enorme tronco vermelho de um cactus *candelabro* antigo e retorcido crescera até o teto. De onde estávamos sentadas, conseguíamos distinguir apenas uma silhueta minúscula tomando sol no terraço da casa em frente.

— Aquela é minha prima, Tinsley Bellangere — disse Lauren, olhando de soslaio. — *Não acredito* que ela está deitada ali desse jeito. É um perigo nesse calor! E depois que toda a família dela morreu de câncer de pele! Ela tirou todas as sardas com laser. A Tinsley também está em Lua-de-Mel Pós-Divórcio, o que é bom pra mim. Eu a chamo de Miss Minicasamento. Ela ficou menos de três dias casada com Jamie. Chega a ser uma façanha, não é? Bom, você ainda quer que eu te conte como foi o dia do meu divórcio?

— É claro — respondi. Quem conseguiria resistir? Não há nada como ouvir a respeito da vida amorosa de outra garota para fazer três horas passarem como três segundos.

— Eu consegui fazer com que a papelada toda fosse assinada. Acho que isso foi há umas três semanas. A maior complicação do divórcio foi o cachorro, o Boo Boo. Levou meses. Fiquei com ele. Bom, naquela noite decidi comemorar com Milton Holmes; ele é o decorador da família e, de certa forma, é meu melhor amigo. Milton estava obcecado com a ideia de entrar na sala privativa do Harry's Downtown, embora fosse tipo 12 de agosto e eu soubesse que não haveria vivalma lá. Eu estava vestida com um Lanvin preto desfiado dos pés à cabeça e com a presilha de marfim da minha bisavó no cabelo. Estava me sentindo maravilhosa, mas agora, pensando bem, parece que eu estava vestida para ir a um funeral. Ah, muito obrigada — agradeceu Lauren quando María voltou com uma jarra de limonada gelada e duas taças. — Desculpa. Meu Deus, eu vou ter que fumar um cigarro.

Lauren revirou a sacola e tirou uma caixinha verde de crocodilo, do tamanho de um estojo para guardar batom. A caixa, com detalhes em prata, continha dois "platinums", como ela os chamava: dois Marlboros Ultra Light. Ela acendeu um e o deixou intacto no canto do cinzeiro.

— Então lá tava eu, com meu visual divorciada, e o Milton estava tipo "Nós *temos* que ir lá pra cima, *todo mundo* está lá em cima", quando na verdade não tinha sequer uma alma lá, exceto Beyoncé ou Lindsay Lohan, ou alguma outra estrela do minuto de quem todo mundo está tão cansado de ouvir falar que nem dá pra levar em consideração. Bom, na verdade, eu voltei a amar a Lindsay Lohan. Na maior parte do tempo eu quero ser a Lindsay Lohan, e você?

Lauren fez uma pausa e aguardou minha resposta. Era óbvio que tratava-se de uma pergunta séria.

— Mas não seria exaustivo ser a Lindsay Lohan *todo santo dia*? — indaguei. Todas aquelas trocas de óculos escuros devem ser um verdadeiro castigo.

— Eu adoraria ser paparicada. Bom, acabei me desviando do assunto. Milton e eu subimos e pedi uma tequila de morango atrás da outra e... — Lauren hesitou e olhou ao seu redor, como se estivesse se certificando de que ninguém mais a escutava. Depois sussurrou: — E quando me dei conta, um total desconhecido havia me mandado uma taça de um champanhe de ótima safra, vintage.

— Quem era o cara? — perguntei.

— Bem. Era... Você não vai nem acreditar. Era Sanford Berman.

— Não... — falei, ofegante.

— Sério. E estava comemorando o fato de que a terceira empresa dele estava lançando ações na Bolsa ou alguma coisa doida desse tipo, mas eu não fazia ideia de quem era ele, pois parei de ler jornal recentemente pra não ter que ler sobre o meu divórcio. O Milton ficou enlouquecido, Sanford é o herói dele. Milton disse: "Todo mundo acha que Rupert Murdoch é mega, mas Sanford é tão mega que *ele* manda no Murdoch".

O celular de Lauren começou a tocar. Ela pegou o telefone e o desligou.

— É ele. É *sempre* ele — explicou Lauren, com ar mega blasé.

— Você devia ter atendido. Não me importo — eu disse.

— Na verdade, preciso tirar umas férias dele, por enquanto. O negócio é o seguinte: ele está ficando obcecado por mim. Sanford tem 71 anos e meio. Não posso namorar uma antiguidade. Claro, eu gosto de antiguidades, mas não para namorar. Então, onde eu estava? — perguntou Lauren.

— O drinque do Sanford chegou — lembrei a ela.

— Bom, eu tomei a taça de champanhe e aí o próprio Sanford foi até minha mesa e começou a conversar comigo. Ele era tão charmoso — daquele jeito que as coisas antigas são. Achou bastante "moderno" o fato de eu estar festejando daquele jeito o meu divórcio. Então eu disse: "Ok, vamos pra outra rodada de drinques". Na verdade, não me lembro muito bem daquela noite — ela confessou, com uma expressão recatada. — Só lembro que, no final das contas, o Sanford é casado, mas ele perguntou se poderia me levar em casa. Então... aceitei a carona. No caminho, ele me perguntou o que eu fazia, então disse a ele que, de vez em quando, eu compro e vendo joias usadas, peças únicas, e ele disse que queria comprar algumas pra esposa. Achei uma gracinha.

Sanford ligou para Lauren às oito da manhã do dia seguinte, pedindo para ver as joias. Ele apareceu na casa dela às dez e meia da noite. Ficaram conversando até meia-noite e, finalmente, Lauren perguntou a Sanford se ele queria olhar as joias.

— Ele me disse: "Na realidade, não. Eu simplesmente te acho divertida". Dá pra *acreditar*? — contou Lauren, com os olhos arregalados de forma cartunesca, no intuito de exagerar a questão. — Meu Deus, eu realmente tenho que *fumar* um cigarro nessa altura da história — acrescentou, acendendo outro cigarro. — Daí, ele começou a mandar o motorista à minha casa todo santo dia de manhã com o *Wall Street Journal*, um cappuccino e um croissant quente da Patisserie Claude, e foi então que vi que ser uma recém-divorciada é bem melhor do que ser uma recém-casada. Meu Deus, minha Lua-de-Mel Pós-Divórcio é *o que há*. — Ela suspirou com satisfação, enquanto se bronzeava. — *Amo* estar divorciada.

Seria impossível *não* amar ser divorciada caso você fosse Lauren Blount, dos Hamill Blount de Chicago, que praticamente inventaram Chicago, dependendo do ponto de vista. (Há a família Marshall Field e a Hamill Blount, e ambas jamais se sentarão à mesma mesa de jantar no Chicago Racquet Club, se é que você me entende). Segundo os boatos, os Hamill Blount possuem mais obras de arte do que os Guggenheim, mais imóveis que os McDonald, e o cofre de joias da mãe de Lauren seria a razão para as esmeraldas da Colômbia estarem acabando.

Faz só três semanas que Lauren divorciou-se, mas desde então ela não para em casa. Divertiu-se usando o vestido Chanel alta-costura, cheio de bordados brancos Lesage — o mesmo que havia trajado no jantar de ensaio para seu casamento —, e uma de suas três alianças de noivado.

Lauren foi imediatamente indicada à lista das Mais Bem Vestidas, porém, desdenhou o fato como uma piadinha boba. Ah, mas houve mesmo um consenso entre o círculo do Pastis de que Lauren realmente merecia a honra. (Em geral, uma mistura repugnante de admiração e inveja torna as garotas que frequentam o bistrô fisicamente incapazes de admitir que alguém mereça estar na lista das Mais Bem Vestidas, em especial se estudaram na mesma turma na Spence.)

Lauren transpirava elegância de menina rica. Não era muito alta, mas por ser tão deleitosamente proporcional, com pulsos e braços miúdos e belos, ela podia ser bem-sucedida em praticamente qualquer coisa. Suas pernas perfeitas, que causaram tanta inveja entre seu grupo, "refletem os *duros* anos de aulas particulares de ballet", como ela sempre fala. Tinha a aparência de uma versão arrumada e que acabara de sair do banho de sua ídola — a jovem Jane Birkin: longas mechas castanhas, franja roçando os olhos e bronzeado permanente (o que é fácil quando sua família tem uma casa em cada *resort*, de Antígua até Aspen). Quando vestida de forma casual, exalava um glamour natural com pouca ostentação e muita classe. Seu uniforme diurno consistia de calças skinny longas Marni, blusinhas bordadas YSL e jaquetas de couro minúsculas e encolhidas Rick Owens. Caso vestisse roupas de coleções passadas, tinha que ser Ossie Clarke ou Dior, e ela viajava para Londres especialmente para fazer um estoque das melhores peças que havia no Dover Street Market.

Vestir-se bem, entretanto, era a verdadeira obsessão de Lauren. Se você aparecesse, como quem não quer nada, no meio da tarde, era tão provável que ela estivesse envolta num vestido curto de organza cereja Christian Lacroix quanto num collant usado para fazer Pilates (uma reminiscência dos tempos de bailarina). Sua coleção de vestidos de baile — Balmain alta-costura, McQueen alta-costura, Givenchy alta-costura original — causava certa inveja na sociedade de Nova York e era armazenada em um closet climatizado do tamanho de um conjugado. Os vestidos eram "presenteados" à Lauren semanalmente por estilistas do naipe de

Oscar de la Renta a Peter Som, mas ela sempre os devolvia, por mais lindos que fossem. Achava cafona não pagar pelas roupas e dizia: "Eu as doo para a caridade. Não fico com elas". Sua maior fraqueza, porém, eram as joias verdadeiras, em especial quanto mais inadequadas fossem — nada divertia mais a Lauren do que usar um rubi indiano, de valor inestimável, na cama.

— Talvez eu devesse convidar a Tinsley para vir pra cá, assim ela pode ficar na sombra. Ela é louca de ficar se bronzeando desse jeito — disse Lauren um pouco mais tarde. — Deve ser o divórcio. Tinsley acha que está se divertindo, mas a cada segundo que passa fica mais desmiolada. Ela agora troca de biquíni sete vezes por dia, isso com certeza é sinal de instabilidade mental. Eu amo a Tinsley, e quero que ela fique bem, não que acabe na quimio.

Lauren abriu com um clique o pequeno celular prateado e ligou para Tinsley, que disse que estaria lá em dez minutos. A silhueta de biquíni acenou do terraço e desapareceu do nosso campo de visão.

— Eles sempre frequentam este lugar no Dia do Trabalho. Você vai gostar dela — comentou Lauren. — Bom, o que você está fazendo aqui em Careyes?

— Estou em... lua-de-mel — respondi, incerta.

— Lua-de-mel *de verdade*? — indagou Lauren.

— Sim — respondi, relutante.

— Sozinha?

— Mais ou menos — murmurei, baixando os olhos. (Sempre percebo que o chão é um ótimo lugar para olhar ao admitir que você perdeu o marido uns três segundos depois do casamento).

— Parece muito com minha Lua-de-Mel Pós-Divórcio. Estar com o marido ou não é irrelevante.

Lauren deu risadinhas e capturou meu olhar. Quando viu meu rosto, parou abruptamente.

— Poxa! Desculpa! Você ficou chateada?

— Não, estou bem — insisti. Esperando que ela não visse, enxuguei uma lágrima errante do meu nariz com as costas da mão.

— O que houve? — perguntou Lauren, simpática.

— Bem... huh — suspirei.

Talvez eu deva contar a Lauren toda a história horrenda. Ela era quase uma desconhecida total, mas também há tantas pessoas que pagam uma fortuna para contar seus pensamentos mais íntimos a um estranho, toda semana, na terapia.

Eu estava mega envergonhada, percebi, ao contar a Lauren minha triste história. O fato era que minha "lua-de-mel" parecia tão romântica quanto uma cela solitária naquele momento. Meu novo marido, Hunter, havia sido forçado a partir no segundo dia de nossas férias para fechar um negócio. Bom, nunca fui uma dessas mulheres que sonham com a festa de casamento a vida inteira, mas eu *sonhava* com a minha lua-de-mel: era para ser as duas semanas mais gostosas e sexies da minha vida, uma versão férias no paraíso. Quando Hunter explicou que tinha que ir embora, numa correria terrível, comportei-me de modo bastante adulto, imaginei, e lhe disse que compreendia. Mas estava desolada por dentro. Hunter prometeu me dar outra lua-de-mel, mas férias substitutas não me atraíam. Como eu poderia ter aquela sensação de arrebatamento dos recém-casados seis meses depois do casamento? Por definição, só se pode ter a sensação de recém-casada por cerca de um minuto. Luas-de-mel são oportunidades maravilhosas, sendo a felicidade tão passageira como é.

Faz três dias que Hunter se foi e, após me sentir estoica por cerca de três horas, rapidamente passei a me sentir totalmente trágica. O problema de estar sozinha na sua própria lua-de-mel é o excesso de tempo para chafurdar. Ler revistas ordinárias cheias de celebridades se separando não ajuda em nada.

Minha autocomiseração era ainda exacerbada pelo fato de a empregada de nossa casa de veraneio levar bandejas típicas de um café-da-manhã romântico para dois todos os dias, cobertas de flores e corações com votos de boa sorte em espanhol. Não consegui contar a ela que Hunter havia partido e talvez nem fosse voltar. Estava tão envergonhada com a coisa toda que sequer tinha telefonado para alguma amiga para me condoer. O que as pessoas iriam pensar? Hunter e eu nos conhecíamos há apenas seis meses, e nos casamos num impulso repentino, no Havaí. Eu já podia até imaginar as fofocas: *ela não fazia ideia de onde estava se metendo; ela mal o conhecia; parece que ele já tinha abandonado uma namorada nas férias...* Minha mente estava sendo torturada por pensamentos horripilantes — e pela decepção. Ah! Decepção! É a pior das aflições. É tão sombria e não há nada que se possa fazer para melhorá-la; simplesmente esperar passar... com os anos, eu disse à Lauren, melancólica, talvez com as décadas...

— Para de exagerar. Não é tão terrível assim! — exclamou Lauren. — Pelo menos você tem marido. Esse é um exercício de perda de ego e você está se fazendo de coitadinha.

Perda de ego? Que tal perda de marido?

— Você é a primeira pessoa pra quem eu conto — admiti, enquanto as lágrimas de repente transbordavam de meus olhos. — É um começo de casamento tão desagradável. Estou pê da vida e com tanta raiva do Hunter. Eu sei que ele tem que ganhar dinheiro, e tem que trabalhar, mas... Ai, Deus.

— Aqui — disse Lauren, remexendo a sacola. Ela me deu um lenço branco de seda enfeitado com rendas, com suas iniciais bordadas.

— Obrigada — agradeci, pegando-o. Era um crime enxugar o nariz numa peça tão bela, mas fui em frente. — Que lindo.

— É da Leron. Exclusivo. Eles vão de avião até Chicago para visitar a minha mãe. É só com hora marcada. Você devia ver os artigos de linho. Que tal pedir alguns pra você da próxima vez? Isso te animaria?

— Acho que sim — respondi. Que gesto meigo o de Lauren, pensei. Já que estava destinada a passar meu casamento aos prantos, suponho que seria muito mais agradável enxugá-las com bordados brancos do que com papel higiênico Charmin.

— Pense assim: a maioria dos casamentos começa com uma lua-de-mel incrível e a partir daí é só ladeira abaixo. Pelo menos desse jeito o único lugar pra onde você pode ir é ladeira acima. Quer dizer, pior que isso não fica, não é?

De leve, sequei meus olhos com o lenço de Lauren. Em meio a lágrimas, de alguma forma, eu consegui rir.

— Não fique obcecada com isso, senão você vai arruinar as coisas de verdade. Lua-de-mel é uma coisa mega supervalorizada. Há tanta pressão em cima disso, que nem nos aniversários. Pressupõe-se que você tenha que acordar cheia de tesão todo dia e se sentir loucamente apaixonada e nas nuvens a cada minuto da viagem, e adivinha? Você fica com cólica menstrual naquele dia, ou você foi comida viva por mosquitos, e a *última* coisa que você tem vontade de fazer é trepar com o outro sem parar, como seria de se esperar.

— Ei, Lauren — surgiu uma voz de menina atrás de nós.

Tinsley Bellangere, ex-mulher do esquecido Jamie, apareceu na arcada que dá para a sala rebaixada. Ela era tão linda que chegava a ser ultrajante, como uma garota criada em fazenda e alimentada à base de leite integral, só que com classe. Tinha 28 anos, cabelos louros e lisos até o cotovelo, algumas sardas pós-laser perfeitamente localizadas e olhos azul-celestes. Sua pele exibia um bronzeado uniforme, e estava usando um vestido curto de cetim amarelo que lhe caía bem e cuja saia tinha uma fenda que, com a brisa, se ondulava deslumbrantemente em volta de suas pernas. Ela não estava vestida para ir à praia; estava vestida para ir a uma festa beneficente.

Lauren nos apresentou e então disse:

— Sylvie acabou de se casar. — Deu tapinhas na cadeira a seu lado. — Você está sempre tão bonita, Tinsley.

— Você se vê mais bonita que eu — comentou Tinsley enquanto caía pesadamente, toda cheia de pernas e cetim e cabelos. Depois olhou para mim e disse: — Quer ouvir qual é o meu segredo para um casamento feliz? Concorde em tudo com seu marido. E aí faça o que bem entender. Deu muito certo para Jamie e eu. Nossa separação foi *mega* amigável.

Em seguida, Tinsley levantou-se e abriu caminho até a bandeja de bebidas no canto.

— Vou tomar um shot de tequila pura. Mais alguém?

— Adoraria — respondi. Talvez ficar bêbada no meio da tarde melhore minha não-lua-de-mel.

— Todo mundo acha que sou maluca quando bebo isso no *tea room* do Carlyle ao meio-dia — contou Tinsley, entregando um para Lauren e um para mim. Depois ela jogou a juba loura para trás e mandou ver.

— Vamos nadar — sugeriu Lauren. — Tô fritando.

— Não posso. Estou cansada demais — replicou Tinsley, piscando os olhos. Ela se estirou em um enorme colchão branco que havia no chão, cheio de almofadas gigantes. — Vou ficar aqui deitada e olhar vocês se acabando enquanto tomo um sorvete de cacto ou algo do tipo.

— Eu vou — eu disse, seguindo Lauren até a água.

Talvez nadar um pouco possa ajudar a dissipar minha amarga decepção, pensei, enquanto pulava na piscina. A água estava quente como sangue, aquele tipo de temperatura de piscina de hotel que as mulheres adoram e os homens abominam.

— Vinte voltas em torno da casa! — mandou Lauren, pulando na água.

— Vinte?!? — gritei atrás dela, surpresa.

— Isso mesmo. Você *tem que ter* metas na vida. Pessoalmente, sou uma pessoa muito voltada para metas — disse Lauren, entre uma e outra braçada.

Eu a alcancei e nós nadamos vagarosamente, lado a lado. Lauren mal tomava fôlego enquanto batia os braços e mesmo assim continuava a conversar.

— Quer dizer, mesmo depois do meu divórcio e tudo isso, que, aliás, está disponível no Google em detalhes minuciosos para o mundo inteiro acessar, eu dizia, como eu sou eu e é preciso ter metas, tive que me impor uma meta pós-divórcio. Sabe, um objetivo sério na vida. Algo pra almejar.

Enquanto nadávamos pelo fosso, eu espiava os quartos de hóspedes cujas portas se abriam para o lado da água. Eram caiados, e filós contra mosquitos pendiam sobre as camas imaculadamente arrumadas. Alguns dos quartos tinham flores amarelas subindo em torno das janelas, ou ícones mexicanos antigos nas paredes. Comecei a me sentir mais alegre... quem não se sentiria?

— Então, Lauren — prossegui, me recuperando. — Qual é a sua meta?

— Sair com gatos como se eu estivesse na faculdade de novo. Nada de namoros, nada de me apaixonar. Só quero me divertir e não pensar no que vai acontecer depois.

Sua resposta tinha um certo ar de certeza inabalável. Lauren parou de dar braçadas e se virou para ficar frente a frente comigo. De pé na piscina, ela parecia tanto entretida como determinada, quando disse:

— Então, minha meta *específica*, e sou muito clara quanto a isso, pois ela é insanamente revolucionária, é que tenho que ficar com cinco entre o Dia do Trabalho e o Memorial Day*. Cinco ficantes ultra-variados, de qualidade top e totalmente livres. E vou celebrar cada um deles de maneira adequada. Com uma joia. Ou uma obra de arte, ou um casaco de peles. Aliás, já reservei uma pele de zibelina Revillon divina, direto de Paris. Um beijo e ele é meu.

Em seguida, Lauren mergulhou na água. Quando voltou à tona, as gotas no rosto cintilando sob o sol, eu perguntei:

— Meu Deus, você acha que vai descolar *cinco* ficantes?

O fato é que Lauren era linda e sexy, mas tinha 31 anos — uma antiguidade para os padrões de Nova York. Depois dos 33 ou 34, o macho de Manhattan abandona seus pares completamente, em busca de garotas entre 20 e 25 anos, no máximo dos máximos. Os mais deploráveis desencantam totalmente das garotas nova-iorquinas e ficam somente com modelos de 19 anos de South Beach. Bem, o que eu queria dizer é que, literalmente, ninguém acima dos 30 anos estava conse-

---

* Última segunda-feira de maio. Feriado em homenagem aos combatentes mortos em guerras. (N.T.)

guindo ficar com um homem sequer no decorrer de seis meses, imagine cinco homens.

— Estou me impondo um objetivo realista. Mas já ouvi — disse Lauren, deslizando os dedos meio sem rumo, fazendo um círculo na água — de outras recém-divorciadas, algumas delas amigas minhas, que talvez nem seja otimismo demais esperar *mais* que cinco. Ah! Espera! Minha outra grande ambição é instalar meu próprio equipamento de som surround. O Louis é que fazia essas coisas. Tenho certeza absoluta de que consigo fazer isso sozinha, não importa quanto tempo vou levar. E então, qual é a sua meta?

Isso era uma coisa que eu sabia muito bem.

— Quero ser como o casal Eternity — gargalhei.

Secretamente, sempre tive esperanças de que o matrimônio fosse como a propaganda do perfume Eternity: uma você maravilhosa, um ele gostoso e hordas de suéteres de cashmere creme. Se possível, todo o meu casamento se passaria numa praia em East Hampton, de preferência em lisonjeiros tons de preto e branco.

— Se pelo menos eu tivesse objetivos tão *nobres* assim, talvez meu casamento tivesse durado — disse Lauren. Ela gargalhou de maneira estrepitosa. — Eu desisti do sonho do Eternity aos oito anos. Você é uma fofa. Mas tenho uma dica pra te dar.

— Uma dica? — indaguei.

— Seu objetivo devia ser: manter seu marido longe das Caçadoras de Maridos.

Franzi o cenho, confusa.

— Você sabe — explicou Lauren. — Aquelas garotas más que correm atrás *só* de maridos. Você só se dá conta de que elas existem quando se casa.

— Para com isso — dei risadas.

— Fique atenta!

Completamos a volta toda, e estávamos novamente em frente à sala de estar rebaixada. Tinsley fez sinal para que entrássemos.

— Mojitos nos esperam! — berrou ela.

— Bom, foi só a primeira volta, mas vamos lá ficar com a Tinsley, senão ela vai ter um ataque de pelancas — disse Lauren, subindo os degraus baixos até a sala. Ela pegou uma toalha numa pilha organizada sobre uma mesa de vime e me entregou outra.

— Meu Deus, essa nadada foi uma delícia — comentei, secando-me. Peguei um dos mojitos e tomei um golinho. Foi revigorante.

— A piscina não é maravilhosa? — perguntou Lauren.

Ela se enrolou na toalha e se deitou no sofá diante de Tinsley, eu me sentei numa cadeira de balanço pintada de um azul quente, latino. Percebi que no encosto da cadeira havia uma belíssima peça de madrepérola incrustada.

— O que você faz, Tinsley? — indaguei. Tinsley parecia ser uma figuraça, eu queria conhecê-la.

— Nada — respondeu, de forma brilhante.

— Você não tem vontade de trabalhar? — inquiri.

Frente a essa questão, Tinsley sacudiu-se, gargalhando. E então ela falou, muito séria:

— Não posso trabalhar, pois não posso me vestir para o dia. Só para a noite. Então, obviamente, vida de escritório não é pra mim. Só posso me vestir para fazer ginástica ou para ir a uma festa.

Ela se levantou e rodopiou com seu vestido de coquetel.

— Quer dizer, olha só pra mim. São duas horas da tarde e mais *low profile* do que isso é impossível para mim. A única carreira que eu poderia ter seria de VJ da MTV, mas não é uma aspiração minha, não. Tá tão *ultrapassado*. Tipo, onde estará Serena Altschul agora? Outra coisa que atrapalha minha carreira é a minha mãe. Preciso estar disponível para conversar duas horas todos os dias sobre problemas familiares, então tenho que estar pronta para ir a Palm Beach a qualquer momento. Tentei ter um emprego uma época, trabalhando para Charlie Rose, mas eu raramente ia lá, e nas poucas e infelizes ocasiões em que fui, fiquei dando telefonemas pessoais *o tempo todo*.

Eu ri e senti uma pontada de culpa por isso. Lá estava eu, cem por cento animada na minha não-lua-de-mel. Caramba, pensei enquanto bebericava o mojito, eu não deveria estar me sentindo mais *down* neste momento?

— É *um horror* pra ela, não é, Tinsley? — zombou Lauren. Depois virou-se para mim e disse: — Então. Quando é que vamos conhecer esse tal de Hunter? Ele volta um dia? Ou foi um abandono por impulso, *à la* lua-de-mel?

— Vocês vão conhecê-lo em Nova York. Mas ele vai viajar muito para Paris por causa do programa de TV que ele acabou de fechar contrato — expliquei. Com um toque de humor, consegui até acrescentar: — O contrato que destruiu a nossa lua-de-mel.

— Podemos fazer companhia uma para a outra enquanto Hunter estiver viajando. Apesar do que as pessoas pensam, às vezes me sinto só — disse Lauren, subitamente parecendo vulnerável.

Mais tarde, quando o sol começou a se pôr e, devo admitir, estávamos todas levemente embriagadas devido aos coquetéis e ao calor, a conversa ficou mais profunda.

— Você pensa em se casar de novo? — perguntei a Lauren. Ela estava descansando numa rede, sendo balançada suavemente pelo vento.

— Penso. Mas acho que não farei isso — respondeu ela.

— É assim que se fala — concordou Tinsley, que estava misturando mais um coquetel. — Casais casados são *um saco*.

— Eu sei — aprovei. — É um horror.

O fato é que uma amiga casada nunca é tão divertida quanto costumava ser quando era solteira. Um dos meus medos secretos — e, admito, bastante fútil — quanto a me casar era o de me tornar tão chata quanto minhas amigas casadas são.

— Então, Lauren, por que você terminou com o Louis? — indaguei.

Lauren suspirou. E então disse:

— Nós terminamos... porque... hmmm... — ela hesitou, como se estivesse incerta quanto à resposta. — Acho que eu pensava que estava me casando pelas razões certas: estava apaixonada, e Louis havia me dado uma linda aliança Van Cleef, mas a verdade é que... ninguém devia se casar porque está apaixonada.

— Isso não é lá muito romântico — repliquei.

— Casamento não é uma proposição romântica — declarou Lauren. — É um arranjo prático. Desculpa, mas essa é a verdade. Percebi que se eu evitar a parte do casamento, ainda posso ter o romance. Mas você parece estar tão apaixonada. Não ouça nada do que estou falando. Cada um tem sua própria experiência. Não sou boa nesse assunto.

— Tenho certeza de que é — contestei.

— O.k., bem... se você quer saber o que não fazer — prosseguiu Lauren. — Eu começaria por não dar uma festa de casamento para quatrocentos convidados. Isso prejudica totalmente seu bom senso. Percebi que a coisa toda ia ser deprimente no dia do meu casamento. Dá pra acreditar?

— Como?

— Lá estávamos todos nós, no Maine, numa agradável espécie de ilha particular hippie que a família da minha mãe possui há milênios. Tem alguns chalés fofos. Lembro que eu estava olhando o mar na véspera do casamento e vi um candelabro de cristal sendo levado de barco até a tenda. Parecia que tinha sido roubado do salão de baile do Waldorf. O negócio é que tem certos tipos de candelabro que eu odeio. Tive que, literalmente, sair da casa dos meus pais na Park quando fui pra Nova York porque havia candelabros por todos os lados, e lá estava eu, me casando, tentando deixar os candelabros pra trás e os candelabros me perseguindo — recordou Lauren. — Estava *tudo errado*. — Ela estremeceu. — A coisa toda foi muito doida.

Lauren deslizou languidamente para fora da rede e começou a revirar sua sacola. Alguns segundos depois, ela mostrou um requintado par de brincos de camafeu vitoriano. Habilidosa, colocou os brincos nas orelhas, dizendo:

— Eu amo mesmo usar minhas bugigangas na praia. Você não acha esses aqui muito estilo Talitha Getty, Tinsley?

— Totalmente. Eu idolatro o estilo dela. Se for para morrer, então trate de morrer de overdose, pois aí todo mundo vai venerar seu senso de estilo para sempre — declarou ela.

— Que coisa horrível você disse — insistiu Lauren. Então, parecendo levemente nostálgica, ela voltou ao tema do seu casamento, acrescentando: — Até que por fim eu saí de férias um dia e... Bem, a verdade é que nunca mais voltei para casa. Todo mundo ficou desesperado. Quando olho para trás — concluiu, com um sorriso travesso — fico realmente chocada com meu próprio comportamento. Nunca conheci alguém tão terrível quanto eu.

2

O Consolo de se Ter um Marido Fabuloso

—Quero saber tudo: como vocês se conheceram, como ele é, se ele beija bem... — disse Tinsley, alguns dias depois. Estávamos com Lauren no barco do pai da Tinsley, um veleirinho surrado, velejando até uma ilhazinha distante da praia. Estávamos todas deitadas em espreguiçadeiras na popa. Sol e brisa gostosos, ideal para se bronzear. Lauren e Tinsley vestiam biquínis brancos de lacinho, que reservavam estritamente para tomar sol. Também tinham levado uma enorme sacola de trajes alternativos para passear de barco, inclusive roupas de banho Hermès específicas para mergulhar, fazer esqui aquático e dar saltos mortais.

Havia conhecido Hunter, contei-lhes, apenas seis meses antes, num casamento (não é sempre assim?). Minha velha amiga do colégio, Jessica, estava se casando numa praia em Anguilla, era março. A festa de Jessica foi linda: tendas indianas, grandes mesas de refeitório cobertas com buganvílias rosa e um pequeno grupo de convidados mega glamourosos.

Hmmm, lembro de ter reagido ao ver um homem alto, de cabelos escuros, se aproximar de minha mesa, checar os cartões que indicavam o lugar, ler seu nome — Hunter Mortimer — achar seu assento e bater os olhos em mim. *Que gato*, declarei secretamente para mim mesma, notando que aquele homem estava um pouco bronzeado e vestia uma bela roupa de verão clara e casual. *Não é careca*, reparei com alegria, observando o generoso punhado de cabelos castanhos, uma benção que, infelizmente, muitos dos homens de 34 anos já não têm. *Sorriso devastador*, pensei, enrubescendo por dentro quando ele apertou minha mão. O sujeito tinha uma expressão tranquila, feliz, e seus olhos verdes piscavam de forma travessa. *Pelo menos um metro e oitenta*, calculei, erguendo os olhos para seu corpo. Suponho que, inconscientemente, eu estivesse me dizendo *Belo aglomerado de genes*.

— Você não está achando esse casamento maravilhoso? — ele me perguntou quando se sentou ao meu lado. Olhou para minha mão esquerda, sorriu e completou: — Nada melhor do que estar solteiro num casamento, não é?

— Tão paquerador — disse Lauren, bebericando água de flor de laranjeira, sua mais nova bebida preferida. — Parece que tudo foi tão perfeito.

— E foi — suspirei. — Ele simplesmente... me encantou, de cara. Foi o momento mais delicioso da minha vida, eu *sabia* que ia acontecer. Eu gostaria de dizer que demorei séculos pra conhecê-lo e me apaixonar, mas na verdade tudo aconteceu no minuto em que o vi.

Acabei descobrindo que ele morava perto de mim em Los Angeles, e começamos a namorar poucas semanas após a festa de casamento. Cinco meses depois, Hunter me pediu em casamento. Nunca havíamos morado juntos, mas não fiquei preocupada. Hunter era uma pessoa alegre, não era complicado nem egoísta. Não era obcecado com ele mesmo, não era inseguro, o que o colocava a quilômetros de distância dos meus últimos namorados. Ele não ficava histérico. Ele não perdia a cabeça. Ele resolvia os problemas com o mínimo de estardalhaço possível. Não analisava demais as coisas, uma característica que não se encontra facilmente nos homens americanos. Ponho a culpa no James Spader. Sempre achei que a raiz da aceitação da autotortura masculina pela sociedade pode ser encontrada facilmente em *Sexo, mentiras e videotape*.

Hunter era o típico *low-profile*, fazia as coisas sem alarde, diria até que em segredo e não gostava muito de ser elogiado em público. Acho que poderia dizer que, embora fosse uma pessoa confiante, ele era bastante reservado — característica que eu admirava. Também achei muito sexy o fato de que ele às vezes era misterioso quanto às coisas. Era incrivelmente romântico, mas não de um jeito bobo. Quando ele disse "Eu te amo", estava falando sério.

— Que fooofo! — exclamou Tinsley. — Mais, por favor.

Teve uma coisa que Hunter fez, alguns meses depois que o conheci, que transformou uma garota loucamente apaixonada numa garota profundamente apaixonada. Minha governanta em L.A. sofreu um pequeno acidente de carro. Quebrou alguns ossos — nada muito grave — mas ela não tinha plano de saúde. Eu não sabia como ela ia conseguir pagar a conta do médico, e me ofereci para ajudar, mas ela me falou que alguém havia cuidado disso. Alguns meses depois que se recuperou e voltou a trabalhar no meu apartamento, eu lhe disse que ia me casar com Hunter. Ela chorou com a notícia, declarando que Hunter era o homem mais bondoso de toda a América. Naquele dia fiquei sabendo que Hunter pagara todas as suas contas e lhe pedira que não me contasse. Ele nunca falou nada a respeito. Chamo este de seu momento Mr. Darcy*.

Era bem o estilo de Hunter. Lá estava ele, um jovem e bem-sucedido produtor — ele fez muito sucesso com um programa de rock que havia produzido para a MTV, e estava sendo cortejado por todas as grandes redes de TV (por isso a lua-de-mel cancelada). Hunter não precisava ser legal com ninguém, mas era, pois achava que era assim que os seres humanos deveriam se comportar.

— Ele parece ser um santo — declarou Tinsley. — Um santo lindo e gostoso. Aposto que você já o perdoou pela lua-de-mel desastrosa. Isso não importa tanto assim, não é?

---

* Personagem fictício e um dos protagonistas do romance "Orgulho e Preconceito", de Jane Austen. É o arquétipo do herói romântico.

Assenti, sorrindo. Tinsley estava certa. A não-lua-de-mel não era o fim do mundo. Por mais que eu estivesse tentado alimentar minha fúria contra Hunter, ela não iria durar. Ele me ligava o tempo todo para saber se eu estava bem e a verdade é que eu me derretia toda vez que pensava nele. Lá no fundo, sabia que o importante era o casamento, não a lua-de-mel.

— Estou tentando continuar com raiva, mas ele é tão fofo — disse. — É impossível. Só quero ser uma boa esposa para ele.

— Espero que você tenha algo mais em que se concentrar além de ser a esposa Eternity. Olha só o que aconteceu com a Jessica Simpson — riu Lauren.

Por sorte, eu tinha, sim, algo mais. Pouco antes de fugirmos e nos casarmos, Hunter decidira transferir sua empresa para Nova York. Ele amava o lugar, e como eu cresci nesta cidade estava vibrando com meu retorno. Tivemos sorte e encontramos um ótimo apê no sul da ilha. Agora que ele havia fechado negócio para fazer um programa de TV ambientado em Paris, isso fazia mais sentido ainda, já que ele iria viajar para a Europa com frequência. Nesse ínterim, meu velho amigo Thackeray Johnston — que escapara para Parsons quando todo mundo foi estudar nas universidades da Costa Leste — havia entrado em contato comigo e perguntado se eu gostaria de administrar sua grife. Eu estava trabalhando para um grande estilista europeu em L.A., vestindo atrizes, e estava pronta para algo mais. Thackeray estava ficando famoso como um dos mais arrojados jovens estilistas de Nova York, mas não tinha como cuidar da área comercial e criar suas coleções. Em troca de um salário loucamente baixo, ele me ofereceu cinco por cento da empresa, que ele esperava vender um dia. Agora que eu havia conhecido Lauren e Tinsley, estava ainda mais ansiosa para voltar a Nova York.

— Meu Deus, que máximo. Eu já vi as coisas de Thackeray. São incríveis. Eu acho ele talentosíssimo. Sua vida não está nada mal, Sylvie. Mesmo sem a lua-de-mel — disse Tinsley. — Mas você tem o melhor dos consolos: um marido fabuloso.

— Concordo. Mas eu preferiria *muito mais* ter a lua-de-mel do que o marido — declarou Lauren, maldosa.

3

Amantes Lendários

— Dá pra acreditar que John Currin e Rachel Feinstein vieram... *como eles mesmos*! — exclamou Lauren na noite de sua festa de aniversário. — Eles são tão existencialistas que fico me sentindo uma retardada.

Estávamos de volta a Nova York, e a primeira vez que vi Lauren Blount depois de Careyes foi na festa de 32 anos dela, na sua casa da rua 11 oeste (uma construção meio neo-helênica, arquitetura singular, de dupla extensão, cor de tijolo com detalhes brancos, entre a 4 oeste e a Waverly Place). Assim como todas as festas de aniversário de Lauren, essa, em meados de setembro, foi uma festa a fantasia. O tema era "amantes lendários", e Lauren avisou que não importava se o casal escolhido ainda estava junto ou já tinha se separado, se estavam vivos ou mortos, pois, segundo ela, ninguém conseguia lembrar mesmo essa espécie de detalhe sobre esse tipo de gente. Ela gostou do tema porque os convidados poderiam ir como Sylvia Plath e Ted Hughes caso não quisessem se empenhar, ou como Marilyn Manson e Dita Von Teese caso desejassem uma mega produção.

Enquanto Hunter se desfazia de nossos casacos, me dirigi lá para cima, onde Lauren recebia os convidados na entrada da sala de estar do primeiro andar. Vestia um shortinho justo e minúsculo, de tecido felpudo, num tom amarelo primaveril e uma blusa rosa-choque. Na cabeça, tinha uma peruca loura presa em joviais rabos-de-cavalo. Os pés estavam cobertos por soquetes brancas brilhosas e patins de couro branco novíssimos. Para todos os efeitos, ela era a Patinadora (Rollergirl); porém, se havia algo que fazia com que ela não parecesse *nem um pouco* com a Patinadora era a pulseira de diamante Cartier presa ao seu pulso esquerdo. A joia reluzia sedutoramente sob a luz lançada pelo globo de discoteca que girava no centro da sala.

— Foi da Duquesa de Windsor — contou Lauren, torcendo-a em volta do pulso. — Não é encantadora? Tio Freddie mandou pra mim. ("Tio Freddie" era o apelido que ela usava para se referir a Fred Leighton, famoso joalheiro da Madison Avenue — com quem não tinha absolutamente nenhum parentesco).

— Lindíssima — observei.

— Estava pensando em me vestir como Bianca Jagger e pedir ao Milton que viesse de Mick esta noite — disse ela, a respeito de seu traje. — Mas aí percebi que já saio assim toda noite. Então decidi pela Patinadora, o que não tem nada a ver com nada, à exceção de que isso garante que vou receber o máximo de atenção. Esse lugar aqui está parecendo um ringue de patinação?

— Não exatamente — declarei.

Com as paredes cobertas de cetim rosa pastel, a mobília Cedric Gibbons herdada de uma das avós estrelinhas de cinema de Lauren, e os Rothkos e Rauschenbergs, a sala de Lauren parecia um vestiário de senhoras *avant-garde*. Em geral, a sala está impecável, mas naquela noite salpicava de casais glamourosos impecavelmente fantasiados. Dois lindos adolescentes, debruçados de modo desinteressado na varanda da frente, que dá para a rua, vieram de Jean Harlow e Marilyn Monroe, com perucas louras platinadas e vestidos ornados com cristais. Ao lado da lareira, bem embaixo de uma enorme colagem de Gilbert & George, havia duas garotas sofisticadas usando ternos cinza e óculos, vestidas como o par de artistas. Havia casais de Bogart e Bacall descansando em poltronas laqueadas douradas e pretas, e uma dupla Jean Shrimpton e David Bailey, bastante convincente, ria perto do bar. O par Penelope Tree e Truman Capote estava sentado no chão de pernas cruzadas, batendo um papo intenso, enquanto o casal Halston e Warhol fazia um passinho de dança em volta deles. Nos sofás de Lauren, que haviam sido cobertos com tecidos de quimonos japoneses dos anos 1930, três pares de John e Yoko estavam sentados, fofocando tão intensamente quanto se fossem mesmo John e Yoko. As pessoas pareciam estar se divertindo, o que era, devo dizer, um tanto surpreendente: as festas glamourosas de Nova York, cheias de gente lindíssima, em geral lembram o corredor da morte.

— Martíni de gengibre? — ofereceu um garçom, servindo uma bandeja de drinques de um laranja eletrizante. Assim como toda a equipe masculina naquela noite, ele estava fantasiado de Donald Trump, com smoking, cabelos postiços e bronzeado artificial. As garçonetes eram sósias de Melania Trump, os cabelos penteados como um arranha-céu de colmeias, os corpos espremidos dentro de vestidos de noiva tão justos que ameaçavam sufocá-las. A Melania de verdade é um milagre da sobrevivência humana. A essa altura do casamento deles, ela já deveria ter morrido devido a um espartilho Dolce & Gabbana.

— Meus Donalds não são adoráveis? — disse Lauren, pegando um martíni de gengibre da bandeja. — Ele e Melania são *o* casal das revistas de fofocas.

Naquele momento, Hunter apareceu. Ele me deu um beijo na bochecha e depois estendeu o braço para apertar a mão de Lauren. Lauren a segurou, arfando de forma melodramática:

— Hunter! O sumido e divino novo marido. Estou tão encantada em conhecê-lo. — Ela lançou os braços em torno de Hunter e lhe deu um grande abraço. — Nossa, você é *um gato*. Que coisa mais insuportável!

Hunter soltou-se. Percebi que estava entretido.

— A divina nova amiga, suponho eu — disse ele, beijando Lauren na bochecha.

— Ah, uau, você é tão charmoso que dá vontade de desmaiar. Nossa, Sylvie, você deve ficar tão, tipo, excitada com essa... *coisa*.

Sorri. Lauren parecia genuinamente feliz por nós. Ela deu uns passos para trás, para nos observar.

— Oooh. Frida e Diego. Que romântico — arrulhou ela. Tendo acabado de ir ao México, não foi muito difícil improvisar meu vestido flamenco escarlate estilo Frida Kahlo. Já Hunter trajava um macacão respingado de tinta, criação dele mesmo.

— Eu, por outro lado, estou curtindo a minha noite de mulher cafona viciada em cocaína. Você tem que descer e conhecer o Milton, de quem eu te falei em Careyes. Meu decorador. Ele vai morrer de amores por vocês dois.

Depois disso, Lauren seguiu adiante, abrindo caminho entre os convidados, nos conduzindo através da multidão, jogando beijos enquanto deslizava. Quando chegamos à escada, Lauren tirou os patins e desceu os degraus saltitando, à nossa frente. Na sala de visitas, Lauren calçou os patins novamente e então nos dirigimos aos fundos da casa, entrando no "salão matinal".

— Bom, é assim que o Milton o batizou. Eu chamo de "salão branco". Quer dizer, não sou Maria Antonieta... por enquanto. O Milton é tão pretensioso — queixou-se. — Mas eu o adoro mesmo assim. Quer dizer, esse piso que ele me obrigou a fazer — disse, gesticulando para o chão de madeira polida do corredor. — Parquê de Versalhes. É verdadeiro. Dá pra acreditar? Roubado em plena luz do dia.

Demos de cara com duas portas francesas espelhadas, Lauren as abriu e entramos no salão branco "dos pés descalços". (Ambientes totalmente brancos estão tão na moda em Nova York neste momento que, hoje em dia, mal se consegue manter os sapatos nos pés durante a noite. Naquela festa, porém, todo mundo tinha permissão para manter os pés calçados, graças a Deus.) Embora a sala estivesse apinhada de gente, pude ver seis pares de palmeiras de gesso pintadas de branco junto à parede dos fundos, separadas por seis conjuntos de janelas francesas que se abriam para um jardim preparado com formalidade, naquela noite iluminado por holofotes. Estava mais para Veneza do que para West Village. Em um canto da sala, havia um piano branco de meia cauda bem rock'n'roll, sobre ele uma colagem "Branca" de Tom Sachs. O assoalho era de mármore alvíssimo e, caso você não saiba muita coisa a respeito de esnobismo marmóreo, o tipo branco liso, sem veias, é mais caro do que o tipo com veias. É uma tendência bastante atual, pagar mais por menos — ou melhor, pagar muito mais por muito menos.

— Lá está ele — disse Lauren, indicando uma mulher empoleirada no canto de uma das duas chaises longues de seda branca super acolchoadas.

Milton Whitney Holmes (nome verdadeiro: Joe Straaba) estava fantasiado de Iman, em homenagem à ex-proprietária da casa. O vestido Alaia *vintage* e a peruca afro que estava usando lhe davam um visual bizarro, pois Milton é muito delicado e branco-azedo, por isso ele pendurou um crachá no vestido onde lia-se SRA. DAVID BOWIE, para o caso de ninguém reconhecê-lo. (Ninguém reconheceu.) Milton conversava com uma garota esbelta num traje afetado que consistia de uma saia de tweed e um suéter Fair Isle. Seu principal acessório era um tubo de gloss rosa claro, que levava aos lábios a cada cinco segundos. Sua pele tinha um tom branco-invalidez, e o cabelo louro era quase tão pálido quanto.

— Droga, Marci Klugerson pegou ele — suspirou Lauren enquanto nos aproximávamos. Virou-se e fez com que parássemos por um instante. Depois baixou a voz e sussurrou: — Sejam legais com a Marci. Ela parece mega inocente, mas é uma fofoqueira irremediável: sempre ouve tudo, e sempre entende tudo errado. Bem, ela parece bastante tensa porque está achando que tem escoliose, o que, a propósito, ela não tem. Nós todos estamos achando que Marci está prestes a se tornar uma divorciada, mas ela ainda não sabe disso. Ela o tempo inteiro se esquece que está casada. Eu a apelidei de "esposa desatenta".

— Acho que fiz faculdade com Marci — comentei. Pensei ter reconhecido seu nome. — Ela estudou na Brown?

— Acho que foi, sim — respondeu Lauren.

Milton acenou do sofá. Quando nos aproximamos, Lauren apresentou todo mundo.

— Onde *estava* você? — indagou Marci Klugerson assim que cravou os olhos em Lauren. É isso que Marci sempre diz ao ver Lauren.

— Ai, meu Deus, sei lá — retrucou Lauren, indiferente. — Onde *você* estava? — É isso que Lauren sempre diz quando alguém pergunta onde ela estava.

— Bom, você devia estar em *algum lugar*. — Marci parecia um pouco irritada.

— Você nunca vai conseguir a resposta — disse Milton, solene.

— Acho que passei um tempinho na fazenda do meu pai. Depois nós fomos para o barco. Você sabe como é... — disse Lauren, vagamente.

— Nós? — inquiriu Marci.

— Ah, ninguém — disse Lauren, misteriosa.

Em seguida, se retirou, patinando. Marci, bastante desamparada, a observou indo embora.

Lauren nunca está em algum lugar a respeito do qual ela pode lhe contar, é o que ela sempre diz ao voltar de uma de suas frequentes desaparições. Daí você lê em algum lugar que Lauren esteve na casa do Sr. Revlon, ou de sei lá quem em Barbuda, e que a pessoa ficou perguntando a ela que empresas deveria comprar ou o que ela pensa sobre hedge funds ou sobre a situação agonizante das empresas na Rússia. Depois você escuta que enquanto ela estava lá, alguma estrela do rock também estava na casa do Sr. Revlon. Mas o fato é que o músico estava totalmente entediado com o Sr. Revlon e permaneceu ali só por causa de Lauren, que mal lhe dirigiu a palavra e ainda disse que nunca ouvira sua música, o que fez com que ele ficasse louco por ela.

— Marci, acho que estudamos juntas na Brown — eu disse.

Marci me lançou um breve olhar curioso e então falou:

— Sylvie... Wentworth?

— Isso — confirmei. — Bem, sou Sylvie Mortimer, agora que sou casada com o Hunter.

— Parabéns — disse Milton. — Vocês formam um belo casal.

— Ouvi dizer que você é a melhor amiga da Lauren — disse Marci. De súbito, pareceu perturbada ao acrescentar: — Bom, na verdade ela diz que você é a segunda melhor amiga dela. Eu sou a *melhor* melhor amiga. Oficialmente.

— Querida, *eu* sou a melhor amiga da Lauren — declarou Milton com dramaticidade.

— Bem, eu acabei de conhecer Lauren, em Careyes — expliquei, sentindo um desconforto no ar. — Mal a conheço.

— Eu sei. Ela me contou tudo a seu respeito. Lauren diz que você é uma ótima influência pra ela — disse Marci, um pouco ressentida.

De repente, Marci pareceu nervosa. Examinou a sala, puxando sua saia de tweed de forma desajeitada.

— Eu sou tão pouco original, não sou? A única coisa que eu poderia ser é a Bridget Jones número dois, porque sou enorme. E não venha dizer que sou magra porque eu sei que pareço um estádio de futebol. Mas pelo menos meu marido se parece com Mark Darcy. Bem, o Mark Darcy ruivo. Rá rá rá!

— Querida, acabei de ver um velho conhecido ali — disse Hunter. — Vou dar uma chegadinha lá e dizer um oi, está bem?

— Claro, amor — respondi, enquanto Hunter se dirigia a um grupo no outro canto da sala.

Milton deu tapinhas no sofá a seu lado, e Marci e eu nos sentamos.

— Como está a vida de casada? — perguntou Milton.

— É tão boa... — comecei, mas Marci me interrompeu.

— Estar casada com certeza é o tédio mais monótono de todos os tempos — gemeu. — Minha auto-estima nunca vai superar isso. Eu amo e adoro o Christopher e tal, mas casamento é uma coisa totalmente tenebrosa. As únicas garotas que eu conheço que estão fazendo sexo são as divorciadas.

Devo ter aparentado surpresa, pois no segundo seguinte Milton estava fazendo que sim com a cabeça e dizendo:

— Verdade absoluta.

— Milton, é verdade que Axel Vervoordt veio escoltando o parquê do corredor desde a Holanda? *Pessoalmente?* — indagou Marci. — Ouvi dizer que a Lauren transformou a adega numa caixa-forte de peles. Parece que lá faz mais frio do que no Alasca. Ou é só boato?

— Eu não posso divulgar os segredos dos meus clientes — respondeu Milton, de súbito parecendo uma esfinge.

Houve uma pausa embaraçosa e Marci corou, ficando num tom rosa brilhante.

— Eu não quis ser inconveniente...

— Então, o que aconteceu com aquele seu marido fabuloso? — ele interrompeu, me olhando e mudando de assunto.

— Ele está...

Olhei em volta. Não via Hunter em lugar nenhum. Então o localizei de pé, ao lado do piano. Estava de costas para mim e conversava com duas garotas vestidas como as gêmeas Harajuku, rosto pintado de branco. Uma delas era bem comum, a outra notoriamente bela, com maçãs do rosto tão extraordinárias que era difícil não ficar hipnotizado. A comum logo partiu, e observei Hunter continuando a bater papo com as maçãs. O rosto da garota estava emoldurado por uma peruca reluzente de cabelo liso japonês. Ela vestia uma camisa branca, gravata preta e minikilt. Suas pernas eram inacreditavelmente longas, com um tom entre o indígena e o bronze que só se consegue no verão da Sardenha. Nos pés, plataformas altíssimas e meias brancas até os joelhos. Na verdade ela parecia estranhamente chique, em especial com a sala toda branca de Lauren como pano de fundo.

— Lá está ele — disse eu, apontando para Hunter. — Vamos até lá buscá-lo.

Todos nos levantamos. Mas no instante em que Marci colocou os olhos na garota Harajuku, ela parou e olhou fixamente.

— I-na-cre-di-tá-vel! — soltou Marci. Parecia que estava doidona. — Ele está com a Sophie D'Arlan. Olha só pra ela! Tocando o braço dele desse jeito — sussurrou enquanto cruzávamos a sala em direção a eles. — Ela é uma paqueradorazinha de quinta categoria. Não gosto de fofoca, *nem um pouco*, sabe, acho maldade, mas parece que a Sophie está sempre tendo casos com algumas pessoas com as quais ela não devia estar. É melhor você ficar de olho nela.

— Marci, nós nos casamos há quatro semanas. Acho que ela não iria correr atrás de um recém-casado — eu disse, despreocupada.

— Não pense que o fato de vocês serem casados vai segurar a Sophie. Ela *só* sai com maridos.

— Pare de assustar a Sylvie — retorquiu Milton, mancando atrás de nós em seus saltos altos. — Vejo vocês mais tarde. Acabei de avistar o David Bowie de verdade.

Em seguida, Milton andou cambaleando em direção ao jardim. Nesse meio tempo, quando Marci e eu alcançamos Hunter, Marci abraçou e beijou Sophie de modo amistoso, apesar do que havia dito alguns segundos antes.

— Sophie, você conhece a Sylvie? — disse Marci, virando-se para mim.

— Acho que não. Olá. Eu sou a Sophi-*a* D'Arlan — apresentou-se, estendendo a mão. Falou com um resquício de sotaque francês bastante exótico. — Marci, para de me chamar de Sophie.

— A Sylvie é *casada* com o Hunterr — acrescentou Marci, exagerando a palavra "casada" de forma desnecessária, pensei eu.

Ao tomar conhecimento dessa informação, Sophia empalideceu de forma visível, apesar de ter um quilo de pó-de-arroz no rosto. Ela pôs a mão sobre o piano, como se para encontrar alguma firmeza.

— Você... se casou? Hunter? — perguntou Sophia, lançando-lhe um olhar acusador.

— Eles estão usando alianças iguais, Sophie — disse Marci, incisiva. — Mas acho que está escuro demais pra você perceber, né Sophie.

— É Sophi-*a* — ela disse. Então, com um suspiro de decepção ruidoso, acrescentou: — Bom, parabéns, Sylvie. Eu conheço seu *maravilhoso* novo marido, meu Deus... há milênios, desde o colegial. Nós éramos *assim ó* — disse, juntando os dois dedos indicadores. Depois, olhando Hunter de relance, continuou: — Hunter... Não acredito que você não me contou que estava saindo do mercado. Quem diria?! Casado.

Ela pareceu fitar Hunter por tempo demais, por fim virando-se para mim e dizendo:

— O Hunter está sendo super legal. Ele está me ajudando numa coisa que estou elaborando. Tão gracinha.

— Ele é uma gracinha, não é? — concordei, sorrindo para ele. Senti Hunter passar o braço em volta de minha cintura e me apertar de forma carinhosa.

— É, ele é um *marido muito atencioso* — disse Marci, obviamente dirigindo o comentário à Sophia.

— Ei, meninas, vamos parar com isso — pediu Hunter, parecendo constrangido.

— Será que você, Sylvie, faria a gentileza de me deixar roubar Hunter só por mais cinco minutinhos, pra gente discutir meu projeto? — indagou Sophia.

Sem esperar uma resposta, ela levou Hunter até a lareira. Marci acompanhou-os com os olhos, com uma expressão incrédula.

— Deve ser paranoia minha — ela bufou.

— Por falar em maridos, Marci, cadê o seu? — perguntei, numa tentativa de mudar de assunto.

— Sei lá — respondeu Marci. Ela não pareceu nem um pouco perturbada com essa revelação.

— Marci, como assim sei lá? — ri.

— Esqueci.

— Marci! — protestei.

— Ah, vai saber... O Christopher provavelmente está num lugar medonho tipo Cleveland, vendendo alguma coisa. Impossível me lembrar. Bom, que importância tem isso?

Naquele momento, Lauren reapareceu, patinando com destreza pelo mármore, com uma bandejinha de prata equilibrada sobre a palma da mão esquerda.

— Alguém aceita um shot de tequila? — perguntou, deixando a bandeja numa mesinha de canto. Marci pegou uma e virou de um gole só.

— Cadê o Hunter? — inquiriu Lauren, olhando em volta. — Quero conhecer ele melhor.

— Está ali com a Sophia D'Arlan — respondi, gesticulando na direção da lareira, onde Sophia ainda conversava com Hunter, com uma expressão séria no rosto. — Parece que eles são velhos amigos.

Lauren deu piruetas certeiras sobre os patins e depois se curvou, tocando os pés. Dessa posição, ela disse:

— A Sophia diz isso sobre o marido de todo mundo.

— O Hunter está ajudando ela com algum projeto que ela está desenvolvendo — expliquei.

— Acredite em mim, a Sophia não precisa da ajuda de ninguém. Ela é tão bem relacionada quanto uma empresa de telefonia celular. A mãe dela é uma Rothschild ou coisa assim, e o pai dela ganhou o prêmio Nobel da Paz por alguma peça francesa chatíssima que ele escreveu.

— Ah — soltei. — Bom, o Hunter é assim, gente boa. Ele é bom com todo mundo.

Lauren se levantou e examinou a multidão.

— Mesmo se meu marido fosse um santo, eu não deixaria que a Sophia chegasse perto dele. O que eu te falei sobre as Caçadoras de Maridos? — alertou Lauren, sobrancelhas erguidas. — Ai, meu Deus. Lá vamos nós.

Antes que Lauren pudesse me dizer mais alguma coisa, o DJ começou a tocar *Good Times* e todos estavam dançando. Mal percebi, mas eu devia estar dançando há quase uma hora quando, pelo canto dos olhos, vi Sophia beijando Hunter nas duas bochechas — é o estilo francês, acho eu. Então ela passou os dois braços em volta de seu pescoço e o abraçou, antes de se retirar. Hunter imediatamente veio em nossa direção, abrindo caminho em meio a um glamouroso casal fantasiado de Liz Taylor e Richard Burton, que dançava com duas garotas com vestidos de noiva brancos Carolina Herrera. Ambas eram louras, estavam descalças e seguravam buquês de rosas brancas.

— Lá vem o Hunter. Olha só as duas Renée Zellweger! — gritou Lauren enquanto ele se aproximava. Quando nos alcançou, ela continuou a dançar e disse: — Você está perdendo a diversão toda. Como é que foi lá?

Hunter passou um braço em torno de mim e apoiou o outro sobre o ombro sacolejante de Lauren.

— Não muito interessante sem vocês duas — disse Hunter. — Vamos tomar um drinque? Estou morrendo de sede.

Poucos minutos depois, enquanto bebíamos nossos Saccotinis no bar, Hunter disse:

— Bom, tive uma grande ideia. Que tal juntarmos a Lauren com o meu melhor amigo? Ele é meu amigo de faculdade mais antigo.

— Quem? — perguntei.

— Você ainda não o conheceu, querida. Ele viaja muito a trabalho. Seria perfeito para a Lauren. Ele é super inteligente e é definitivamente glamouroso o suficiente para você, Lauren...

— Você é um doce, Hunter — interrompeu Lauren. — Mas não topo encontros às escuras. Acho cafona.

— A gente podia sair para jantar da próxima vez que ele estiver aqui — insistiu Hunter.

— Nada de armar encontros, tá. A única coisa que faço com anônimos é sexo animal — replicou ela, impassível. — Mas obrigada. Você é um fofo, assim como a sua esposa diz.

— Eu vou cuidar dessa questão pessoalmente — suspirou Hunter, com um sorriso astuto. — Vocês dois formariam um belo casal.

— Você soa como aquele cara do *Bachelorette* — resmungou Lauren. — Terrível!

— Será que não vou conseguir fazer você se interessar por um casamento cintilante? — questionou Hunter, recusando-se a deixar seu entusiasmo ser refreado.

— Agora você falou igual a minha avó. Não consigo imaginar nada pior do que um casamento cintilante. — Lauren subitamente pareceu constrangida. — Quer dizer, a não ser que eu fosse vocês dois. Desculpinha.

De repente Marci surgiu, parecendo irritada.

— Onde você tava a noite toda... — começou.

Naquele instante, o celular de Lauren tocou. Ela olhou para a tela, sorriu, colocou o telefone sobre o parapeito de mármore e deixou tocar.

— Deve ser, tipo, o Jay-Z ou alguém assim ligando para saber se pode vir — disse Marci, olhos grudados no telefone. — Por que você não atende?

Lauren apenas deu de ombros e saiu patinando.

Pouco depois, a festa já chegava ao fim e estávamos todos bem relax, eu estava descansando no sofá com Hunter quando Marci apareceu e estatelou-se ao nosso lado. De um jeito meio bêbado e levemente aéreo, ela nos informou que uma das principais causas de ela e praticamente todo mundo em Nova York ser obcecado por Lauren é o fato dela nunca atender o celular. Só retorna ligações, nunca atende. Parece que ninguém nunca viu Lauren sequer discar um número. Portanto, só se consegue falar com Lauren caso ela responda com um torpedo. Corre o boato de que ela nunca deu seu número de telefone fixo para ninguém, exceto para a própria governanta. Lauren não dá a mínima se um homem lhe telefona no dia seguinte — o que significa que eles sempre o fazem — e ela só retorna para ele de novo três semanas depois. Algumas garotas de Nova York — as que têm inveja dela — desprezam Lauren, pois a consideram rude. Mas Marci conta que Lauren é "desconfiada, tipo a Greta Garbo", e é por isso que ela não retorna ligações.

— Já ouvi as pessoas falando coisas muito cruéis, tipo que a Lauren chega em casa depois das festas e fica olhando pra lareira e passa a noite toda na cama abraçada com o cachorro porque se sente muito só. Pura maldade. Ela é tão fofa e ninguém sabe de verdade o quanto foi terrível a irmã dela ter sido morta daquele jeito, tão jovem. E ela sorri, apesar de tudo, mesmo com tamanha tragédia na família. A Lauren tem um coração de ouro, ainda que seja fútil. Bom, a maioria das pessoas aqui está disponível demais — prosseguiu Marci. — Disponível demais para jantares, para posar para revistas, para aparecer na TV, para sexo. A Lauren nunca está disponível para nada.

A verdade é que é possível contar com o fato de que Lauren irá cancelar a ida a um jantar marcado para as oito — ao qual outras mulheres morreriam para estar presentes — exatamente às oito e sair impune. As promoters de Nova York examinam os efeitos a longo prazo: a filosofia é que, se ela não apareceu dessa vez, talvez apareça da próxima, mas nunca mais aparecerá caso fiquem bravas com ela. E ela está sempre cancelando por razões tão exóticas — *Preciso ver o time de futebol do papai em L.A. / Estou presa no aeroporto de Aspen / Boo Boo (um cão da raça braco húngaro) está com alergia* — que é impossível ficar com raiva. Se você reclamar, pode parecer que está com inveja do pai / casa em Aspen / cachorro. Lauren é tão indisponível que mesmo quando você a visita, a porta é sempre aberta por outra pessoa. Em geral, pela governanta, Ágata, que é polonesa e só veste branco — sapatos brancos, calças brancas, blusa branca — e ela avisa: "A senhorita Lauren descerá em breve. Quem devo dizer que está chamando?", como se ninguém fosse esperado naquele momento inesperado. Enquanto você aguarda, Ágata lhe oferece chá de sálvia fresco. Há sempre um bule esquentando no fogão para o caso de Lauren querer beber um pouco às três horas da madrugada. Ágata venera Lauren porque ela a deixa usar suas joias enquanto faz faxina na casa.

— Talvez seja uma boa ideia a gente descer e ver se tem chá agora — acrescentou Marci. — Uma dose de chá de sálvia pode fazer bem à minha ressaca iminente.

Naquele instante, Lauren veio patinando de volta até nós. Ela empoleirou-se no braço do sofá.

— Tem alguém falando do chá de sálvia da Ágata? — perguntou. — Já está subindo.

— Delícia! — exclamou Marci, os olhos brilhando de emoção. Era óbvio que ela venerava Lauren ainda mais do que Ágata.

— Então, Hunter, a Sylvie estava contando que você vai a Paris esta semana — disse Lauren.

— É, vou ficar fora por algumas semanas, na verdade — disse Hunter. — Você poderia tomar conta da minha querida esposa...

— Ouvi alguém falar que está indo pra Paris?

Foi Sophia. De repente ela estava ali de pé, olhando diretamente para Hunter.

— Também vou para lá. Talvez a gente possa se encontrar para tomar uma *verveine*? No Costes? Eu me sinto tão sozinha lá... Bem, só vim dizer tchau para vocês dois. Vocês formam um belíssimo casal. É claro que estou ARRASADA por mim mesma.

— Por que você está indo embora agora? — indagou Marci. — Ainda tem muita festa pra rolar aqui, sabia?

— Tenho uma noite *muito* atarefada pela frente — explicou Sophia, com uma piscadela. Ela virou-se para sair e então hesitou. Olhando por cima do ombro, disse: — Hunter, te ligo em Paris.

Lauren me lançou um rápido olhar de advertência. Olhei para Hunter, mas ele parecia despreocupado. Sophia parecia estar fazendo jus à sua reputação, mas meu amado marido se mostrava totalmente incorruptível. Não éramos um casal de revista de fofocas.

4

Amigos Profissionais

Segundo todas as autoridades em assuntos *matrimoniais*, o convite dos convites naquele outono nova-iorquino foi o de Alixe Carter. Chegou com pouquíssima antecedência, alguns dias após o aniversário de Lauren, e foi entregue em mãos. Ninguém mais posta nada em Nova York. Convite mandado pelo correio é sinal de que a anfitriã está incerta se quer ou não sua presença no evento; caso quisesse ter certeza de que você recebeu o convite, e desejasse uma resposta imediata, ela teria mandado um mensageiro.

O papel do envelope tinha o mesmo tom cinza claro do salão Dior, e o texto do cartão fora impresso numa tipologia em branco-antiguidade. Apesar de parecer simples, esse é o estilo de convite mais popular na cidade de Nova York atualmente, embora — ou talvez porque — a impressão do texto em branco seja o dobro do preço da tinta rosa pastel no Smythsons, que é o dobro do preço das cores "padrão".

Li o cartão.

> *Alixe Carter*
> *convida para o*
> CHÁ-DE-DIVÓRCIO
> *de*
> *Lauren Blount*
> *Sábado, dia dois de outubro*
> *Meia-noite*
> *Cobertura do Hotel Rivington*
> *Presentes: para uma mulher sozinha*
> *Traje: o que você usaria num encontro romântico*
> *Levar: homens disponíveis*
> *Proibido: presença de maridos*

Era a cara de Lauren, pensei. Fazer um "chá" para si mesma quando todas as mulheres de 32 anos de Nova York haviam jurado não ir mais a casamentos e a chás-de-bebê, graças a uma alergia à frase "dez centímetros de dilatação". "Dilatação" é uma palavra horrorosa. Deveriam mudá-la. Percebi que havia algo mais no envelope: um outro cartão impresso, este com tipologia cinza sobre papel branco. Estava escrito:

A lista de presentes de Lauren está nas lojas:
Condomania, Bleecker Street 351, tel. 212-555-9442
Agent Provocateur, Mercer Street 133, tel. 212-222-0229

Como sempre, havia dias que ninguém tinha notícias de Lauren. Tentei ligar para ela algumas vezes para agradecer pela festa de aniversário, e sempre fui saudada pelas palavras "Esta. Caixa. De. Mensagens. De. Voz. Está. Cheia." Não dava nem para deixar um recado. E então, do nada, ela vinha com essa história de chá-de-divórcio que todo mundo achava mega hilariante.

Embora ninguém soubesse ao certo o que isso significava, não tinha importância. Afinal, ninguém sabe ao certo nada que se refira à Lauren Blount. De fato, a única coisa que todos sabem bem é que a vida de Lauren é sonhadoramente superlativa, ela é muuuito rica, muito jovem, magérrima, belíssima — e super, ultra, hiper, mega divorciada.

Amigos Profissionais são o mais novo tipo de aquisição que se deve ter em Nova York — de forma inconsciente, quero dizer. No sentido de que, se você tem um, ignora esse fato cem por cento, pois é da natureza dos Amigos Profissionais agir com tanto afeto e carinho genuínos quanto os Amigos Verdadeiros. Designers de interiores, consultores de arte, conselheiros financeiros, professores de gyrotonic ou decoradores de festas, os Amigos Profissionais espreitam, invisíveis, na folha de pagamento das herdeiras nova-iorquinas, gastando dinheiro, sugerindo 15% de comissão e sendo o perfeito melhor amigo. Quem mais é capaz de entender "o quanto tudo é estressante" e entenderá isso às cinco e meia da matina, horário em que geralmente as princesas de NY começam a perder a cabeça com "o quanto tudo é estressante"?

Temidas por suas contrapartes casadas, incapazes de confiar nos héteros, com frequência necessitadas de alguém para espairecer, as Divorciadas Debutantes são presas fáceis. O encantador Milton, notei de cara, é o mais profissional dos Amigos Profissionais. Jamais passaria pela sua cabeça que ele não é um amigo de verdade. Com frequência razoável, ele envia cestinhas de complementos vitamínicos para todas as amigas, com um bilhete dizendo que ele está "preocupadérrimo" com elas. Milton até telefona para Lauren e suas outras benfeitoras, quando está mais frio do que o normal, e avisa: "Não saia de casa. Tá um mega frio." Como seria de esperar, elas sentem que morrerão de enregelamento — ou de raquitismo — sem ele.

Não foi mera coincidência o fato de que, no dia seguinte à partida de Hunter para sua longa viagem a Paris, chegou um pacote espetacularmente elegante no nosso apartamento de manhã bem cedinho, embrulhado em papel preto brilhoso com uma fita de gorgorão branco envolvendo-o com precisão geométrica. Abri o envelope rasgando a parte de cima. Dentro, havia um cartão de excelente gramatura e branco com debrum dourado e, em cima, o nome Milton Holmes gravado em laranja. Escritas com uma bela tinta sépia, as palavras:

Queridíssima Sylvie,
Um pedacinho de Paris para a Quinta Avenida nº 1.
Adorei conhecê-la. Estarei aí às seis horas para vê-la.
Abraços, Milton.

Estar aqui às seis? Como Milton sabia onde eu morava? Talvez Lauren tenha lhe dito. Mas o que ele queria comigo?

Abri o pacote em meio a goles de espresso. Dentro, havia um livro da Assouline intitulado *Paris Living Rooms*. Algumas páginas estavam marcadas com post-it azul claro. Abri numa delas. Mostrava uma sala de estar enorme, forrada com painéis brancos, cheia de cadeiras brancas antigas, mesas, luminárias de vidro *art déco* e vasos repletos de lilases. Na legenda da foto, lia-se: "Ines de la Fressange, estilista, Élysée". No post-it, Milton rabiscara: "Gosto do piso em ziguezague".

Estava plenamente ciente de que estava sendo impelida de forma profissional a contratar um trabalho de decoração. Antes de nos mudarmos para Nova York, havíamos achado esse apartamento charmoso, razoavelmente grande e com um ar antiquado, no quinto andar do número 1 da Quinta Avenida, um edifício dos anos 20. Nosso apartamento dava para o Washington Square Park, e embora ainda estivesse apenas parcialmente decorado, eu o amava. Milton esperava que eu estivesse vulnerável aos seus encantos agora que Hunter estava viajando. Porém, lembrei a mim mesma: não sou o tipo de mulher que contrata decorador. Nunca tive tal soma de dinheiro no passado e, mesmo que agora nós tivéssemos, no que me dizia respeito isso não mudava nada. Eu fazia as coisas por mim mesma. Muitas vezes penso que as mulheres de Nova York, em geral, não fazem coisas suficientes por conta própria, e não estava interessada nesse estilo de vida. Estamos na Nova York do século XXI, não na Florença do século XVIII, embora muitas mulheres aqui pareçam felizes em ignorar tal fato. Ao que tudo indica, ainda há garotas no Upper East Side que nem sequer penteiam o próprio cabelo.

Não fazia ideia de quando teria tempo para terminar de arrumar nossa casa, mas daria um jeito. Havia os fins de semana e, agora que Hunter estava longe, com certeza eu teria menos distrações. Ainda assim, observei enquanto andava do vestíbulo até a sala de estar, havia muito espaço para decorar. Tinha que admitir para mim mesma que era intimidante.

Naquele momento, o telefone tocou. Era Milton.

— Ficou obcecada pelo livro? — indagou, petulante.

— Milton, amei o...

— Será que dava para você afastar a *chaise*, talvez... dezesseis centímetros e *meio* para a direita? Não, um pouco mais, sim, um bocadinho em direção ao terraço... isso. Para! Paaa-ra!!! — berrou ele. — Desculpe, estou no celular.

— Que tal eu te ligar daqui a pouco? — sugeri.

— Estou sempre no celular. Bom — Milton perguntou —, consegui o trabalho?

— Com certeza você não tem tempo — respondi, tentando dissuadi-lo de forma educada.

— Como você vai conseguir arrumar esse lugar sozinha? — disse Milton. — É enorme, e você não consegue arranjar nem um metro de tecido decente se eu não te levar ao edifício D&D. Você deve estar se sentindo terrivelmente só sem o Hunter...

— Ele me liga toda hora — interrompi.

Ligava mesmo. Hunter havia partido há menos de 24 horas, mas ligara do JFK e do Charles de Gaulle, e até mandou uma mensagem fofa do tipo "te amo, estou com saudade" para meu celular de manhã cedo. Não poderia haver marido mais atencioso que ele.

— De qualquer forma, vou passar aí mais tarde para tomar um café. Não há nada que você possa fazer. Vejo você às seis.

Em seguida, ele desligou. O que eu estaria fazendo às seis horas daquela noite? Rapidamente virei as páginas da minha agenda: tenho uma reunião com Thack e com o comprador sênior da Neiman Marcus naquela tarde. Trabalho pesado pela frente — estava certa de que seria muito difícil os Neiman encomendarem alguma coisa da nova coleção. Talvez fosse uma boa Milton me visitar mais tarde, pensei. Ele com certeza me animaria após a reunião. Isso não significava que eu teria que contratá-lo.

※※※

— Amamos os vestidos — disse Bob Bulton, o comprador da Neiman Marcus, fechando o pedido e soltando o elástico em volta de sua pasta.

Bob Bulton era um dos mais influentes compradores de roupas da Neiman Marcus, embora sua aparência não levasse, necessariamente, alguém a chegar a essa conclusão. Era um homem muito grande, estava perto da aposentadoria, e vestia um terno Thom Browne feito sob medida, cuja característica mais notável era a bainha da calça parar logo acima dos tornozelos, de modo a revelar as meias de cashmere lilás. Apesar do ateliê de Thack na Chrystie Street ser abarrotado de mercadorias, máquinas de costura, estagiários do Fashion Institute of Technology (F.I.T) e costureiras chinesas, Bob não pareceu nem um pouco incomodado com o caos. Com delicadeza, ele descansou sua bunda flácida na graciosa cadeira de época na qual se sentara.

— Mas nós não podemos nos comprometer com mais de quinze modelos até começarmos a ter alguma mídia — acrescentou. Então olhou nos olhos de Thackeray e disse: — Precisamos de mídia.

— Isso não é problema, de forma alguma — respondeu Thackeray, tranquilo.

Thack sorria com facilidade, empoleirado na beirada do velho sofá francês num canto do ateliê. Parecia completamente relaxado, vestido com um terno Saville Row dos anos 60 e uma camisa feita à mão, sob medida, branca e elegante. Um broche de rosa feito de diamantes e pérolas, que pertencera à sua mãe, estava preso à lapela do paletó. De repente, ele me olhou, dizendo:

— A Sylvie aqui é muito bem relacionada com o pessoal de Nova York. Pelo menos três jovens lindíssimas já assinaram contrato para usar os vestidos no... baile de réveillon de Alixe Carter.

Assim como muitos estilistas, Thackeray era mais merecedor de um Oscar do que muitos atores. Que mentira mais deslavada e baixa, pensei, assentindo e declarando:

— Não é uma ótima notícia?

Sem dúvida eu seria punida mais tarde por cometer perjúrio.

— Bom, tenho que te parabenizar — disse Bob, parecendo impressionado. — Você fechou negócio com essas meninas *mega cedo*. Vamos acrescentar dois de cada um dos vestidos que vão ser usados na festa à nossa encomenda pré-primavera. — Ele parecia estar abrindo a pasta de novo. — Se forem fotografados, vão vender que nem água. Você acha que a própria Alixe vai usar um dos vestidos?

— A prova dela é daqui a duas semanas — disse Thackeray, num inspirado rompante de lorotas.

— Bem, terei que cumprimentar a Alixe pelo bom gosto. Ela é muito amiga da minha mulher, sabe — comentou Bob.

— Que ótimo! — respondi, sentindo uma leve dor torácica. — Então você vai ao baile?

— Não perderia por nada. Parabéns, Thackeray — felicitou Bob, cordialmente.

Ai de mim, pensei, *ai de mim*.

No minuto em que Bob foi embora, arrastei Thackeray até o banheiro, bastante humilde por sinal. Era o único lugar onde poderíamos conversar em particular. O banheiro era tão cavernoso que o iluminamos somente com velas, assim os clientes não veriam como era igualzinho a uma gruta.

— Meu Deus, Thackeray! O que foi aquilo? — soltei na escuridão.

— Você consegue aquelas garotas pra mim, não consegue? — suplicou. — Só dobramos o pedido porque as garotas vão usar meus vestidos no baile da Alixe Carter...

— Thackeray. Deixa eu te lembrar de uma coisinha? *Ninguém* vai usar seus vestidos na festa da Alixe. É tudo invenção sua.

— Sylvie, é sério. Você pode levar isso adiante.

É típico de Thackeray. Ele prometia mundos e fundos aos seus compradores e, de alguma forma, sempre me incumbia de cumprir a promessa. Por mais que eu não quisesse passar meu tempo espremendo mulheres magras em vestidos de prova que fariam até garotas que vestem tamanho 34 se sentirem obesas, Thackeray estava certo no que dizia respeito aos negócios. Ele havia acabado de vender mais seis vestidos. Tínhamos que vestir tantas mulheres quanto possível para a pomposa festa de réveillon de Alixe. De repente, tive uma ideia.

— Lauren! — exclamei. — A Alixe está organizando um chá-de-divórcio maluco pra ela. Acabei de receber o convite. A Lauren deve ser muito amiga da Alixe.

— Você não está falando de Lauren Hamill Blount? — disse Thackeray. — Meu Deus, ela é tão glamourosa.

— Ela mesmo.

— A Lauren é *tão* chique. Será que você conseguiria que ela usasse um vestido meu?

— Vou tentar — suspirei.

Isto é, se eu conseguisse falar com ela.

※❀※

Liguei para Lauren novamente depois que recebi o convite para o chá-de-divórcio. Apesar de ter conseguido deixar recado dessa vez, ela nunca me ligou de volta. Já tinha quase desistido dela, mas, por causa desse negócio de Thackeray-Alixe, tentei de novo. Deixei outro recado no final do dia, mas não esperava qualquer retorno, e fui para casa, como havia previsto, sem ter ouvido de Lauren um pio sequer. Porém, imaginei que Milton, por ser o "melhor amigo" dela, seria capaz de achá-la. Corri do trabalho para casa e encontrei Milton já instalado no único e vergonhoso sofá que havia na minha sala de estar. Vestia uma cafetã rústica laranja, jogada sobre calças de linho branco, à maneira de uma recepcionista de Palm Beach da década de 70. Quando entrei, ele levantou as sobrancelhas de modo compassivo, inclinando a cabeça em direção à deplorável organização dos assentos.

— Não acredito que você convenceu o porteiro a te deixar subir — disse ao vê-lo. Lancei minha bolsa no chão e desmoronei ao seu lado.

— Eu descreveria sua mobília como exausta, mas esse lugar é... — Milton hesitou e olhou em volta da arejada sala, observando o pé-direito alto e a lareira original — chiquenstein. Cem por cento chiquenstein.

O apartamento podia até estar vazio, mas era mesmo chiquenstein, para citar Milton. Além da enorme sala de estar, havia três quartos, quarto de empregada, alguns banheiros, sala de jantar, biblioteca e uma cozinha de bom tamanho.

— Que espaço! — reforçou Milton, levantando-se e andando pela sala. — Três sacadas! Deus do céu. Pra que você quer piso em ziguezague se aqui já tem um chão de mosaico de verdade?

— Eu mal sei por onde começar — disse, subitamente me sentindo oprimida pela quantidade de trabalho que teria.

— Esta é uma bela sala, com um ótimo esqueleto. Que tal um papel de parede verde-acinzentado inspirado na Itália do século XVIII, com alguns buquês de rosas prateados pintados à mão?

— Parece ótimo... mas talvez um pouco exagerado para nós — repliquei, tentando ser educada. Senti-me um pouco incomodada: qualquer coisa pintada à mão soava tão cara que chegava a ser alarmante. — Que mais poderíamos fazer?

— Sylvie, tenho uma ideia melhor ainda. Um piso com o rosa da Farrow & Ball: sou obcecado por essa cor. É a tinta com o tom de rosa mais delicado da Inglaterra, isso aqui ficaria tão... *Chatsworth**. A gente não deve colocar papel de parede nessa sala. A vista é a própria decoração. Olha só pra isso!

Milton, é claro, estava certíssimo. Andei pela sala e destranquei as janelas francesas, que abrem para três agradáveis varandinhas ornamentais. Dali, tudo o que se vê são as copas vivazes das árvores do Washington Square Park, banhadas pela luz do sol, e, acima, um céu azul infinito. Entretanto, aquilo já tinha ido longe demais, pensei. Eu não queria um decorador, lembrei a mim mesma.

— Milton, acho que não posso pagar por seus serviços. — Com certeza isso o demoveria.

Nenhuma resposta. Virei-me e vi que Milton havia saído da sala. Alguns instantes depois o encontrei flutuando pelo quarto principal como uma nuvem laranja.

— Acho que esse visual, pronto mas não *pronto*, desfeito mas feito, é o que você deseja. Despojado. Como se você mesma tivesse arrumado. Mas feito por você mesma com absoluta perfeição. Você precisa de uma cabeceira antiga, papel de parede chinês pintado à mão e mesinhas de cabeceira Jansen...

— Milton, é impossível para mim contratar um decorador — interrompi. — Amo suas ideias, mas não sou esse tipo de mulher.

— Bem, sou um presente da Lauren, então, de qualquer forma, você não tem escolha — retrucou, dirigindo-se para a cozinha.

— O quê? — indaguei, seguindo Milton meio assustada.

— Vou decorar seu apartamento. A Lauren sabia que você jamais me contrataria, então me contratou por você. Ela não é um amor? Não quero me gabar, mas sou brilhante nisso, portanto é bom pra todos nós. Uma taça de champanhe? — convidou ele, abrindo a geladeira da cozinha.

Sem aguardar uma resposta, ele estourou a rolha de uma garrafa. Serviu duas taças. Brindamos.

---
* Palácio rural em Derbyshire, Inglaterra, onde moram os duques de Devonshire. (N.T.)

Tomei um golinho, resignada: o Efeito Milton estava agindo em grandes proporções. É incrível, não é, a facilidade com que podemos ser persuadidas de que uma coisa a qual nos opomos há tanto tempo é a melhor ideia do mundo. Milton me seduziu em minutos, sobretudo ao me convencer de como seria maravilhoso Hunter chegar de Paris e encontrar pelo menos três aposentos devidamente prontos — a cozinha, o quarto principal e a sala de estar — e ao frisar que seria impossível eu realizar tal feito, sozinha, em menos de um mês. Ele estava certo. Eu sabia que Milton estava manipulando aquela parte de mim que desejava surpreender Hunter com algumas tarefas domésticas antiquadas, ao estilo recém-casada, dona-de-casa. Sabia que uma casa confortável faria Hunter feliz, em especial se fosse surpresa, mas também sabia que eu não tinha tempo de levar isso a cabo. Precisava admitir para mim mesma que o papel de parede chinês parecia divino, e Milton me contou que tinha as mais incríveis fontes secretas para arrumarmos móveis maravilhosos. Na minha cabeça, eu já estava planejando uma festa surpresa de aniversário para Hunter — o lugar seria ótimo para receber visitas quando estivesse pronto.

— Bem — disse Milton, secando a taça — vai ser tranquilíssimo. Na verdade, é só maquiagem. Acho que podemos finalizar os aposentos principais antes do seu marido voltar. Onde está o Hunter, aliás?

— Paris, procurando locações pro novo programa dele — respondi.

— Que maravilha! Preciso encontrá-lo quando eu for pra lá, na semana que vem. Vou fazer compras e depois visitar a Sophia. A família dela tem uma casa *fabulosa* na Ile St. Louis.

— Não duvido — confirmei.

— Ela vai me mostrar o Palais Bourbon, no interior da França. Ninguém põe os pés lá há quarenta anos, mas ela *é*, secretamente, uma Bourbon, então arranjou a visita. Sabe, ela seria a rainha da França se não fosse todo aquele negócio terrível que aconteceu em 1789.

— Milton, tem visto a Lauren? — perguntei, mudando de assunto. A menção a Sophia não era nem um pouco bem-vinda, e eu tinha outras coisas em mente.

— Vou à casa dela esta noite, antes de viajar pra Paris.

— Você pode fazer com que ela me ligue? — pedi. — Preciso muito da ajuda dela pra uma coisa de trabalho, mas ela nunca atende quando eu ligo.

— Assim que eu a vir, falo pra ela te ligar — disse Milton. — É provável que neste exato momento ela esteja em casa, sentada, sozinha, sem retornar ligações.

5

Amigos com os Quais Não Podemos Contar

Naquela noite meu celular começou a tocar às quinze pras sabe-se lá que horas. Talvez fosse umas três, não sei. Sonolenta, atendi, na esperança de que poderia ser Hunter ligando de Paris.

Era Lauren. Parecia que estava ligadona.

— Meu Deus, ele acabou de ir embora — arfou. Ela estava totalmente acordada.

— Quem? — indaguei, com sono.

— Sanford, é claro.

— Não!

— Eu sei que é tarde demais para um homem casado estar na casa de uma mulher divorciada. Ainda mais de uma divorciada atraente. Praticamente tive que ligar pros seguranças dele para conseguir me livrar do sujeito. Você gostou do novo óleo de gardênia que de repente todo mundo está usando? Deixa as pessoas com cheiro de Havaí.

— O quê? — perguntei.

— Já notou que toda hora eu tenho um D.D.A.* de um assunto pro outro?

---

* Distúrbio de déficit de atenção. (N.T.)

— O que Sanford queria? — acendi a luz e me sentei na cama.

— Ah, sabe como é, *aquilo*... *É óbvio* que não fiz nada, o que deixou ele enlouquecido. Não me meto com homens casados, acho deselegante. Meu Deus, me desculpa por ter demorado tanto pra te ligar de volta. A culpa é toda minha. Na verdade, andei me sentindo muito mal, não conseguia fazer nada. Bom, o que você acha dessa coisa do óleo de gardênia?

— Amo, mas ainda não descobri onde comprar — respondi.

— Na Bond No. 9. Você pode ficar com o meu. Acho insuportável todo mundo ter aderido a essa onda de gardênia no sul de Manhattan. O Milton diz que tenho que usar gardênia no cabelo da próxima vez que eu der um jantar, e sugeriu que eu fique descalça. Você devia vir ao próximo.

— Eu adoraria...

— Desculpa, dá pra você esperar um segundo? — ela interrompeu.

Pude ouvir outro telefone tocando ao fundo. Lauren atendeu.

— Sim, querida... Também estou com saudade. — Ouvi ela dizer. — Ah, nāna, nina, não... Posso te ligar depois? Que horas são aí? O.k.? Inté!

Ela voltou ao telefone.

— Ai! Dramalheira. — Ela suspirou.

— Quem era?

— Por que nós não almoçamos juntas amanhã? — sugeriu Lauren, ignorando minha pergunta.

— Claro — aceitei. Aí poderia perguntar-lhe sobre Alixe Carter. — Onde?

— A gente decide de manhã. Posso te ligar às onze?

※❀※

Lauren ligou pro ateliê às onze horas da manhã em ponto. Francamente, achei sua pontualidade surpreendente e bastante animadora. Talvez Lauren não fosse tão terrível quanto declarava ser, afinal de contas.

— Deus do céu, não estou atrasada, estou? — perguntou ela quando atendi o telefone.

— Não. Falta, exatamente, um minuto para as onze — respondi.

— Você vai pensar que sou a pessoa mais excêntrica da face da terra, mas tenho que cancelar nosso almoço. Estou arrasada.

Eu também estava. O que eu faria a respeito do projeto de Thackeray para os vestidos?

— Está tudo bem? — indaguei.

— Ah, meu Deus, está tudo ótimo, mas, bem, é complicado. Não há a mínima chance de eu poder almoçar hoje.

— Será que você poderia me ajudar com uma coisa de trabalho? Quer ir tomar chá, em vez de almoçar? — sugeri, esperançosa.

— Ah, seria ótimo. Mas não posso. Estou presa na Espanha.

Lauren estava em Madri. É obvio que estava. Percebi logo que Lauren achava impossível, física e emocionalmente, permanecer mais do que o tempo de um piscar de olhos num mesmo lugar. Mesmo assim, com certeza era bem engenhoso estar em Nova York de madrugada e em Madri na manhã seguinte. Como ela havia chegado lá?

— Privê — explicou, em voz baixa. — Não foi no avião de Sanford nem nada disso. Foi no de um amigo meu. Ele agendou um avião para vir pra Madri ontem à noite e ficou insistindo para eu ir, acho que eram três da manhã, por aí. Achei que seria legal passar o fim de semana aqui nas montanhas. Eles têm cavalos incríveis e eu estava desesperada pra cavalgar, mas agora que estou aqui queria mesmo era estar aí almoçando com você. Desculpa. Você me odeia?

— Não, deixa de loucura. O que você está fazendo aí?

— Digamos assim: a fase um do Desafio Ficativo foi executada. Menos um! Eu fiquei com um *Matador*. Já estou *totalmente* cansada dele.

Lauren estava tão eufórica quanto uma colegial. Certamente progrediu rápido. Então ela suspirou e disse:

— O negócio é que o sr. Madri, que é na verdade um toureiro em meio período, estava divino comendo *kedgerre* no avião ontem à noite, mas agora estou numa casa esquisita nas montanhas com ele, e as plantas estão me deixando claustrofóbica. Tem tantas palmeiras no quintal que parece *O terror veio do espaço*. Mas para cumprir meu objetivo é preciso sofrer. — Lauren soou tão solene quanto uma freira que acabara de fazer o voto de castidade. — Ele é o primeiro ficante do meu plano.

— Como ele é? — perguntei.

— Digamos assim: o ficante *Matador* me destruiu de verdade. Beijo de espanhol é repugnante. Eles literalmente sugam sua língua, como se quisessem engolir. Argh! Mandaria prender um americano que fizesse isso. Nem preciso dizer que minha pele de zibelina tosquiada da Revillon, sabe, o casaco com botões antigos, está chegando de Paris. Espero que chegue a Nova York antes de mim. Preciso marcar cada ficante com uma grande surpresa pra mim mesma, *n'est ce pas*? Afinal de contas, beijar um desconhecido é *uma agonia*. A saliva estrangeira e tudo o mais... É que nem mingau morno.

— Argh! — ri. — Definitivamente, você merece uma pele especial.

— Meu Deus, preciso ir embora daqui — declarou Lauren. — Te ligo no segundo em que colocar os pés em Nova York. Um beijão.

Em geral, não me importo que uma mulher seja excêntrica, ou que cancele um almoço, mas Lauren levou a coisa da Garota Excêntrica de Nova York ao limite do aceitável. Deixe-me explicar. Um certo grau de esquisitice, de cancelamentos em cima da hora, de deixar o outro na mão e de inutilidade geral no departamento de amizades é regra num certo círculo de Nova York. A verdade é que as garotas muito bonitas e abastadas têm mais permissão para decepcionar qualquer pessoa do que suas contrapartes menos atraentes e menos endinheiradas. Lauren alçou a arte da excentricidade a outro nível. Ela deixa os outros na mão com frequência, mas com tanto charme que sua esquisitice não só foi amplamente aceita, como considerada bastante fascinante. Porém, nada fascinantes foram os dois dias seguintes que passei no ateliê, com Thackeray me perguntando o tempo todo se eu já havia falado com Alixe Carter.

A vez seguinte em que tive notícias de Lauren, alguns dias depois de Milton ter ido ao meu apartamento, foi via mensageiro. Naquela quinta-feira eu estava trabalhando em casa, de olho no exército de *funcionários* de Milton (que, devo dizer, havia feito maravilhas em poucos dias), quando um embrulho chegou, com um envelope liliputiano em cima. Era de um rosa claríssimo e dentro havia um bilhete combinando, do tamanho de um selo, onde estava escrito com tinta rosa-choque:

Desculpa! Almoço 13h Blue Ribbon? Beijo L.

Não há nada como imprimir um pedido de desculpas para deixar uma nova-iorquina um tanto quanto confusa. Isso certamente explica a moda atual dos cartões adornados com monogramas e de dimensões tão diminutas (5 por 7 é o menor disponível hoje em dia) que mal cabe mais de quatro palavras. "*Jantar divino querida! Cecile*" é tipo o máximo que dá para escrever num cartão, e isso se você usar os dois lados. Algumas pessoas grosseiras começaram a falar que as garotas de Manhattan preferem cartões minúsculos para dizer alguma coisa porque não têm nada a dizer.

O problema da excentricidade de Lauren é ela ser super abrangente. Não se trata só de cancelamentos. Também inclui fazer novos planos tão em cima da hora quanto são em cima da hora os cancelamentos. Quando uma amalucada traça "planos", não há como fugir, pois é provável que sejam planos que te interessem bastante.

Por um momento, enquanto lia o cartãozinho chique de Lauren, tive vontade de dizer a ela que eu já tinha outros compromissos. Nesse ínterim, abri, irritada, o pacotinho. Dentro havia um pesado vidro de perfume de óleo de gardênia da Bond No. 9 — cujo nome, por acaso, era New York Fling*. Havia também um vidrinho antiquado, muito chique, coberto de pele de bezerro laranja e com pulverizador verde fluorescente em cima. Não dava para não ficar encantada com um objeto tão decadente.

---

* Algo como "aventura nova-iorquina". (N.T.)

Decantei o perfume no vidrinho e borrifei um pouco no pulso. O cheiro era delicioso. Talvez eu não tivesse nenhum compromisso, afinal de contas.

Liguei para Thackeray e avisei que talvez fosse passar a tarde toda fora. Ele achou que valeria a pena, caso conseguíssemos levar Alixe para fazer uma prova no ateliê. Deus do céu, pensei no final daquela manhã, enquanto me vestia para o almoço, eu mal conhecia Lauren e teria que pedir-lhe para me ajudar com uma situação embaraçosa que envolvia uma amiga íntima dela. Vesti rápido uma calça jeans nova de veludo chocolate Hudson e um sobretudo curto de cashmere branco. Se meu estado emocional era de ansiedade, esperava que minha roupa disfarçasse.

Para minha enorme surpresa, Lauren já estava no Blue Ribbon, na esquina da Downing com a Bedford, quando cheguei. Estava sentada em uma mesa redonda ao lado da janela no restaurantezinho fofo, coberta por um vestido de *chiffon* franzido cor de chocolate. Apesar do frio outonal, suas pernas estavam nuas, e ela usava sandálias de jacaré rosa claro Jimmy Choo. Uma estola verde clara de pele de raposa jogada de forma casual sobre as costas da cadeira. Parecia bastante descansada para alguém que cruzara o Atlântico duas vezes em alguns dias. Enquanto me dirigia a ela, examinei o restaurante. Havia pelo menos quatro mulheres de sobretudo branco, notei, decepcionada comigo mesma. Em Nova York, o ciclo da moda está sempre em *fast forward*. Em qualquer outra cidade americana é necessário ao menos uma estação para algo ficar "ultrapassado". Aqui, basta um almoço.

— Você está parecendo a Jackie O — comentou Lauren quando me aproximei. Ela se levantou, me abraçou e me deu dois beijinhos. — *Amei* o casaco.

— É horroroso. *Você* é que está linda — retruquei, beijando-a de volta.

— Eca! Estou horrível — respondeu Lauren, ajeitando o vestido. — Estou me sentindo uma leitoa.

Embora ambas estivéssemos bonitas, é compulsório para mulheres que estejam almoçando juntas, seja em qual parte for dos Estados Unidos, trocar cumprimentos pelo incrível bom gosto da outra. Depois, devem fazer comentários de natureza autodepreciativa a respeito do próprio estilo. Aprende-se o roteiro no colegial, logo após o juramento de lealdade à bandeira e à república norte-americanas. O detalhe principal é nunca improvisar e acabar aceitando um elogio por engano.

Quando encerramos essa parte, suspiramos ao mesmo tempo e nos sentamos. Um garçom veio até nossa mesa e anotou o pedido — duas Cocas, steak com fritas, sem salada.

— Estou morrendo de fome — disse Lauren. — Vamos direto ao assunto. No que eu posso te ajudar?

— Bom, tem a ver com a sua amiga, Alixe, aquela que me convidou para o seu chá.

— Que coisa esquisita. *Eu* ia te pedir uma coisa relacionada à Alixe — declarou Lauren, aparentando surpresa.

— O quê? — perguntei, subitamente intrigada.

— Não, você primeiro — disse Lauren, sorrindo.

Abri o jogo e contei a ela toda a lamentável história, do início ao fim.

Em seguida, Lauren pegou o celular, discou o número de Alixe Carter e mandou que ela vestisse Thackeray Johnston no baile que daria em janeiro. Pelo que pude entender da conversa, Alixe Carter fazia tudo o que Lauren lhe dizia para fazer.

— Fechado. Alixe estará no estúdio para uma prova de roupa na segunda, 20 de setembro, às 14 horas. Também posso usar Thack no baile dela, se isso ajudar — prometeu, fechando o celular com um estalo. — Oh, meu Deus, que delícia. Obrigada — exclamou Lauren quando o garçom apareceu com as duas Cocas. Lauren tomou a dela em exatos dois segundos, como se não tivesse bebido nada há um mês. — Coca-Cola não é a coisa mais gostosa do mundo? Já tentei parar milhares de vezes, mas não consigo de jeito nenhum. É mais fácil parar de fumar, o que eu também não consigo.

Alguns minutos depois, o garçom trouxe nossos pratos e os colocou na mesa. Lauren olhou o dela e disse:

— Você pode me servir uma salada de rabanete? — E imediatamente entregou o prato para o garçom. Depois disse: — Eu ia te pedir um enorme favor, para você me ajudar numa coisa...

— Claro. Você acabou de me fazer o maior favor de todos os tempos.

— Quero que você seja minha dama de honra — pediu com um sorriso doce.

— Você vai se casar com o ficante *Matador*?

— Não. No meu chá-de-divórcio.

— Adoraria — concordei. Era hilário.

Logo ficaria evidente que a diretriz principal de Lauren para a dama de honra era se certificar de que nenhum marido fosse levado ao evento. Cada convidado tinha que levar um homem disponível, como estava especificado no convite, mas precisava ser um "bom" homem disponível, ao contrário do punhado de pedestres conhecidos que ressurgiam ano após ano no circuito de festas, em geral por não serem casáveis. "Bom" era o homem que tinha uma carreira interessante e que ganhasse muito bem, mas quanto maior fosse o salário, menos interessante a carreira precisava ser. Informática, tudo bem, por exemplo, caso fosse o sr. Skype. Outros requisitos incluíam a cabeça cheia de cabelos, propriedades ("Nada de inquilinos", decretou Lauren) e, se possível, herança.

— Não que eu esteja procurando marido — explicou Lauren com timidez. — Só estou em busca do ficante número dois. O ponto principal é que o chá-de-divórcio é um beijódromo onde a divorciada fica numa sala cheia de mulheres casadas e homens solteiros. Competição zero. Ah, com a exceção de algumas seletas Divorciadas Debutantes que eu devo escolher para estarem lá... Salome e Tinsley... Elas são *tão* divertidas. Meu Deus, espero que você não se importe de organizar isso em cima da hora. Posso te dar uma lista de caras. Espero que eu não esteja sendo muito... *excêntrica* — disse ela.

— Não é *nem um pouco* excêntrica — declarei, pensando, *Será que alguém conseguiria ser mais excêntrica?*

6

Caçando Marido

Haveria algo de perigoso — me perguntei mais tarde, naquela noite de sexta-feira, ao chegar em casa depois do meu excêntrico almoço com Lauren — no fato de uma recém-casada como eu organizar uma festa livre de maridos que celebraria um divórcio? Alguma coisa me incomodava. Não estava me sentindo exatamente culpada, mas tinha uma certa consciência de que não era muito apropriado uma recém-casada estar envolvida — ou ficar tão feliz assim com o papel recebido. A verdade é que, secretamente, eu achava outras recém-casadas insuportáveis. O chá-de-divórcio, pensei, seria um antídoto maravilhoso para a fixação burguesa pelos recém-casados, que parecem ser incapazes de discutir qualquer outra coisa além dos azulejos Waterworks da nova cozinha e de seus esforços para "emplacar" uma gravidez. Episiotomias e ovulação deveriam ser assuntos banidos das conversas nas empresas após as 19 horas. São tópicos que fazem todo mundo ficar com náuseas.

De noitinha, liguei para Hunter — devia ser 11 horas no fuso dele — para lhe contar sobre o chá-de-divórcio. Contanto que meu marido estivesse a par do que eu estava tramando, não estaria fazendo nada de errado. E se ele dissesse que não queria que eu me envolvesse abandonaria o papel de dama de honra.

— Querida, posso te ligar mais tarde? Ainda estou jantando — ele explicou ao atender minha ligação no celular.

Ouvi muita animação ao fundo, e diversos sotaques americanos e britânicos. Parecia que Hunter estava se divertindo.

— Claro, tudo bem. Estou com saudade, amor — eu disse, desligando o telefone.

Não iria sair naquela noite, então decidi jantar na cama, assistir a um episódio de *Entourage* que havia perdido e esperar Hunter retornar minha ligação. Senti-me deliciosamente decadente. Hunter proíbe terminantemente que se coma na cama — ele acha indecente ou algo assim — mas acho incrivelmente civilizado. Era estupendo ficar enfiada na cama, jantando comida chinesa numa camisola de seda *vintage*, sem ninguém com quem me preocupar. Antes que Hunter tivesse a chance de me ligar, adormeci. Hunter devia saber que iria interromper meu sono, pois quando acordei naquela manhã de sábado ainda não tinha me ligado.

Assim que despertei, telefonei para o hotel de Hunter. Ele estava morando — com algum estilo, imaginei — no Hotel Bristol, quando estava em Paris. É um dos melhores hotéis que há na cidade.

— Monsieur Mortimer non est'aqui — declarou um francês bastante seco do outro lado da linha. — E non est'aqui o diá todo.

Fiquei pensando no que ele estaria fazendo. Vagando melancólico pelas ruas de Paris, pensando em mim, esperava eu. Talvez estivesse comprando as inacreditáveis camisolas de renda feitas à mão da Sabbia Rosa para me dar de presente. Mas eu não tinha lhe dito nada a respeito da Sabbia Rosa, e todas nós sabemos que devemos dizer aos maridos exatamente com o quê surpreender suas esposas. Anotei para mim mesma que deveria mencionar isso, com toda a casualidade do mundo, na próxima vez que falasse com ele.

— O senhor poderia dar um recado para o Monsieur Mortimer quando ele voltar? — perguntei.

O recepcionista me passou para uma secretária eletrônica, onde deixei uma mensagem do tipo longuíssima, saudosa e melosa que envolvia o envio de muitos beijos a Hunter.

— Beijo, beijo, beijo, querido.

Em seguida, liguei para o celular de Hunter. Tocou algumas vezes, depois ouvi três bipes e uma voz: "Favor. Tentar. Mais. Tarde". Liguei mais algumas vezes, mas era óbvio que o telefone não estava funcionando. Talvez os franceses tenham impossibilitado que celulares dos EUA funcionassem lá, assim como faziam com tudo que era americano. Pois bem, vou enviar um e-mail pra ele, pensei. Vestida com um robe, sentei-me à mesa que Milton havia providenciado para Hunter na biblioteca e digitei o seguinte:

Queridíssimo maridão,
    Sua esposa está morrendo de saudade. Ela foi abduzida para dentro de um plano terrível de uma Divorciada Debutante envolvendo não-maridos, e espera que você não faça nenhuma objeção. Aliás, se por acaso você estiver na Rue Des Saintes Pères e for atraído de forma incontrolável por uma loja chamada Sabbia Rosa, siga seu instinto e entre, já que sua esposa adora surpresas estilo Sabbia Rosa. Me liga, baby!
Beijos
xxxx S

Tendo aberto o jogo a respeito do chá-de-divórcio, fui para a cama sonhando com o cetim da Sabbia Rosa. Na manhã de domingo, Hunter ainda não tinha ligado, então telefonei de novo para o Bristol. O telefonista do hotel demorou um pouco tentando achar o quarto de Hunter, e então anunciou:

— Não tem nenhum Monsieur Mortimer hospedado aqui. Ele deve ter fechado a conta.

— Não, com toda a certeza ele está aí — insisti. Onde mais ele poderia estar?

— Vou checar novamente... — Houve uma pausa e eu escutei o telefonista batendo as teclas do computador. — Não. Diz aqui que ele fechou a conta na sexta-feira, às 14 horas. *Au revoir.*

A linha emudeceu. Desliguei, vagarosa. De repente, meu estômago parecia uma betoneira. Hunter tinha fechado a conta? Onde ele estava? Naquele domingo, pela primeira vez em meu brevíssimo casamento, comecei a duvidar seriamente de Hunter. Eu o adorava, mas será que depois de seis meses eu o conhecia de verdade? Fazia apenas uma semana, mais ou menos, que Hunter tinha partido, mas será que podia confiar nele? Senti que, à medida que o dia passava, me afundava numa depressão domingueira medonha. Nem mesmo uma alegre ligação de Milton para me contar que havia encontrado o mais deslumbrante chandelier antique Les Puces me animou. Quem ligava para iluminar a casa com cristais venezianos quando não havia marido para ser iluminado?

— Você viu o Hunter? — indaguei.

— Err... — gaguejou Milton.

— O que foi? O que foi que aconteceu?

— Nem de relance. O chandelier é maravilhoso...

— Se você o vir, talvez, o negócio é que...

De forma totalmente inesperada, desatei a chorar.

— Sylvie, o que foi? — perguntou Milton, preocupado.

— Eu só preciso falar com ele. Não consigo achá-lo, e de repente ficou tudo tão estressante, essa coisa toda... de ser casada.

— Bom, eu sei que nós vamos vê-lo amanhã.

— Nós?

— A Sophia que organizou.

Sophia. A garota Harajuku-barra-quase-rainha-da-França, com belas pernas.

— Por que foi Sophia quem "organizou"? — inquiri, um pouco aborrecida.

— Nós todos vamos a um restaurante na rue Oberkampf. Acho que foi ela que reservou a mesa.

Segunda-feira não foi um dia bom. Hunter ainda não tinha telefonado, eu não conseguia localizá-lo e, além de tudo, Alixe Carter não apareceu para a prova de roupa. Tinha certeza de que ouvira Lauren confirmar a data e o horário: segunda-feira, 20 de setembro, às 14 horas. Mas Alixe não telefonou, não mandou e-mail e seu celular caía direto na caixa postal. Irritado, Thackeray passou o dia inteiro esboçando, furioso, vestidos soturnos para o Oscar que, eu tinha esperanças, nenhuma atriz seria condenada a usar. Eu, por outro lado, queimei os miolos com a contabilidade, numa tentativa medíocre de tirar minha atenção da minha própria ansiedade.

Quando enfim tive notícias de Hunter, naquela noite, estava naquele estado emocional falsamente positivo de todo o drama não-ter-notícias-do-marido, em que você já chorou e se martirizou e por fim emergiu com uma alegria irremediável. Até disse a mim mesma milhões de vezes, a ponto de quase chegar a acreditar, *Não preciso de marido, mesmo*. Eram quase sete horas da noite quando ele me ligou.

— Olá, querido — disse, cautelosa, ao ouvir a voz dele. Meu coração batia milhões de vezes por minuto.

— Estou enlouquecendo de saudades de você. Onde você esteve o fim de semana todo? — ele perguntou.

— Onde *eu* estive? Estava imaginando onde você estaria. Liguei pra você tipo umas quinze vezes. Para onde você foi? — questionei, irritada. De repente, tinha ficado um pouco aborrecida.

— Estava aqui — respondeu Hunter. — Onde mais eu estaria?

O quê? Que coisa mais bizarra.

— O hotel disse que você tinha fechado a conta — retruquei.

— Que estranho. Fiquei aqui o fim de semana todo. Não podia te ligar quando eu queria porque... Tinha negócios sem fim... Reuniões, e também tem o fuso horário...

— Curioso eles me dizerem que você não estava aí — comentei, tentando não soar como se o estivesse acusando.

— O hotel deve ter se enganado — explicou Hunter. — Bem, quanto ao chá-de-divórcio da Lauren... Acho que você deveria ser a dama de honra, com certeza. E quero o relatório completo de todos os acontecimentos diabólicos da noite.

— Ah, pode deixar — ri. Talvez estivesse tudo bem.

— E quanto à outra coisa... Sabbia Rosa... Bela loja...

— Você comprou alguma coisa pra mim? — perguntei, entusiasmada.

— Não posso revelar, querida...

— Querido, me desculpa — declarei.

— Pelo quê?

Como eu poderia ter desconfiado de Hunter? Ir à Sabbia Rosa assim, depois de apenas uma dicazinha por e-mail, era um comportamento marital admirável. Era óbvio que a confusão daquele fim de semana tinha sido culpa do hotel. Ainda assim... era *estranha*, a coisa toda. Mas... bem... que importância tinha isso? É provável que eu tenha ficado excessivamente paranoica com o Hunter longe por tanto tempo e tudo mais.

— Por sentir tanta saudade de você — menti.

— Eu penso em você o tempo inteiro. Fico pensando que Paris não é Paris de verdade sem a minha linda mulher ao meu lado.

— Você é o meu preferido — anunciei. Ele era. Ponto final.

— Então, escuta só, achei uma locação incrível para a cena da casa de campo. É um *château* antigo fantástico, a umas duas horas ao norte de Paris.

— Como você achou?

— Milton. Ele me ligou do nada na semana passada, e fomos tomar café-da-manhã no Café Flore. Ficamos batendo papo sobre interiores. Ele mencionou que a Sophia tinha mostrado um lugar incrível a ele, então fui dar uma olhada. A equipe está toda lá agora, trabalhando no local.

— Que legal da parte da Sophia — reagi. De maneira bem generosa, pensei.

Então algo me ocorreu. Milton não me havia dito ontem mesmo que ainda não tinha visto Hunter? Talvez eu tenha ouvido errado. Porém, de repente me senti estranha.

— É. Ela é um contato útil aqui. Olha, preciso correr para o jantar, nós todos vamos nos encontrar. Digo a eles que você mandou lembranças.

— Ótimo — disse e desliguei o telefone.

Por que todo mundo, inclusive a Mulher Que Só Namora Maridos, estava jantando com meu marido em Paris enquanto eu estava em Nova York? Está tudo errado. Preciso planejar um fim de semana em Paris, rapidinho.

7

O Chá-de-Divórcio

As festas de Alixe Carter sempre fazem jus ao seu apelido: Gastarela. Gastarela é a única mulher de Nova York com menos de 35 anos que pode dizer, honestamente, que tem um salão de baile, onde promove o baile anual de réveillon. Ela diz, e acredita de verdade, que comprou seu palácio na Charles Street com os royalties ganhos sobre a linha de sabonetes Arancia di Firenze. Embora todo mundo saiba que, na realidade, o marido de Alixe, Steve, paga tudo com o lucro gerado pelos seus cassinos, tal fato nunca é mencionado pelos redatores das revistas femininas ou pela seita de amigas devotadas que nem servas, também conhecidas como as damas de companhia.

— Eu exagerei na flor de pera? Ou foi pouco? — ela perguntou, preocupada, quando Lauren e eu chegamos, pouco depois de meia-noite, na suíte da cobertura do Hotel Rivington, a sede do chá-de-divórcio. Alixe estava usando um longo Ungaro branco estampado com papoulas carmesim. Encaixava-se com perfeição na temática floral. — Se alguma coisa estiver errada, a culpa é *toda* do Anthony Todd, que eu *adoro*. Ele que fez as flores, sabe.

Anthony Todd havia, como sempre, mais do que compensado o excessivo custo de US$60 por caule de flor de pera. O preço absurdo era justificado pelo fato de que a tal flor de pera estava completamente fora de estação no dia 2 de outubro, e este foi, é claro, o motivo principal para Alixe querê-las. (Agora que bolsinhas de mão de grife eram enfeites *gauche*, flores de grife tampavam esse buraco deixado em sua vida). Segundo os boatos, ela teria provocado mais danos aos pomares de pereiras da Nova Zelândia ao criar seu jardim primaveril do que o McDonald's já causou às florestas tropicais.

— Renascimento! — declarou Alixe, explicando a razão para criar um jardim de flores primaveris em pleno outono, apesar de todo mundo saber que o único critério que Alixe usava para decidir temas florais era que o último fosse mais visivelmente dispendioso do que o anterior.

— Está incrível, Alixe — elogiei, reconfortando-a.

— Sylvie Mortimer? Encantada em finalmente conhecê-la. *Bon divorce*, meninas — gritou ela, num tom agudo, e virou-se para cumprimentar outra convidada.

Alixe não mencionou o fato de ter faltado à prova de roupa. Nem eu.

— Certo, vamos logo pegar nosso álcool — disse Lauren, guiando-nos até o bar. — Dois champanhes *on the rocks*, no copão — pediu ela quando chegamos. — Li em algum lugar que o Fred Chandon tomava desse jeito. Não é mega glamouroso?

O barman serviu nossos drinques e Lauren me deu um deles.

— Você está vendo algum bonitinho aqui? — perguntou, enquanto examinava a sala. — Estou cafona?

O traje impecável de Lauren estava de acordo com o traje obrigatório, estabelecido tacitamente, do Hotel Rivington: black-tie ultrapassado. Ela estava usando um vestido pregueado Tuleh cinza-nuvem com pontinhos brancos que ia até o chão. Um bolero — uma pecinha que mal chega a ter o comprimento dos ombros feita de, aproximadamente, um centímetro de pele ilegal de macaco — cobria seus ombros. Seus olhos eram emoldurados por cílios postiços e quilos de lápis, e o cabelo caía em ondas perfeitamente despenteadas em volta dos ombros. Eu, por outro lado, usava um dos mais recatados vestidos de renda branca de Thack. Queria deixar bem claro que não estava à procura de bonitinhos.

— Você está lindíssima — eu lhe disse.

— Estou me sentindo estranha — confessou, seus olhos dardejando a massa de convidados. — Tudo aqui é *cool* demais pra mim.

A festa não era exatamente um típico chá de mulherzinha (graças a Deus). As janelas de blindex que cercavam toda a cobertura, através das quais se viam as luzes vermelhas e laranjas da rua tremeluzindo lá embaixo, formavam um fundo cintilante para o cenário da festa. Aqui e ali eu distinguia silhuetas de homens com os braços em torno das cinturas de garotas, grupinhos empoleirados em sofás minúsculos que tinham sido levados para a cobertura especialmente para aquela noite, e casais íntimos descansando em pufes de pele gigantes espalhados pela festa. Já havia até beijos acontecendo embaixo das flores de pera, cujas pétalas estavam infladas de modo tão lascivo que pareciam mais macias que chantilly fresco.

— Quem é *aquela*? — perguntei.

Logo ao meu lado uma garota bastante exótica escorava-se numa banqueta de bar, beijando freneticamente um homem de pele escura. Ela o empurrava pra valer contra o bar. Parecia tremendamente desconfortável para ele. Enquanto era pressionado para trás, um solidéu de repente desprendeu-se da parte de trás de sua cabeça e caiu sobre o bar. Ele não percebeu, e Lauren e eu nos esforçamos para conter o riso.

— Aquela é a Salome Al-Firaih. Também conhecida — sussurrou Lauren, com malícia — como a Divorciada do Plano de Paz no Oriente Médio. Ela jamais deixa de beijar alguém da religião oposta. Ela é tão *cool* que chega a ser insuportável. Estou seguindo o exemplo dela.

Em seguida, Lauren chegou perto de Salome e bateu no ombro da garota, dizendo:

— Salome, você devia tomar cuidado. Isso aqui não é Genebra. Isso aqui é o Hotel Rivington.

— Lauren! Eu estou *ocupada* — sibilou ela, mal desgrudando seus lábios dos lábios do ficante.

Parecia uma Sophia Loren do Oriente Médio. Sua pele era da cor de uma pralina Fauchon caríssima, e os cachos pretos que batiam no ombro brilhavam como uma mancha de petróleo cru. Cílios de Bambi emolduravam suas íris cor de jade, e seu *décolletage* estava espremido num vestido bastante revelador. Ela tinha o clássico visual da gostosona árabe.

— Você precisa ser mais discreta — Lauren recomendou ao cabelo de Salome. Soou levemente mandona.

A garota lançou um olhar e piscou com malícia para Lauren.

— Querida, feliz divórcio! Pra que ser discreta se todo mundo sabe de tudo mesmo?

O "tudo" que "todo mundo" sabe é que Salome, uma princesa saudita de 28 anos, havia se casado, aos 21, com Faisal Al-Firaih, um sobrinho do rei formado em Harvard, num casamento arranjado. Alguns anos depois, Faisal a trouxe a Nova York, aonde ele cuidava dos negócios da família. Há cerca de um ano, ele teve que voltar ao Oriente Médio para passar três meses. Foi nessa época que Salome descobriu o Bungalow 8, a boate, exclusivíssima, favorita da realeza do sul de Manhattan, que abre as portas às duas horas da madrugada. Enquanto isso, Manhattan descobriu Salome, e Salome descobriu que amava ser fotografada. Embora a princesa aparentasse ser tão sofisticada quanto uma pantera, o Bungalow 8 tinha sido apenas a segunda boate em que já estivera. Ela enlouqueceu com os homens e endoidou com o vodkatini, e acumulou chinelos do Bungalow 8 como se fossem peças de arte. Uma noite foi vista ficando com Shai Fledman, um americano-israelense que é consultor de investimentos imobiliários. Infelizmente, Faisal leu a respeito da esposa na manhã seguinte, na página da internet do Page Six, sob a manchete "Diários de um casal: galã-israelita e princesa-saudita". Ele ligou de Riad para Salome, disse "Eu te divorcio. Eu te divorcio. Eu te divorcio", e foi isso. Segundo a lei da Sharia, estavam imediatamente divorciados. Agora Salome está namorando o judeu. Os pais dela não falam com ele. Os pais dele não falam com ela. Os pais de Salome também não falam com ela, e é por isso que Salome se apelidou de Turma do Eu Sozinha.

Não consegui desviar o olhar de Salome, em parte devido ao seu desempenho de parar o trânsito no quesito beijos, mas também porque ela parecia irradiar luz de dentro. Thackeray, pensei, amaria vesti-la caso o lance com Alixe Carter não desse certo, o que parecia cada vez mais provável. Salome era muito mais intrigante do que uma estrela de cinema ou uma celebridade televisiva.

— Ela seria ótima pro Thackeray — sussurrou Lauren.

— Era exatamente isso que eu estava pensando — respondi a meia voz.

Lauren literalmente arrancou Salome de Shai, em meio a vários risos e ataques histéricos. Ela gesticulou em minha direção.

— Quero que você conheça minha amiga, Sylvie.

— Olá — disse Salome. — Amei seu vestido.

— Obrigada — agradeci.

Eu telefonaria para Salome na semana seguinte e faria com que ela fosse ao ateliê. Teria de ser mais esperta em relação a ela do que tinha sido com Alixe. Um garçom passou com uma bandeja de champanhe.

— Quer? — ofereci a Salome.

— Não. Champanhe não dá *onda*. Só bebo destilados. Uma dose de vodka, por favor — ela pediu ao garçom.

— Em um segundo — retrucou ele, e dirigiu-se ao seu posto.

Naquele momento, surgiu uma mega grávida em forma — pelo que eu sei, o único tipo de grávida a quem Manhattan permite pôr os pés fora de casa à noite. Usava um rabo-de-cavalo lustroso e vestia um jeans justo e um top rústico enrugado. Sua barriga era tão elegante quanto se tivesse engolido um melão.

— Lauren! Meu homem pegável já está com outra! — ela exclamou, nervosa.

— Phoebe Calder. Meu Deus, obrigada por ter vindo. Meia-noite é bem tarde pra uma senhora grávida. Você está super magra — mentiu Lauren.

— Estou me sentindo um camelo com as corcovas para o lado — mentiu Phoebe.

— Eu nem perceberia que você está grávida — mentiu Salome.

Naquele instante o garçom surgiu com uma bandeja cheia de doses de vodka. Ele a deixou na mesinha que havia do nosso lado. Todas, exceto Phoebe, pegaram um copo. Shai, infeliz agora que não estava mais grudado com Salome, pegou dois.

— Phoebe, você já conhece a Sylvie? — perguntou Lauren.

Phoebe lançou-me um sorriso amistoso. Não a conhecia, mas seu nome me soou familiar. Ela pestanejou com timidez, depois disparou:

— Conheço Hunter desde a minha época de debutante. Ouvi dizer que vocês fizeram aquela coisa de casamento secreto. Parabéns por enlaçar ele. Ele é lindo até não poder mais. Que mulherengo ele era. Ai, ai, ele era maravilhoso.

— É, ele é maravilhoso mesmo — concordei, ignorando as outras observações feitas por Phoebe.

Salome, que parecia ser uma alma mais sensível do que sua aparência deixava entrever, rapidamente mudou de assunto.

— Pra quando é? — indagou ela, entre uma vodka e outra.

— Daqui a um mês, mais ou menos. Acabamos de chegar da nossa última viagem à Europa. O Dr. Sassoon mandaria me prender se soubesse que eu acabei de fazer uma viagem de avião. Sylvie, nós vimos o Hunter em Londres. Há duas semanas. Ele ainda é loucamente atraente, loucamente.

— Paris — corrigi. — Ele está em Paris.

— Bom, nós o vimos em Londres. Ups.

Do quê Phoebe estava falando? Hunter estava em Londres? Duas semanas atrás? Mas... minha mente voltou no tempo, zumbindo. Não foi nesse... nesse fim de semana que não consegui falar com ele? O ar ficou preso em minha garganta. Tentei, com dificuldade, ativar meu calendário mental, juntando as datas... Foi quase que exatamente duas semanas atrás, não foi?, que não conseguia achar Hunter... Porém, quem sabe o que duas — talvez agora já fossem três — doses de vodka haviam causado à minha habilidade de lembrar datas? Isso era ridículo. Phoebe estava falando coisa sem pé nem cabeça.

— Ele passou o fim de semana inteiro no hotel, em Paris — declarei, com firmeza. — Reuniões de negócios.

— Maridos ausentes! Rá rá rá! — riu Phoebe. — Eu também nunca vejo o meu. É uma maravilha.

Percebendo que o ambiente estava pesado, Lauren perguntou:

— Como está indo sua linha para bebês, Phoebe?

— Nooossa! Dá *tanto* trabalho. Minhas amostras estão em Xangai. Devem voltar na semana que vem.

— Com licença, vou ao toalete — anunciei, e saí rápido dali.

Ao chegar lá, me tranquei numa cabine. Hunter *tinha* ido a Londres? Por que Phoebe diria isso? Mais importante ainda: se ele esteve lá, por que não me contou? De repente, ouvi a porta do banheiro feminino sendo aberta com um estrondo. Alguém bateu à porta da cabine e ao sair encontrei Salome e Lauren me perscrutando com olhar de preocupação.

— Aí está você — disse Lauren. — Não se preocupe com a Phoebe; o cérebro dela fica totalmente retardado quando ela está grávida. Impossível ela ter visto o Hunter em Londres. Ela gosta mesmo é de provocar.

— Sério? — questionei. Esperava que Lauren estivesse certa.

— Sério — confirmou Salome. — A Phoebe só sabe falar "Minhas amostras estão em Xangai!". É o mantra dela. Estão lá faz dois anos.

Isso não era exatamente verdade. Phoebe era uma *créatrice* de roupas para bebês muitíssimo bem-sucedida, embora fosse notoriamente ambiciosa. Mas era fofo da parte de Salome fingir que ela era uma fracassada.

— Vamos lá para fora. Quero que você conheça uma pessoa — disse Lauren, me puxando pela mão.

A "pessoa" era Sanford Berman. (Seu sobrenome original, Bermothovoski, havia sido encurtado quando a família mudou-se da Rússia para os Estados Unidos, em 1939). Estava sentado de um modo desajeitado num dos pufes de pele, vestido com terno e gravata, bebericando Perrier. Apesar de fazer o tipo magnata ancião com corpo de gelatina, ele exalava aquele carisma dos poderosos. Parecia conhecer todo mundo, e todo mundo queria conhecê-lo. Phoebe circundava seu pufe que nem uma leoa faminta quando Lauren e eu fomos até ele; mas, assim que Sanford viu Lauren, seu foco mudou. Era como se holofotes jogassem luz sobre ela. Sanford não via mais ninguém.

— Ah — ele disse, estendendo as mãos para Lauren, que as segurou. Sanford permaneceu atado ao pufe e Lauren sentou-se ao seu lado. Todas as outras pessoas ficaram em volta, de pé, olhando para os dois.

— A garota mais linda de Nova York. — Sanford levantou uma das mãos de Lauren, levou-a até a boca e deu um beijo.

Sanford estava completa e profundamente, loucamente — chame como quiser — apaixonado por Lauren.

— Sanford, queria te apresentar a Sylvie — disse Lauren, gesticulando em minha direção.

— Prazer em te ver — eu disse, apertando a mão de Sanford. Parecia uma bolsa de gelo.

— Se você é amiga da Lauren, é minha amiga também — disse Sanford, amavelmente.

Phoebe espreitava Sanford com expectativa, mas ele não lhe dirigiu a palavra. Sanford voltou-se de novo para Lauren e disse:

— Minha querida, eu tenho uma oferta de trabalho pra você.

— Finalmente! Quer que eu encontre algo para a sua adorável esposa? — indagou Lauren.

— Não, é para mim.

— Espero que você mime a si mesmo.

— Lembra-se daquelas abotoaduras de punho Fabergé que perdi no leilão...

— Espere! — interrompeu Phoebe. — Aconteceu a mesma coisa comigo. Quando perdi um pingente de górgone Lalique no leilão da Phillips, fiquei doente, de verdade. Fui ao médico e disse a ele: "Eu vou morrer". E o médico falou: "Se você quiser viver, tem que comprar a górgone". Então comprei do Fred Leighton depois do leilão pelo dobro do preço, e aqui estou eu. Vivinha.

Todos olharam para Phoebe. De súbito, ela enrubesceu e declarou:

— Estou super focada nos meus negócios. Minhas amostras estão em Xangai, vocês sabem.

— Nós sabemos — respondeu Salome. — Vamos lá pegar a sobremesa.

Salome e Phoebe desapareceram e Lauren e eu fomos deixadas com Sanford. Ele virou-se e fixou nela um olhar imponente.

— Estou falando sério, Lauren. Quero ter as abotoaduras Fabergé de Nicolau II. Não faço a mínima ideia de quem é o dono delas agora.

Sanford, eu descobri, tinha um gosto surpreendentemente refinado. Os donos de abotoaduras Fabergé mal conseguem curti-las por uns dias, já que elas são muito desejadas, mesmo custando oitenta mil dólares ou até mais. Caso tenham ficado cara a cara com o Czar Nicolau ou talvez com Rasputin, são mais procuradas ainda. Para Lauren, quanto mais difícil a incumbência, mais fissurada ela ficava para levá-la a cabo. Uma vez Lauren me contou que, em geral, gasta mais com aviões particulares em busca das joias do que obtém de lucro com elas, mas, como ela mesma diz, o que mais ela faria com o tempo entre o almoço e o jantar?

— Posso encontrá-las para você — garantiu. — Mas, Sanford, não há como ter certeza de que o dono vai vendê-las.

— Você poderia persuadir um homem a dar o portfólio inteiro dele a você só com um piscar de olhos — disse Sanford, galanteador.

Lauren gargalhou.

— Vou fazer tudo o que eu puder — ela prometeu.

— Obrigada, minha querida — disse Sanford. Ele a beijou na bochecha e cambaleou, trêmulo, ao levantar-se do pufe para ir embora. — Tenho que ir, mas mantenha-me informado, tá?

Lauren assentiu e observou Sanford enquanto ele se retirava do recinto. Parecia um pouco pensativa.

— Ele é um fofo — comentou.

— Ele está *completamente* apaixonado por você — eu disse.

— Shhhh — sussurrou, rindo. — Ele é um amigo mega maravilhoso. Esse projeto é brilhante. Essas abotoaduras são tão raras. Até que enfim estou animada de verdade com alguma coisa. Além da minha vida sexual.

— Querido, é a Sylvie — anunciei.

— Amor, você está acordada a essa hora. Que horas são aí? — indagou Hunter.

Eram três horas da madrugada em Nova York, nove horas da manhã em Paris. Eu estava de pé na cozinha, bem desperta, agarrando o telefone com a mão. Não havia como dormir ao chegar em casa depois do chá de Lauren. Estava com a cabeça a mil por causa do que Phoebe dissera, embora não tenha conseguido admitir isso para mim mesma mais cedo.

— Acabei de chegar do chá-de-divórcio da Lauren. Só foi começar depois da meia-noite.

— Vá dormir, e a gente se fala quando você acordar — sugeriu Hunter.

— Hunter, estou morrendo de saudade de você — confessei.

Desde aquela conversa difícil que tivemos umas duas semanas antes, quando Hunter sumiu não-oficialmente de seu hotel, tudo havia voltado ao normal. Já havia quase me esquecido do episódio todo, e Hunter estava mais doce do que nunca; apesar de sua ausência, telefonava para bater papo sempre que podia. Eu meio que nem queria mencionar o que Phoebe havia dito naquela noite. Mas tinha de fazê-lo.

— Conheci uma velha amiga sua esta noite. A Phoebe.

— Não a vejo há anos. Como ela está? — perguntou Hunter.

Anos? Que tal duas semanas atrás, pensei. Endurecendo por dentro, retruquei:

— Gravidíssima. Ela disse que te viu há duas semanas, Hunter. — Fiz uma pausa, depois acrescentei: — Na sua viagem secreta a Londres.

Do outro lado da linha, só silêncio. Com raiva, abri a geladeira e me servi uma taça de champanhe de uma garrafa já aberta. Tomei um gole. Nada aconteceu. Não me senti agradavelmente tonta. Talvez Salome estivesse certa a respeito do champanhe: não dá onda.

De repente, Hunter disse:

— A Phoebe! Ela nunca fala coisa com coisa. Os hormônios dela devem estar enlouquecidos. Eu *realmente* a vi, no Chez Georges, em Paris, com Peter, o marido. Ela está enorme.

— Por que você falou que não a vê há anos? — interpelei.

— Sylvie, minha querida. Eu te amo muito. Você não tem *nenhum* motivo pra se preocupar.

Eu havia mencionado que estava preocupada? Por que de repente ele achou que eu estava preocupada? Será que isso significava que eu tinha, *sim*, algum motivo para me preocupar?

— Eu não estou preocupada — menti.

— Ótimo. Então vê se para de se preocupar e vai dormir. Esquece a Phoebe. Ela é só uma grávida maluca. Você se importaria de ir jantar com ela e o marido quando eu voltar?

É possível, refleti quando me deitei naquela noite, que um casamento seja mais breve do que o de Liz Taylor com Nicky Hilton? Seis semanas e eu já estava me preocupando com o quê meu marido estaria fazendo numa viagem de negócios. Mas você vai a um chá-de-divórcio e, de repente, o mundo está cheio de maridos e namorados malvados, e então você acorda (tarde) na manhã seguinte e seu marido é um santo. O que eu estava pensando na noite passada? Eu não era a próxima Liz Taylor, e Hunter não estava mentindo para mim. Ele deixara bem claro que tinha visto Phoebe, mas em Paris. Phoebe havia simplesmente cometido um erro, devido à gravidez. Talvez estar cercada por todas aquelas divorciadas tenha deixado os *meus* miolos moles.

Nos dias seguintes me ocupei com o trabalho e com os retoques finais lá em casa. A equipe de Milton fizera milagres e, de uma hora pra outra, tínhamos um apartamento de uma beleza estonteante. Hunter chegaria em alguns dias e eu estava louca para vê-lo. Ele iria amar o apartamento, tinha certeza. Mal conseguia pensar em outra coisa. O trabalho era uma boa distração. Consegui entrar em contato com Salome, que foi meiga e graciosa quando nos falamos e declarou que adoraria vestir Thackeray no baile de Alixe Carter. Agendamos um horário para a semana seguinte. Thackeray amou o que contei a respeito dela, e declarou:

— Já superei Alixe Carter, de qualquer forma. Uma princesa saudita é tão mais *in*.

Alguns dias depois, Milton chegou lá em casa cambaleando sob o peso de dois lustres que trouxera de Paris. Eu o ajudei a colocá-los no corredor e fizemos um *walk-thru* pelo apartamento, como denominou Milton. Estava lindo, e terminamos nossa turnê no meu local preferido, a cozinha. Agora ela tinha belos armários creme, os ladrilhos em volta da pia eram espelhados e, na janela, uma cortina de seda vermelho-vivo arrematada com fitas de gorgorão chocolate. Havia uma mesa antiga e rústica, feita de carvalho, no centro do ambiente, com cadeiras de bambu *vintage* espalhadas em volta. Milton tinha insistido para usarmos luminárias de seda vermelha em vez daqueles projetores embutidos na parede que todo mundo tem.

— Você precisa de um fogão Aga aqui. O novo modelo, branco — disse Milton. — Aí sim vai ficar bem aconchegante. — Olhou para o relógio, parecendo estar com pressa. — Não posso ficar muito tempo. Vou viajar pro Uzbequistão de manhã. Seguindo os passos de Diane von Furstenberg e Christian Louboutin. Três meses na Nova Rota da Seda. Pra trabalhar na minha linha de móveis Target. Só volto em janeiro. O que você achou do apê?

— Amei. Mal posso esperar para que o Hunter veja — disse, feliz.

— Olha só pra você agora, que gracinha. Você está tão apaixonada por ele, não é?

Enrubesci um pouquinho e assenti.

— Ninguém que eu conheço hoje em dia é apaixonado pelos esposos de verdade — comentou Milton. — Nem mesmo os gays.

— Que horror. Quer um iced tea?

Servi dois copos e esvaziei um saquinho de cookies com pedaços de chocolate num prato. Milton pegou um e empoleirou-se numa das cadeiras.

— Hummm. — Milton forçou um sorriso.

— Você se divertiu em Paris? — indaguei, recostando-me na bancada.

— Ah, sim. O *château* da família de Sophia é *in*-crível.

— Hunter vai alugá-lo pra alguma cena, não é?
— Vai sim. Foi *muita* esperteza dele contratá-la.
— Ele *contratou* a Sophia? — perguntei, estupefata.

A notória Caçadora de Maridos estava trabalhando para o marido? Com certeza os miolos de Milton tinham ficado *bem* moles. Não é possível que Hunter tenha contratado Sophia, principalmente sem mencionar tal fato para mim. Sempre discutimos tudo o que se passa na empresa dele.

— Você tem certeza? — arfei.
— Não fique com essa cara de preocupada — disse Milton.
— Não estou preocupada — retorqui, quase engasgando com o biscoito. Às vezes acho que o casamento deveria vir com uma advertência do Ministério da Saúde.
— Sylvie, a Sophia está namorando o Pierre Lombarden, sabe, aquele cara que está sempre na *Paris Match*. Ele é o melhor amigo dos Mônaco. Acho que tem conhecidos no governo. Ela não está atrás do Hunter. Ela ganha má fama por causa das pernas *in*-críveis. Todo mundo *morre* de inveja dela. Você não tem com o que se preocupar.

Voltei a me sentir confiante. Milton tinha razão. Pernas incríveis não eram motivo de preocupação.

8

A Festa da Paranoia

— Você tem *muito* com o que se preocupar — berrou Tinsley. — Tenho mais medo da Sophia do que da Arábia Saudita parar de vender petróleo, juro.

Eu havia acabado de contar que Hunter tinha contratado Sophia.

— Shhh! Tinsley! — repreendeu Lauren. — O ponto nevrálgico, Sylvie, é: preocupe-se sim, mas não deixe seu marido *saber* que você está preocupada. Fique se remoendo em silêncio. Não entre numa modalidade paranoia total, mesmo que pra isso tenha que falar consigo mesma e dizer que tudo está bem, quando na verdade não está. Foi isso que eu fiz quando meu casamento estava desmoronando.

— Mas meu casamento não está desmoronando — insisti, pensando, *Será que tá?*

Estava sentada com Lauren e Tinsley no salão oval do Hotel Carlyle na noite anterior ao retorno de Hunter. É ali que Tinsley gosta de ir para uma "festa da paranoia", como ela chama tudo isso. Ela acha o local reconfortante. De fato, não há melhor calmante do que relaxar em uma das poltronas de veludo vermelho do Carlyle, nem há visão mais tranquilizadora do que um garçom octogenário vestido com um paletó branco e com um guardanapo de linho jogado a exatos noventa graus sobre o braço esquerdo. Porém, naquela noite, eu sentia que nada poderia apaziguar minha crescente sensação de ansiedade. As únicas coisas que me alegravam vagamente eram os trajes de Lauren e Tinsley. Elas haviam enlouquecido, logo pela manhã, na Chanel. Tinsley saíra de lá com bombachas e uma jaqueta de tweed, Lauren vestia um austero casaco preto bem apertado no pescoço, com um broche de rubi gigante de James de Givenchy.

— Estou encarnando a Nan Kempner* — explicou ela. — E Tinsley é a minha fiel escudeira.

Uma garçonete aproximou-se de nossa mesa. Tinha um inacreditável penteado vermelho bufante, usava um vestidinho preto e sapatos igualmente pretos de salto alto. Andava com pulinhos acentuados, como se estivesse numa trupe de dançarinos da Broadway.

— O que posso trazer para as senhoras? — perguntou.

— Mini-hambúrgueres — bradaram Lauren e Tinsley, ao mesmo tempo.

— Vou querer uma saladinha verde — pedi. Na verdade, não estava com fome. — Devemos pedir champanhe?

— É pra já — disse a garçonete, virando-se de repente sobre os saltos.

— Não sei se dá para eu *não* mencionar nada sobre a Sophia com o Hunter, quer dizer... — comecei.

— Jamais mencione isso. Ele vai pensar que você ficou paranoica — interrompeu Tinsley. Ela estava super inquieta. — Meu Deus, tweed é tão piniquento. É possível morrer de tanto se coçar?

— Eu estou sendo *apenas* paranoica? — questionei.

Se estivesse sendo apenas paranoica, seria uma boa coisa. Isso significaria, por definição, que na verdade nada de errado estava acontecendo.

— Não necessariamente. Lembro de ter ligado pro Louis, achando que ele estava em Nova York, e lá estava ele, no Rio, com uma modelete de quinze aninhos! — disse Lauren. — Se ao menos tivesse ficado *devidamente* paranoica, eu poderia ter juntado as peças do quebra-cabeça mais cedo.

---

* Famosa socialite de Nova York. Faleceu aos 74 anos, em 2005. (N.E.)

Que horror. Por que fui contar a Lauren e a Tinsley sobre Sophia? Elas só estavam piorando as coisas.

— Eu diria pra você ligar para os advogados agora — riu Lauren. — É tão mais fácil ser divorciada.

— Concordo — gritou Tinsley. — Aliás, tomei uma decisão. Eu posso ficar com um bilionário ou com um assistente de garçom, mas ele tem que ter menos de 25 anos. Preciso ser mais ordinária agora que estou solteira. Fui decente demais por tempo demais. A roupa faz parte da transição; não me pergunte como, mas sei que faz.

Não participei da conversa. Todas aquelas piadas só me deixaram deprimida em dobro. Não achei os gritos e as gargalhadas de Lauren e Tinsley nem um pouco adequadas às circunstâncias. Tinsley me cutucou, mas quando viu minha expressão soturna, pareceu ter ficado ofendida.

— Meu Deus, desculpe. Nós estamos terríveis... — disse ela, com vergonha.

Naquele exato instante, a garçonete surgiu com três taças de champanhe, a salada e os hambúrgueres em miniatura. Lauren e Tinsley retiraram o pão e as minibatatas dos pratos metodicamente, até que cada uma ficou com metade dos sanduíches. Era menos comida do que você daria a um Smurf.

— A única junk food pra perder peso na cidade — disse Lauren, beliscando o bife. — *Super-downsize me**.

— Hmmm — murmurou Tinsley, bebericando o champanhe. — O negócio é que não quero te confundir, Sylvie, mas você *deveria* sim ficar paranoica. Mas isso não significa que haja mesmo um motivo *real* para ficar paranoica. A verdade é que todas as esposas têm que ser *subconscientemente* paranoicas, digamos assim. Garotas como a Sophia são bastante espertas, sabe — continuou ela. — Então, mesmo que nada esteja acontecendo, a pessoa tem que andar sempre desconfiada, só para o caso de algo estar acontecendo. É um pouco como os sauditas com o petróleo, para voltar ao começo da conversa.

---

* Paródia com o documentário em que um homem passa um mês só se alimentando no McDonald's, para demonstrar os malefícios do fast-food. O título original do filme é *Super Size Me*. (N.E.)

— Ela está certíssima — assentiu Lauren. — Eu não saberia explicar com tanta clareza.

※❊※

Como divorciadas, Lauren e Tinsley estavam inclinadas a ser excessivamente desconfiadas, disse a mim mesma enquanto o táxi corria de volta ao sul da ilha, naquela noite. Não era possível que Sophia estivesse atrás de Hunter. Caso fosse tão esperta quanto todo mundo dizia que era, ela não seria idiota o suficiente para correr atrás dele assim, em plena luz do dia, arrumando um trabalho com ele. Seria óbvio demais.

Entrei em casa e fui para a sala de estar. Deitei no sofá que Milton trouxera alguns dias antes. Era um sofá adorável, estofado com uma antiga e desbotada tapeçaria marroquina, muito confortável. Tudo estava quase pronto, e eu ainda tinha quase 24 horas até que Hunter voltasse. A única coisa que faltava era uma pia nova no banheiro, mas ela seria instalada na manhã seguinte. Por fim, me levantei e fui para o quarto. Acendi a luz e, de repente, lá estava Hunter, sentado na cama, sorrindo de orelha a orelha e segurando um pequeno ramalhete de camélias brancas.

— Olá, minha querida — exclamou, bem calmo.

— Aaah! — gritei.

Larguei minha bolsa e voei até ele. Como você deve imaginar, me derreti toda. Fizemos uma quantidade indecente de sexo muito, muito indecente, seguido por o equivalente a pelo menos um mês de beijos e carinhos. Tínhamos que correr atrás do prejuízo. Lá pelas duas da madrugada, Hunter levantou-se da cama, abriu a mala inchada e pegou uma caixa branca rígida. Quando me deu a caixa, vi duas palavras deliciosas — Sabbia Rosa — impressas sobre a tampa em tinta preta. Dentro, havia uma camisola longa de seda, turquesa, adornada com renda antiga. Vesti a camisola e rodopiei diante do espelho. Era bem ao estilo de Catherine Deneuve em *Belle de Jour*. (Escute, se você vai se vestir como uma prostituta, tem de se inspirar nela.)

— Hunter... é linda — eu disse, voltando para a cama. — Muitíssimo obrigada. — Aconcheguei-me nele e fechei os olhos, muito contente.

— Minha querida — disse Hunter alguns instantes depois —, cadê a pia do nosso banheiro?

— O que você está fazendo em casa um dia antes? — retruquei, sonolenta. — Se você tivesse esperado até amanhã, ela estaria lá.

— O apartamento está incrível — elogiou Hunter. — Como você fez isso tão rápido?

— Pela primeira vez na vida, arrumei um decorador. Estou morrendo de vergonha — ri.

— Bom, eu acho que foi uma excelente ideia. Temos uma casa de verdade. Amei o apartamento. E amo você — ele disse, se enroscando em mim. — Vamos dormir.

Não estava acontecendo absolutamente nada. Dava para ver. Hunter estava fofo como sempre, e estava mega casado comigo.

— Querida, você não precisa fazer isso, é sério — disse Hunter na manhã seguinte.

— Eu queria fazer — respondi.

Eu trouxe café na cama, e nos sentamos juntos diante dos *croissants* crocantes e saborosos que pedi no Balthazar. Às quinze para as oito, mais ou menos, meu celular tocou. Atendi.

— Oi, Sylvie. É a Sophia. Tudo bem?

— Ah. Oi — respondi, um pouco pasma.

— Posso falar com o Hunter? É muito urgente, e o telefone dele deve estar desligado. Não consigo completar a ligação.

Relutante, passei o telefone. De súbito, a bolha do bem-estar estourou, e a dúvida da noite anterior ressurgiu, rastejando como uma lesma nojenta.

— É a Sophia, pra você.

Hunter pegou o telefone. Enquanto escutava Sophia, começou a franzir o cenho.

— Você acha que não tem nada que você possa fazer? Ai, meu Deus... Não, na verdade não quero voltar a Paris na semana que vem. Acabei de chegar em casa... Não via Sylvie há semanas... Dá pra esperar até minha próxima viagem? ... Entendo. Está bem. O.k. Eu te ligo já já — disse, e desligou.

Sophia já estava tentando levar Hunter de volta a Paris? Podia sentir meu robe começando a aderir à minha pele subitamente pegajosa. Esquecendo todos os conselhos de Lauren e Tinsley, deixei escapar:

— Querido, por que você não me disse que contratou Sophia? — Estava tentando, mesmo, com todas as minhas forças, não soar terrivelmente ciumenta.

Hunter pareceu surpreso.

— Eu só a contratei para me ajudar a conseguir uma autorização para filmar no *château*. O namorado da Sophia, Pierre, tem um cargo importante na prefeitura de Paris, e ela falou que faria com que ele ajudasse. A gente estava com tantos problemas. Achei que precisava contratá-la. Era inconveniente ela fazer todo o trabalho de graça. Ela é muito bem relacionada em Paris, sabe.

— É o que todo mundo diz — respondi, um pouco fria.

— Espero que eu não tenha que correr de volta pra lá — suspirou Hunter. — Olha, se eu tiver mesmo que ir, compensaria pra você se a gente fizesse da viagem um fim de semana prolongado?

— Sim, querido, é claro que compensaria — concordei.

Compensaria, tinha certeza disso. Dei de ombros, deixando de lado minha leve irritação. Eu não tinha nenhum motivo para me preocupar, disse a mim mesma. Reprimi o ímpeto de checar com Lauren e Tinsley se eu deveria ou não ficar desconfiada com o convite para ir a Paris. Tratava-se de um blefe? Não, elas apenas me convenceriam de que tudo era um motivo para Hunter e Sophia se encontrarem. Tinha que parar de dar ouvido a elas. Afinal de contas, eu era uma esposa feliz, elas eram divorciadas. Casamento era *infinitamente* preferível ao divórcio.

9

O Homem que Não Está no Google

Todos os funcionários da La Vieille Russie, a discreta joalheria na esquina da 59 com a Quinta Avenida, aparentam ter acabado de falecer. Dentro, o lugar parece mais um mausoléu do que uma joalheria, com bolores empoeirados da espessura de um merengue, e luzes voltadas para vitrines de vidro que abrigam joias russas "importantes". Lauren adora a loja. Ela acha a melhor joalheria de Nova York, por ser tão antiquada e sem brilho. Seria o ponto de partida da sua busca pelas abotoaduras Fabergé e, alguns dias depois, ela me convenceu a acompanhá-la na visita à loja.

— Estou usando um perfume novo, chamado Park Avenue — ela disse no carro, a caminho da 59. — Estou tentando parecer tensa para entrar lá. É disso que eles gostam. — Apesar de falar assim, Lauren não aparentava tensão: usava um vestido *vintage* cereja de Giorgio di Sant'Angelo que estrangulava a cintura. Ela estava vestida para ir ao Studio 54, não à rua 59.

Após o chá-de-divórcio, Sanford dera a Lauren detalhes específicos sobre as abotoaduras que desejava. Ele disse que eram "as mães de todas as abotoaduras de punho Fabergé", dada ao Czar Nicolau pela mãe, a nobre imperatriz, na Páscoa de 1907. Eram ovais, esmaltadas em amarelo e com a coroa imperial trabalhada em filigrana de ouro ao centro. O par genuíno tinha o número de série marcado atrás com um diamante, visível apenas com lupa. Sanford as perdera para um desconhecido que fizera o lance por telefone, mas Lauren suspeitava de que a equipe da ALVR fosse capaz de encontrar o comprador ou que pudesse, talvez, ter comprado as abotoaduras anonimamente para um de seus clientes.

Sanford sempre desejara, sendo russo, ser dono de um pedaço da história da Rússia. Também ouvira dizer que Tom Ford colecionava abotoaduras Fabergé, o que fez com que ele achasse super normal gastar mais de cem mil dólares em duas peças esmaltadas em amarelo, cada uma medindo menos de quatro centímetros quadrados.

— Ah, sim, sei sim sobre as abotoaduras da Páscoa — sussurrou Robert, o cadáver-barra-vendedor da loja, naquela manhã. Falava baixo, como se estivesse com medo de despertar os mortos.

— Eeebaaa! — exclamou Lauren, no tom mais baixo que lhe era possível. — Sabia que vocês conseguiriam achá-las pra mim.

— Senhorita Blount... não fazemos a mínima ideia de onde estarão as abotoaduras agora — disse Robert. Ele começou a arrumar algumas coisas na escrivaninha, como se este fosse o fim da conversa.

— Quem as comprou? — indaguei.

— Não podemos falar sobre nossos clientes, senhorita — anunciou Robert, com um olhar de reprovação.

— Robinho, pare com isso! — pediu Lauren. — Anda, vai, por favor, eu tenho um cliente muito importante que pagaria qualquer valor por elas. Ele perdeu no leilão e está arrasado. Eu podia até te incluir no negócio.

— Senhorita Blount, a resposta é não. Agora, se a senhorita me der licença...

— Posso experimentar isso aqui? — interrompeu Lauren.

Ela estava debruçada sobre um mostruário de vidro, apontando para um bracelete antigo de turquesa e diamante em forma de serpente. Robert suspirou.

— Certamente, senhorita Blount — replicou, destrancando o mostruário e levantando o objeto com extrema delicadeza.

Lauren colocou o bracelete e o puxou para cima no braço o máximo que pôde, ao estilo egípcio.

— Uauuu — ela exalou. — Uauuu. Uauuu. Uauuu.

— É impressionante — eu disse.

— São impressionantes 22 grandonas pelo visto — comentou ela, olhando a etiqueta de preço balançando sob seu braço. — Não sei, Robinho...

— Sem dúvida podemos dar um jeitinho, senhorita Blount. A senhorita é uma cliente amiga — disse Robert, observando Lauren como um falcão.

— Será que esse *jeitinho* poderia incluir as misteriosas abotoaduras Fabergé? — Lauren ficara inexpressiva, de súbito totalmente concentrada nos negócios.

Robert bufou. Inclinou a cabeça para o lado. Olhou levemente furioso para Lauren.

Então acenou para que o seguíssemos até o escritório. Era apertado, com uma enorme mesa revestida de couro com pilhas de livros, caixas de joias e croquis de pedras preciosas. Não sei como, Robert se espremeu atrás da escrivaninha e começou a digitar num computador que parecia uma lata velha. Uma fotografia das abotoaduras surgiu na tela. Eram belas e delicadas, e o esmalte amarelo era tão intenso que parecia reluzir. Embaixo, alguns detalhes listados:

Preço: US$ 120.000
Cliente: G. Monterey
Forma de pagamento: Transferência Bancária

— G. Monterey. Quem é o cara? — perguntei.

— Nunca o conhecemos. Alguém ligou em nome dele, o dinheiro foi transferido, e as abotoaduras foram levadas para o Hotel Park Hyatt de

Moscou. Foram muito discretos — explicou Robinho. — Não nos deram nenhum telefone de contato. Isso é corriqueiro com muitos de nossos clientes que moram na Rússia. São tão perigosos que ninguém quer saber nada sobre eles. Agora, senhorita Blount, como deseja pagar o bracelete?

※☙◉❧※

— Não estou acreditando que você teve que comprar o bracelete — eu disse a Lauren quando estávamos no táxi, descendo Manhattan.

— Vou colocar na conta "do cliente" — anunciou Lauren, insolente. — O Sanford quer tanto essas abotoaduras que não liga pra quanto vai custar. E eu suspeito — disse, com a sobrancelha erguida — que a minha pesquisa custará bem caro.

Eu ri. Lauren se safou do dolo, mas não se safou da culpa.

— Na verdade, o Sanford é um anjo, sabe. Se ele não fosse casado, e duas vezes, se não tivesse duas filhas pequenas, e sabe-se lá quantos enteados, talvez eu, você sabe...

— Sério?!? — me espantei.

— Na verdade, só não sei se eu conseguiria imaginar... — Lauren hesitou. Ela olhou para o motorista para se certificar de que ele não estava escutando, depois sussurrou: — Seria como fazer amor com um colchão d'água.

— Ai, meu Deus, para — supliquei. — Você está totalmente descontrolada.

— Minha vida sexual é que está. O quê eu não daria por um Sanford jovem, solteiro e magro. Se ao menos ele tivesse um filho.

Enquanto o táxi nos levava aos solavancos pela Quinta Avenida, revirei minha bolsa e peguei meu BlackBerry.

— O.k., agora vou achar o misterioso G. Monterey — comuniquei.

Apesar das guinadas do táxi, consegui digitar "Google" no BlackBerry, e depois o nome "G. Monterey".

— Por que a gente não dá um pulinho em Moscou na primeira semana de novembro? Tem o torneio de polo no gelo. Vai ser divertido — sugeriu Lauren.

Fiquei tentada. Já tinha ouvido falar que Moscou era um lugar mega divertido e que todo mundo que trabalhava com moda estava fechando negócios incríveis por lá. Talvez eu pudesse conseguir umas encomendas para Thackeray.

— Seria muito divertido, mas posso confirmar depois? Pode ser que eu vá a Paris com o Hunter nessa época.

— Então está tudo bem entre você e ele?

— Ele está um amor desde que voltou — confidenciei.

— Que pena que você não vai se juntar à nossa categoria — disse Lauren. — Brincadeirinha.

De repente, uma mensagem pulou na tela do BlackBerry. Dizia: *Nenhum resultado encontrado para G. Monterey*.

— Que irritante — soltei.

Lauren olhou a mensagem sobre meu ombro e franziu o cenho. Ela tomou o BlackBerry de minhas mãos e digitou na maquininha algumas vezes, tentando algumas versões do nome. Não apareceu nada.

— O homem que não está no Google. Meu Deus, que atraente — ela disse, por fim. — Terei que capturá-lo lá em Moscou.

— O que aconteceu com o plano ficativo? — inquiri.

— Talvez Monterey possa ser o Número Dois — conjecturou Lauren.

— E se ele tiver 79 anos? — indaguei.

— É claro que ele não tem — declarou ela. — Dá pra sentir a energia. Eu já estou *loucamente* apaixonada por ele.

10

Lindas Esposas do West Village

As Lindas Esposas do West Village, como uma tribo indígena, estão, no momento, quase no topo da cadeia alimentar nova-iorquina. O habitat natural delas — mais especificamente o terraço do Pastis, a entrada da Marc Jacobs na Bleecker Street e as calçadas de pedras de suas casas na rua 9 Oeste — mais parece por si só um pequeno paraíso em Manhattan. Não é de se estranhar que agora fiquem apinhadas de turistas todos os finais de semana. Os forasteiros ficam ali, de pé, boquiabertos, pasmos com os ofuscantes dentes claríssimos e os cabelos maravilhosos das L.E.W.V., sempre brilhantes e bailando para frente e para trás com a regularidade de um metrônomo.

Liv Tyler, Olatz Schnabel, S.J.P. — está ficando complicado de se conseguir uma mesa na hora do almoço no Saint Ambroeus da Perry Street para todas as mamães glamourosas e seus carrinhos de bebê. Essas garotas têm carreiras fantásticas (sendo estrela de cinema a favorita), vestem ponchos espanhóis *vintage* para tomar café-da-manhã no Jack's da rua 10 Oeste, e parece que nunca saem de casa sem que suas epidermes estejam brilhando como a de uma garota que tenha acabado de ter dado uma transada espetacular. Elas exalam felicidade e contentamento mesmo ao empurrar um carrinho de bebê Bugaboo Frog do alto de seus saltos quinze Roger Vivier.

Posso dizer, com toda sinceridade, que não há nada mais desmoralizante para uma recém-casada do que esbarrar com uma dessas criaturas extraordinárias às sete horas de uma noite gelada no caminho do trabalho para casa. Dói, de verdade.

Alguns dias depois de Hunter ter voltado, decidi preparar o jantar em casa. Ambos estávamos exaustos por causa do trabalho e precisávamos de uma noite aconchegante em nosso *novo* lar. Thack e eu estávamos trabalhando muitas horas para finalizar nosso catálogo de encomendas primavera-verão, e Hunter estivera preso em reuniões ligadas aos roteiros até tarde da noite. Dei um pulo no Citarella, na esquina da rua 9 com a Sexta Avenida, para comprar uma deliciosa comida italiana para aquela noite. Assim que passei do balcão das carnes, lembrei-me de que tinha acabado o desentupidor de pia Drano, então voltei à loja para comprar. Enquanto examinava as prateleiras, comecei a acrescentar mais alguns artigos domésticos ao carrinho — desengordurante Soft Scrub, pasta de dentes — todos os produtos para a casa que parecem ser necessários em quantidades cada vez maiores uma vez que você se casa. Na verdade, era deprimente, pensei, ao empilhar detergentes e pó para lava-louças no carrinho.

O fato é que o casamento vem acompanhado de uma terrível quantidade de projetos zero sexies e zero românticos. Como comprar Drano. Por mais que meu novo marido fosse fofo, ele gastava bem mais papel higiênico do que eu. Para cada pacote com seis rolos de Charmin que carregava para casa, eu sentia que um quilo de energia que, antes do casamento teria sido alocado para o carinho ou para o sexo, dissipava-se no vácuo do caixa de supermercado. As novas esposas nunca têm permissão para admitir isso, mas às vezes ser casada é um saco. Mesmo algumas poucas semanas após a festa. Perdão, mas é a mais pura verdade.

Ontem à noite, por exemplo, me peguei — contra meu próprio livre arbítrio e bom senso — discutindo sobre como lidar com as roupas sujas de Hunter durante nosso jantar. Antes do casamento, a única razão para conversar sobre a máquina de lavar roupas durante o jantar seria caso você tivesse a intenção de transar em cima dela. Mais tarde, justo quando estávamos pegando no sono, na cama, Hunter me disse:

— Querida, te amo muito. Onde estão aquelas meias grossas que eu comprei em Telluride?

Esse é realmente o tipo de coisa que as pessoas casadas discutem na cama... pensei... infeliz. A gente não deveria estar fazendo amor? Hmmm, pensei com meus botões enquanto adormecia naquela noite, isso não tinha nada a ver com um anúncio do Eternity: a verdade é que, sob o ponto de vista doméstico, ser casada é mais parecido com estar dentro de uma dessas *sitcoms* estilo *Everybody Loves Raymond*. Não importa o quanto o marido pareça ser um homem Eternity, todos eles têm um ou dois hábitos horrendos. O de Hunter era deixar micropelos pós-barba incrustados na pia. Mais horrendo ainda é alguém (você) ter que mostrá-los e pedir que sejam retirados. Ninguém nunca explica que no casamento não há como fugir dos afazeres domésticos — mesmo que se seja sortuda o suficiente para ter uma empregada — e que eles não te deixam com vontade de fazer sexo.

Sexo, refleti com saudosismo, ao puxar uma caixa de sacolas de lixo da prateleira de cima, *sexo* e... desentupir a pia. Olhei meu relógio: 19h30. Precisava acabar logo e voltar para casa. Havia um monte de roupas de Hunter que seriam entregues às 20h, eu precisava estar lá para pagar.

Arrastei tudo até a caixa registradora. Odeio admitir, mas fiquei deprimida ao perceber que estava atrás de Phoebe Calder na fila. O epítome das L.E.W.V., ela estava fulgurante. Carregava um pacote chique de queijo francês numa mão e uma de suas próprias sacolas amarelinhas PHOEBE BÉBÉ na outra. A barriga estava escondida sob uma capa curta de tweed, e na parte de baixo usava um jeans inacreditavelmente justo, estilo Kate Moss. O cabelo castanho reluzia tanto que eu praticamente via meu reflexo nele. Tinha de dar oi a ela, pensei, levemente melancólica. Seria grosseria não fazê-lo. Cutuquei seu ombro.

— Oi, Phoebe — cumprimentei.

Phoebe se virou e me olhou. Perscrutou meu carrinho transbordante. Não havia nem um vislumbre de reconhecimento em seus olhos. De repente, ela arfou:

— Sylvie! É você mesma? Demorei um minutinho pra te reconhecer. Com todo esse material de limpeza.

Não é de se estranhar que eu estivesse irreconhecível. Estava fazendo sexo muito menos do que antes. Hunter e eu costumávamos fazer amor todos os dias quando namorávamos, eu me lembrava bem. Agora, de acordo com minhas estimativas, rolava de três em três noites. Isso era ruim? Excelente? Mediano? Era com essa frequência que o casal Eternity transava?

— Como vai a vida de casada, Sylvie? — indagou Phoebe, enquanto aguardávamos na fila.

Por que essa é a única pergunta que as pessoas fazem depois que alguém se casa? O que você deve dizer? Talvez eu estivesse com depressão pós-matrimônio, pensei, irada. É claro que, se você pode ter depressão pós-parto, pode também ter a versão pós-casamento.

— *Uma maravilha* — retruquei, pois é isso que deve-se dizer.

"Você transa com seu marido no espaço de tempo entre comer um glamouroso queijo francês e criar roupas infantis que ninguém pode pagar?", tive vontade de perguntar.

— O Hunter viaja a trabalho tanto quanto antes? — ela perguntou, enquanto a fila andava.

— Quase não viaja — menti, pensando no quão pouco eu vira meu marido desde o casamento. Não queria revelar muita coisa e fazer com que Phoebe me deleitasse com mais histórias de Hunter-o-solteiro.

— Eu realmente espero vê-la amanhã... — disse Phoebe, colocando o queijo no balcão. A caixa passou-o na máquina.

Olhei para ela, confusa.

— Na minha loja nova. O almoço da Baby Buggy! Todo mundo vai. Lauren, Marci. Gastarela. Vai ser *tão* divertido — disse Phoebe, numa voz que deixava implícito que todo mundo *tinha* que se divertir, caso contrário haveria consequências graves. — Você não recebeu o convite?

Almoços da Baby Buggy são, num certo círculo, os mais exclusivos eventos de caridade infantil da cidade, povoados por mamães milionárias e seus discípulos. O messias dessas pessoas é Jessica Seinfeld, presidente da Baby Buggy, mãe de três, esposa de Jerry. Como *ela* tem tempo para usar vestidos diferentes de Narciso Rodriguez toda vez que sai de casa, organizar almoços da Baby Buggy, fazer sexo e ir à manicure?, eu me perguntava.

— Quarenta dólares, moça — anunciou a garota atrás da caixa registradora.

Phoebe lhe deu uma nota de cem. Depois comentou, alegre:

— Esse queijo custa US$130 o quilo. Isso é um assalto em plena luz do dia, um assalto!

Ela sorriu, feliz. Não há nada que uma garota como Phoebe adore mais do que ser assaltada em plena luz do dia diante de uma nova conhecida.

— Estou contando com sua presença amanhã. À uma da tarde. Todas as entradas já foram vendidas, mas você não precisa de uma. Você é *minha* convidada.

Não era um convite. Era uma ordem.

Ao chegar em casa naquela noite, já tinha decidido que, em vez de ficar deprimida por causa da deslumbrante vida de casada de Phoebe, eu me inspiraria nela. Não havia razão, afinal de contas, para me entristecer pensando onde, exatamente, alguém havia comprado aquela capinha de tweed chique, ou como é possível uma grávida de oito meses entrar num jeans estilo Kate Moss: era melhor seguir o exemplo de Phoebe e fazer um esforço para me entusiasmar pelo meu marido, em vez de adotar uma postura pessimista. Eu poderia preparar um risoto delicioso para Hunter e colocar o vestido novo de jérsei que tinha comprado na Daryl K alguns dias antes de ele voltar de viagem. Tinha um corte levemente arrojado, que fazia com que me sentisse um pouco *avant-garde* e sexy. Phoebe estava certa, pensei com meus botões, enquanto colocava o vestido. Ser uma esposa é infinitamente mais agradável quando se está vestida com belas roupas.

Justo quando estava começando a cortar a cebola, a campainha tocou: deve ser entrega da lavanderia. Revirei minha bolsa à procura de algum dinheiro e fui abrir a porta. Jim, o entregador chinês da World Class Cleaners da rua 9, estava de pé, curvado sob o peso da pilha de ternos de Hunter e dos meus vestidos de noite. Pedi para que entrasse e ele colocou o lote todo numa cadeira da sala.

— Obrigada — agradeci. — Quanto deu?

— Oitenta e cinco dólares — respondeu Jim.

Dei-lhe noventa e lhe disse para ficar com o troco.

— Brigado, moça — disse ele, enfiando o dinheiro no cinto.

— Até a próxima — me despedi, segurando a porta aberta.

Jim estava quase saindo do apartamento quando se virou e falou:

— Isso no bolso do sr. Mortimer, moça.

Ele colocou algo na minha mão e desapareceu no corredor. Ao fechar a porta, olhei para o que Jim havia me dado: um saquinho de plástico Ziploc. Parecia haver um bando de recibos dentro. Que legal da parte de Jim, salvar as contas do Hunter, pensei. Enquanto ia até a sala para deixar o saquinho sobre a mesa para Hunter, algo me chamou a atenção no primeiro recibo da pilha. Esse não era... Peguei o saco de novo e olhei com mais atenção. Esse não era o símbolo de £ impresso no recibo de cima?

Não podia ser, não é? A ansiedade tomou conta de mim, rasguei o saquinho e peguei o recibo. Lia-se:

BLAKES HOTEL
Roland Gardens, 33
Londres SW7
17 de setembro

Diária: £495,00
Serviço de quarto: £175,00
Frigobar: £149,00

Frigobar! *Frigobar?* Hunter havia bebido trezentos dólares de álcool! Num quarto de hotel! Num dos hotéis mais sexies de Londres! Entrei em pânico: chequei a data novamente, queimando os miolos. Dezessete de setembro. Duas semanas antes do chá-de-divórcio de Lauren. Foi mesmo naquele fim de semana, eu tinha certeza absoluta, que tinha sido impossível encontrar Hunter em Paris. Phoebe *realmente* o vira em Londres. Hunter tinha mentido deslavadamente para mim e, pior ainda, culpou o cérebro confuso e inocente de uma grávida.

Minhas mãos tremiam. Talvez eu estivesse com princípio de esclerose múltipla, temi, observando meus dedos instáveis. Talvez meu marido tivesse *causado* minha esclerose múltipla através de seus insensíveis pulos de hotel em hotel. Isso era terrível. O que eu iria fazer? Será que eu devia telefonar para Hunter agora e dizer que ele havia sido desmascarado? Ou eu estava sendo emotiva demais? Será que eu devia ligar para Lauren e contar o que tinha encontrado? Ela ligaria para os advogados imediatamente? Talvez...

— Oi, querida.

Dei um pulo. Estava tão enredada em meus pensamentos que não havia percebido que Hunter tinha entrado no apartamento. Antes que eu pudesse dizer algo, ele estava me cumprimentando com beijos e acariciando meus cabelos, como se visse que eu precisava ser tranquilizada.

— Nossa, Sylvie, esse vestido ficou tão lindo em você — elogiou Hunter. Notando a pilha de roupas, ele acrescentou: — Obrigado por pegar as roupas na lavanderia. Você não precisava... Você anda tão ocupada. Eu podia ter ido pegar.

Eu não disse uma palavra. Alguém já ouviu falar de algo chamado infelicidade doméstica?

11

Bebê Socialite

Não posso dizer que eu estava muito no clima para ir ao almoço da Baby Buggy no dia seguinte: só pensava na conta do hotel londrino e no que eu diria a Hunter. Mas quando disse a Thack que estava ocupada demais no escritório para dar um pulo no almoço da Phoebe, esperando que concordasse, ele fez exatamente o oposto e me pressionou a ir. Alixe Carter era benfeitora da instituição beneficente Baby Buggy, e ele queria que eu tentasse fechar uma outra prova de roupas com ela — Alixe nunca se deu ao trabalho de nos telefonar após ter faltado à primeira prova, mesmo depois que eu a conheci no chá-de-divórcio.

Phoebe Bébé, situada na esquina das ruas Washington e Horatio, logo ao lado da butique Christian Louboutin, combina perfeitamente com as sacolas de compras da loja. Todas as paredes são pintadas de amarelo claro e os enfeites são cinza. Quando cheguei à loja, o lugar já estava apinhado de mães de cabelos brilhantes, loucas pela Baby Buggy, comprando, por 750 dólares, botinhas de cashmere e conjuntos de gorros cujo público-alvo era a população de seis semanas de idade. Enquanto isso, Phoebe estava no meio da loja com três belas promoters que orquestravam as fotos dela com os amigos em frente aos montes de produtos infantis amarelos com o logotipo da marca.

— Você conhece a Armenia? — gritou para mim quando fui ao seu encontro.

Phoebe usava um vestido longo e dourado Halston *vintage* com espaço suficiente para a barriga protuberante. Tinha uma bolsinha de cetim em uma mão e, com a outra, apertava uma criança de 16 meses. Sabe-se lá como, ao mesmo tempo ela bebia um copo d'água.

— Ooooh! Ela vai ser uma top model — lançou uma das promoters para a criança. — Rápido. Foto. Foto? O.k. Deixe-me pegar esse drinque da sua mão.

Enquanto Casey Silbert, a supracitada promoter, agarrava o copo, Phoebe contorcia o rosto de maneira profissional, dando um sorriso maternal, porém jovial, para cinco fotógrafos que surgiram, flash-flash-flash nela, e sumiram, como meteoros humanos.

— Boa menina — disse Phoebe, sacudindo a criança pelo seu quadril de menor abandonada. — O apelido dela é Meni.

— Que nome lindo — declarei.

— Ela não é *maravilhosa*...

Naquele exato momento, uma explosão de flashes espocou no fundo da loja. A cabeça de Phoebe girou, no meio da frase, em direção à luz resplandecente.

— Olha! Lá está a Valerie com o Baba. Acho que é um diminutivo pra Balthazar — explicou Phoebe, correndo em direção à outra garota glamourosa cujo bebê estava comprimido fotogenicamente dentro de um Baby Björn forrado de pele.

O fato é que os únicos seres a que todos prestavam atenção de verdade eram os bebês querubínicos na multidão, que não paravam de chegar. Esta é, refleti, a era dos "bebês socialites". Raramente com mais de 18 meses, os "bebês socialites" só marcam presença nos eventos mais estilosos — gala de abertura de exposições, jantares de pré-estreia de filmes só para os mega VIPs, desfiles de moda (só na primeira fila. Qual a graça de levar seu bebê se você estiver na segunda e ninguém puder vê-lo?). Mesmo antes de completar três semanas, o "bebê socialite" já tem 96 resultados no Google, conhece as cabines do Yoya Mart melhor que seu próprio berço e já encontrou os filhos de Kate Winslet ao menos três vezes nas aulas de música infantil da SoHo House. Entre os sinais que identificam um "bebê socialite" legítimo, incluem-se as crateras preto-arroxeadas sob os olhos e um tom verde-exaustão na pele do infante. Caso não reconheça um numa festa, não tem importância — "bebês socialites" são tão fotografados que sempre é possível identificar um deles alguns dias depois, ao folhear as revistas *Gotham* e *New York*, onde a regra é haver no mínimo três "bebês socialites" sendo exibidos nas páginas sobre as festas.

Hmmm, pensei, examinando a loja. Não havia nem sinal de Alixe Carter. Talvez Phoebe soubesse onde ela estava. Segui em sua direção, ultrapassando a horda de mulheres, sentindo-me menos bela à medida que me misturava mais à festança. Julgando o espetacular conjunto de trajes que havia ali, eu era a única garota que tinha saído de um escritório. Eu havia jogado um lindo casaco bordado de Thack sobre a calça jeans ao sair do trabalho, mas não podia competir com as mulheres que passaram a manhã inteira no Blow, fazendo cabelo e maquiagem.

— Viu a Alixe Carter? — balbuciei para Phoebe, do outro lado da massa de mulheres que se amontoavam à sua volta.

— Ela acabou de entrar no toalete. Gastarela teve que fazer uma pausa! — Phoebe berrou. — Ela nem tem filhos e comprou três sacolas de cetim dourado pra carregar fraldas. Não consegue se controlar.

— Obrigada — eu disse, e me dirigi à placa de "vestuário feminino" nos fundos da loja.

O vestuário feminino de Phoebe parecia um charmoso quarto de visitas. Num canto havia um pequeno sofá bastante convidativo, estofado com um tecido de algodão branco estampado com rosas amarelas. Pendurado sobre a pia, havia um espelho antigo com uma grossa moldura dourada e, diante dele, um enorme vaso de rosas amarelas. Pilhas de amêndoas amarelas açucaradas enchiam travessinhas de prata. Garrafinhas de água tinham rótulos com as palavras EAU BÉBÉ em letras prateadas. Era tudo uma meiga perfeição pseudofrancesa, embora

Phoebe não fosse nem um tiquinho francesa. Ela era (segredo secretíssimo) de Miami.

Não havia nem sinal de Alixe Carter. Fiquei bastante aliviada. Estava tão nervosa com relação à conta de hotel que não conseguia entrar no clima de bajular uma mulher como ela naquele momento. Talvez eu pudesse descansar um pouco da loucura que rolava lá fora, pensei. O banheiro estava ocupado, portanto me esparramei na poltrona, numa espécie de amuamento pessoal, suponho. O que eu faria? Me perguntava o tempo todo. Se eu confrontasse Hunter, só poderia haver um resultado, refleti, apreensiva. Mas não dava para *não* confrontá-lo... ou dava? Por que eu não podia simplesmente ignorar a conta suspeita, esquecê-la? Era isso que as esposas faziam?

Foi nesse estado de espírito confuso que percebi o som de risadinhas-risadinhas-risadinhas saindo da cabine e chegando aos meus ouvidos. Então uma voz rouca, abatida pelo cigarro, sussurrou:

— Eu trepei com ele em pé no corredor. Nicky delícia. Quando eu perguntei quantos anos tinha, ele disse: "*Vou* fazer dezenove".

Meus ouvidos, tenho vergonha de admitir, ficaram atentos.

— Ecaa! Onde ele mora? — perguntou outra voz.

— Na 117, com a mãe e o pai.

— Você é um lixo. Um lixo.

— Eu sei. *Adoro*.

Não conseguia descobrir de quem era a voz do cigarro, mas logo se tornou claro quem era a outra pessoa: Lauren. Lentamente, uma espiral prateada de fumaça de cigarro deslizou por debaixo da porta do banheiro.

— Nojento! — disse a voz de Lauren.

A porta se abriu e Lauren tropeçou para fora, seguida por uma neblina de fumaça e por Tinsley, que, com o cigarro entre os lábios, estava quase irreconhecível. Usava uma calça preta de couro justa ao corpo e uma blusa branca, cuja característica mais perceptível era a quantidade de peito que revelava. No pulso esquerdo, tinha um relógio Cartier cravejado de diamantes e, nas orelhas, brincos enormes de diamante rosa-pastel. Era uma evolução bizarra da encarnação de fiel escudeira de alguns dias antes.

— Sylvie, estou tão feliz por você estar aqui — declarou Lauren ao me ver.

— Olha só para mim — disse Tinsley, sem tirar o cigarro da boca. — Virei Kimora Lee Simons. Estou pegando homens muito mais novos com esse visual.

— Então vale a pena — respondi, entretida.

— Este vestuário feminino é o melhor lugar da loja. Por favor, não vamos mais sair daqui? Estou adorando passar o tempo neste lugar, retocando minha maquiagem — disse Lauren. — Eu adoro a Phoebe, mas ela é louca. Quer dizer, é, tipo, tem mesmo umas cinquenta zilhões de crianças loucas para ter aquele cobertor de pele de bebê lhama que custa vinte mil dólares.

Lauren e Tinsley pegaram, cada, uma garrafa de água para bebês e se esparramaram no sofá que ficava de frente para mim. Tinsley, despreocupada, esvaziou a travessa de amêndoas açucaradas na lata de lixo e bateu a ponta do cigarro na imaculada bandeja de prata. Ela me observou observando-a.

— A Phoebe gosta que eu seja má. Sou a única válvula de escape dela. Ela é tão... *certinha*. Não a entendo — declarou, parecendo confusa. Tinsley abriu a bolsa e desenterrou um bastão de rímel e um espelhinho de mão. — Dá um visual *très* Kimora se você carregar no rímel, como se fosse cimento — comentou, enquanto passava maquiagem nos olhos.

— Você não vai nem acreditar no que aconteceu comigo ontem à noite — disse Lauren, me olhando.

— O quê? — perguntei.

— Ela teve cinco orgasmos — interrompeu Tinsley.

— Como você pode ter *certeza* de que foram cinco? — questionei.

Uma mulher tem que saber com certeza a exata quantidade de orgasmos que está potencialmente deixando de ter por estar casada.

— Porque ontem à noite tinham exatamente cinco camisinhas no pacote. E hoje de manhã não tinha exatamente nenhuma, e eu gozei todas as vezes — declarou ela, sem rodeios. Não havia nem um indiciozinho de constrangimento em Lauren.

— Quem é o Cinco Orgasmos? Ele tem nome? — inquiri.

— Tem, mas não me lembro. Dois a menos na Maratona Ficativa! Encomendei uma bolsinha Kelly Mu branca, com as argolas da alça em ouro rosa para celebrar o Número Dois. Meu Deus, ele foi inacreditável! Foram mais orgasmos numa noite do que no meu casamento *todo* — delatou Lauren, abrindo o estojo de maquiagem e revistando-o.

— Pensei que fosse um... Desafio Ficativo — caçoei. — Só beijar?

— Não estou mais na escola — retrucou Lauren. — Divorciadas gostam de...

— Trepar — completou Tinsley, com a cabeça distraída. — Lauren, aquele gloss grudento que eu gosto está na sua bolsa? O Chanel Sirop? O Nicky adora. Faz com que eu fique colada na cara dele. Teremos um *rendez-vous* vespertino daqui a meia hora. A gente não vai parar de tr...

— Chega! — interrompeu Lauren. — A Sylvie é uma mulher casada e respeitável. Ela vai morrer se ouvir você falar disso mais uma vez. Aqui. — Ela deu a Tinsley um bastão rosa de gloss.

✦❀✦

A verdade é que, em Nova York, as esposas fazem amor, as namoradas transam e as divorciadas trepam. As oportunidades que há nessa cidade para tal atividade são infinitas. Afinal, há um hotel de luxo a cada centímetro de cada quarteirão e, em geral, eles têm ótimas instalações para facilitar a trepada já inclusas na tarifa. O Playground, a suíte mais cara do Soho House, tem uma cama do tamanho da França e uma banheira maior que o Pacífico, além de um chuveiro com jato tão forte quanto as Cataratas do Niágara e que lançam água de todos os ângulos imagináveis. Todas as noites de sábado até 2011 já foram reservadas por divorciadas. Parecia que, nas últimas 24 horas, o Desafio Ficativo de Lauren tinha evoluído para uma competição de sexo-sem-compromisso-dependente-de-camisinhas-e-gloss-labial com a Tinsley.

— É tudo culpa minha. Sou uma péssima influência — disse Tinsley. O gloss ronronava enquanto ela o espalhava nos lábios de um lado para o outro, de um lado para o outro. Pareciam ficar visivelmente mais inchados e rosados a cada passada. Quando terminou, pareciam duas salsichinhas rechonchudas. — Esse treco é genial. Atenção, porteiros! Meu Deus, eu sou muito cafona mesmo, não é?

Tinsley ficou louca com os garotões — garotões sendo a palavra adequada a ser empregada. Estava super "curtindo a vida adoidado", como ela gostava de falar, com o porteiro de 18 anos, o supracitado Nicky, e também com o entregador de 21 anos da FreshDirect, cujo acesso ao seu prédio era, de modo geral, dado pelo supracitado jovem porteiro. Tinsley estava vibrando com o triângulo amoroso ao estilo Mrs. Robinson e se deleitava com as complicações logísticas.

— E o Ficante Sr. Moscou? — perguntei a Lauren, pensando no *homem que não está no Google*. — Ainda conta como um ficante em potencial?

— É óbvio que ainda estou loucamente apaixonada por ele. — Lauren sorriu. — Acho que já descobri qual é a dele. O cara se chama Giles. Não é nome de homem gostoso? Ele vai estar no jogo de polo no gelo no mês que vem, eu tenho certeza disso...

— ... Quem é o "Sr. Moscou"? — interrompeu Tinsley, subitamente alerta.

— Ninguém, ninguém — desconversou Lauren, começando a abrir o estojo de pó compacto e balbuciando "fica na sua" pra mim.

— Então, olha só, tenho péssimas notícias a respeito da Marci — declarou Tinsley.

— Eu já estou sabendo — disse Lauren.

— O quê? — indaguei.

— Ela pegou o Christopher na cama com a *ex-colega de quarto* dela dos tempos da faculdade. Pelo menos esse é o boato que a presidente da Baby Buggy, Valerie Gervalt, andou espalhando — disse Tinsley.

— Nãããooo! — exclamei, chocada.

— Todas as evidências estavam ali. Ele foi super vago a respeito de todas aquelas viagens a negócios e Marci não deu a mínima pra isso... idiota. E ela achou uma gaveta trancada na escrivaninha dele. Isso é sempre um *grande* sinal de infidelidade. Depois, nem percebeu que ela comprou um vestido Rochas novo. *Seis mil dólares no cartão de crédito dele e nem se deu conta!*

— Ela está bem? — perguntei. — Quem sabe eu não faço uma visitinha. Coitada da Marci.

— Ela não come há quatro dias. Está parecendo uma prisioneira de guerra. Tá adorando. A Marci não perde tantos quilos assim desde a época em que lutou contra a anorexia, em 1987 — acrescentou Tinsley.

— Para de ser tão cruel, Tin — reclamou Lauren. — A Marci está num péssimo estado. Está precisando muito dos amigos neste momento. Eu vou lá amanhã. Ela faz bem em se livrar daquele traste traidor. Ela vai se divertir muito mais sendo divorciada, isso é certo.

— O que você acha da gente dar uma saidinha? — perguntei. — Eu preciso encontrar a Alixe Carter.

— Quero ver uns daqueles bebês e mamães fofos. Lauren, *você é trash*. — Tinsley gargalhou, apagando o cigarro. Rodopiou ao sair pela porta.

Não fiz nenhum esforço para me levantar; Lauren também não. Joguei uma amêndoa na boca e mastiguei, fazendo barulho.

— Qual é o problema?

— Nada — menti. Não estava certa de que seria uma boa ideia contar a Lauren sobre a tal conta de hotel.

— Você está parecendo deprimida. É por causa da nossa conversa? Ela te deixou com nojo? Você parece deprimida *de verdade*.

Era tão óbvio assim?

— Foi a lavanderia... do Hunter — eu disse.

— Do quê você está falando? — perguntou Lauren.

Suspirei e disse a verdade.

— Eu achei uma... conta de hotel nas roupas que vieram da lavanderia. Era de um lugar que ele disse que não tinha ido. Acho que ele anda mentindo pra mim.

— Ai, meu Deus — disse Lauren, com vagar.

— O que eu devo fazer?

— Você devia ir a Moscou comigo para ver o jogo de polo no gelo e esquecer essa história toda. Dia 6 de novembro. Anote na agenda.

— Estou tentada a ir. Mas, sério, o que eu faço?

— Talvez não seja o que parece... — começou Lauren. — Não é nada *cool* fazer um estardalhaço até ter certeza *absoluta*. Oh, minha querida, você parece meio chorosa.

— Estou me sentindo péssima — confessei, tentando não chorar.

Não era hora de cair num poço de sofrimento por causa das atividades do meu marido pelo mundo afora. Mesmo assim, sentia meus olhos marejando. Recompondo-me, olhei o relógio. Já eram duas e meia da tarde. Decidi dar mais uma volta pela festa para ver se conseguia achar Alixe. Senão, iria voltar direto para o escritório. O mais importante era não ficar ruminando essa história. Além disso, Lauren estava certa: eu não poderia fazer nada se não tivesse certeza.

— O.k., vou lá pra fora — anunciei, me levantando.

— Eu te ligo mais tarde para a gente conversar mais sobre isso — disse Lauren, com sabedoria. — Mas não vá abrir a boca com o Hunter a esse respeito.

— É um bom conselho. Obrigada — eu disse.

Quando voltei à loja, a multidão já havia diminuído. De repente, me deram um tapinha no ombro.

— Sylvie? Sylvie?

Virei-me. Alixe estava ao meu lado, com uma expressão de preocupação.

— Sylvie, o que aconteceu com a minha prova?

Que delícia ter uma memória tão ruim que você é capaz de esquecer ter esquecido alguma coisa. Decidindo que seria melhor não mencionar que Alixe havia perdido a prova, eu disse:

— Você pode ir a hora que quiser.

— Estou *tão* desesperada pra comprar um vestido. Eu estava preocupada com o Thack ter... Ter se esquecido de mim. Ah, olha! — disse ela, tirando uma capinha de chuva amarela de um cabide. — Vou ter que levar isso. É maravilhoso. A Phoebe é maravilhosa.

— Eu te ligo mais tarde, Alixe, e a gente marca uma hora — prometi.

— Ótimo. Mal posso esperar.

Estava parada na porta, esperando para pegar meu casaco, quando houve um princípio de agitação. Enquanto Phoebe e Valerie davam beijinhos de despedida em todo mundo, Marci chegou de repente e cumprimentou absolutamente todo mundo, como se fosse o começo da festa, e não o fim. Estava mega maquiada, lábios pintados de rosa com batom Schiaparelli. Usava uma calça justa de cetim preto, sandálias altíssimas que revelavam unhas vermelhas e uma blusa soltinha de seda preta com um enorme laço no pescoço. Era igualzinho ao momento da metamorfose da Olivia Newton-John em *Grease*, só que na vida real.

— Marci... — cumprimentei — você está bem?

— Estou me sentindo maravilhosa — respondeu. — A escoliose já sarou completamente. Estou vestindo 34.

Ela sempre vestiu tamanho 34 e nunca tivera escoliose; então nada tinha mudado.

— Oooh, Valerie, olá... — disse Marci, precipitando-se em direção à mãe e ao filho glamourosos. — Aaah, Baba? Baba...

Não houve reação da exausta criança, então Marci aproximou o rosto. Ela abriu os lábios num fervente biquinho rosa, pronta para beijar o Baba.

— Buáaaaa! — urrou Baba.

— Baba, é a Marci...

Baba começou a grasnar como um ganso e mover-se violentamente. De repente se virou para Marci, que se curvou, aproximando-se mais ainda dele. Ele vomitou na hora. O vômito escorreu, heterogêneo, pela blusa de seda de Marci.

— Eeeeeeee-caaaaaaa! — ganiu Marci, recuando. — Qual é o problema dessa criança?

— Seu batom — disse Valerie, dando as costas para Marci abruptamente. — Bebês odeiam... maquiagem. Causam um impacto negativo sobre o desenvolvimento cerebral deles. Eu tenho que tirar ele daqui.

Em seguida, Valerie saiu, e o rosto de Marci inflamou, num vermelho reluzente e constrangido. Ela me olhou, preocupada. Então me perguntou:

— Aquele bebê me esnobou ou foi só impressão minha?

12

Marci Sai do Sério

"*Some! Seu socialitezinho snob, stérico e scárnico de 16 meses!*", declarou a coluna Gawker Stalker na manhã seguinte. Os "bebês socialites" conseguem destruir a auto-estima de uma mulher como nenhum outro adulto. Marci sumiu do mapa. Literalmente. Ninguém conseguia falar com ela, e a única pessoa que poderia dar alguma pista — Lauren — também parecia ter tomado um chá de sumiço. Circularam boatos de que Lauren tinha sido vista às seis horas da manhã seguinte ao almoço de Phoebe no saguão do Mark Hotel, trajando roupas de ginástica e óculos de sol enormes, entrando no elevador. Parece que apertou o botão CO ao entrar. A fofoca se espalhava rapidinho, principalmente porque também havia boatos de que Sanford Berman tinha uma suíte na cobertura no hotel. Ninguém a viu desde então.

Eu não acreditei. Era fato que Lauren nunca (NUNCA!) se levantava antes das onze. Além disso, ela havia me dito com todas as letras que não conseguiria transar num colchão d'água. Bem, deixando de lado todo o falatório bobo, eu precisava falar com ela desesperadamente: Lauren era a única pessoa a quem eu mencionara a estranha conta de hotel que, nos últimos dias, estava mega me torturando quase ao ponto da opressão.

Porém, a última coisa que Lauren havia me dito era para não mencioná-la a Hunter. Louca como era, eu também achava que Lauren tinha uma sabedoria instintiva no que dizia respeito a relacionamentos. Resolvi não dizer nada por enquanto, mas estava mega impossível de segurar: Hunter logo percebeu que eu não estava sendo eu.

Uma noite, quando estávamos deitados na cama, Hunter disse:

— Belos lençóis... perfeitos para... — Ele se inclinou e me beijou.

— São da Olatz — eu disse, desviando dele. — Seu primo que mandou de presente de casamento.

É incrível o que uma fronha de linho português de US$ 600, costurada à mão e adornada com rendas, às vezes *não* pode fazer para te alegrar. Estava ansiosa demais para qualquer espécie de romance naquela noite, com ou sem lençóis da Olatz.

— Querida, o que está acontecendo? — Hunter perguntou com doçura.

— Nada — respondi, meus olhos bem fechados. — Só estou cansada.

— Você está triste? — perguntou Hunter, acariciando minhas costas.

— Hmmm... triste não — murmurei. Na verdade, estava furiosa. Mas não sabia o que fazer a respeito.

— Eu queria te fazer uma proposta: você iria a Paris passar uma semana comigo na minha próxima viagem? Estou planejando ir na primeira semana de novembro. Isso te animaria?

Era uma oferta encantadora. Mas a verdade é que eu estava uma arara com o Hunter. Não podia deixá-lo impune assim tão fácil.

— Não preciso que me animem — retorqui, de mau humor, acendendo a luz e encarando meu marido.

— Por que você está franzindo a testa desse jeito adorável e irado, então? — disse Hunter, parecendo estar se divertindo ligeiramente. — O que foi?

Hunter era tão fofo que tornava praticamente impossível a tentativa de manter minha fúria no nível necessário. E, olha só para ele, parecia tão gostoso, todo sonolento e aconchegante deitado ao meu lado. Dei um beijo nele. Talvez eu pudesse retirar todas as acusações de má conduta,

Divorciada Debutante

imediatamente? Talvez aquele lençol de linho caríssimo fosse romântico *demais*...

— Poxa, querida, você anda irritadiça há dias... — insistiu Hunter.

Talvez eu *devesse* falar algo. Acabar logo com isso. Talvez houvesse uma explicação simples e eu pudesse ir a Paris em novembro junto com Hunter e ter uma semana agradável. A verdade é que eu não podia mais ficar calada, independente do conselho dado por Lauren.

— Bom... tem... uma coisinha — eu disse, finalmente. — Outro dia, quando o Jim devolveu seus ternos, ele me deu um monte de recibos.

— O que você quer dizer com isso? — indagou Hunter, com olhar inquisitivo.

Debrucei-me sobre a beirada da cama e abri a gaveta da mesa de cabeceira. Lá estava o saquinho Ziploc. Peguei, abri e retirei a conta do Blakes Hotel.

— Por favor, explique isso aqui — pedi, estendendo a conta na direção dele.

Hunter examinou o recibo.

— É apenas uma conta de hotel — ele disse. — Tinha que ter entregado ao contador semanas atrás. — Ele colocou o papelzinho na mesa de cabeceira dele, como se realmente não houvesse nada de estranho. — Bom, que tal minha esposa e eu fazermos uso pleno do presentaço do meu primo...?

Hunter começou a se aninhar no meu ombro. Era incrível. Ele estava agindo como se não houvesse nada de errado. Afastei-me dele, chateada.

— Hunter, eu estou tentando ter uma briga horrível com você! — levantei a voz, repelindo-o para longe de mim.

— Por que motivo um casal recém-casado e tão feliz como nós dois poderia brigar? — disse, zombeteiro. Ele não estava levando isso nem um pouco a sério.

— Por que você mentiu para mim sobre ter ido a Londres? — questionei. Pronto. Soltei o verbo. Talvez esse fosse o final do nosso casamento relâmpago. Sentei-me, rígida, e olhei fixo para Hunter. Por que ele parecia tão... sexy... mesmo quando eu estava tão brava com ele? Era irritante.

— O quê? — perguntou Hunter, parecendo confuso. Sentou-se na cama e passou a mão no cabelo com jeito de quem está um tanto nervoso. — Nunca minto para você. Do que é que você está falando?

— Quando a Phoebe disse que te viu em Londres, você disse que ela era uma desmiolada e que tinha te visto em Paris — revidei.

— Err... Eu fiz isso? — hesitou. Refletiu um tempinho e soltou: — Hmmm...

Hunter estava tentando dar coerência à história dele? Inventar um álibi? Ou eu estava com uma suspeita louca sem motivo nenhum? Depois do que parecera ser um intervalo silencioso e interminável, Hunter enfim disse:

— Eu achei que a Phoebe tinha dito que me viu em... Londres.

— E foi isso que ela falou! — eu argumentei, severa. — Mas *você* disse que não esteve em Londres.

Agora era eu quem começava a ficar confusa. Talvez eu é que fosse a desmiolada.

— Querida, me desculpa. Ando viajando tanto que muitas vezes *nem eu mesmo* sei onde estou. Todas as cidades européias se misturam na minha memória. Não quero te deixar preocupada, meu amor — explicou Hunter, pegando minha mão e beijando-a.

Como Londres pode se misturar a Paris... eu não sei!

— De qualquer jeito, o que você estava fazendo em Londres num fim de semana? — perguntei, brava.

— Acho que foi...

A voz de Hunter desvaneceu, como se estivesse um pouco confuso. Por fim, disse:

— ... Foi isso. Alguma reunião de última hora com os distribuidores do Reino Unido. Desculpa, devo ter esquecido de te contar. Passei 24 horas em Londres e depois voltei direto pra Paris.

O que Tinsley havia dito sobre o marido de Marci ser "vago" a respeito das reuniões de negócios? Hunter estava sendo "vago" à maneira que Tinsley tinha definido ser "vago"?

— O Blakes definitivamente não é um hotel estilo "reunião de negócios" — declarei com severidade.

— Eu sei, querida. Quero te levar lá. É super romântico — anunciou.

— Por favor — pedi, frustrada.

Não conseguia crer que estávamos tendo aquela briga. Com certeza a Christy Turlington nunca havia discutido com aquele cara lindíssimo do anúncio do Eternity.

— O que você está querendo dizer? — perguntou Hunter.

— Estou querendo dizer que não sou uma completa idiota.

— Ah, Sylvie, poxa. Você sabe que toda hora eu estou num hotel diferente. Deixa de ser ridícula e vamos dormir. — Ele estava ficando irritado.

— Não estou sendo ridícula! Tenho justificativas para ficar pensando no que meu marido ficou fazendo num fim de semana no hotel mais sexy de Londres...

— Sylvie. Para. Isso nem merece resposta.

— Mas...

— Shhh! Agora você está querendo discutir sem motivo nenhum. Já expliquei. É isso. O.k.?

Sempre soube que Hunter era um homem de poucas palavras, mas agora estava achando isso terrível. Achei totalmente injusto ele ficar furioso comigo. Fiz uma nova tentativa.

— M...

— Querida, chega — disse Hunter, fechando a cara. — Você pode escolher entre acreditar em mim ou não acreditar. Eu estou falando a verdade.

Talvez eu estivesse exagerando, pensei, aborrecida comigo mesma. Estava cansada e estressada por causa do trabalho, que, de vez em quando, me deixava como um barrilzinho de pólvora. E quando parei para pensar de verdade, achei a explicação de Hunter totalmente plausível: ele andava mesmo viajando que nem louco, e qual era a diferença de um hotel para outro? É provável que para ele todos fossem iguais. Hunter estava certo, não tinha outra opção além de acreditar nele. Talvez eu devesse aceitar a bela oferta que meu marido me fizera e não ficar tão obcecada com coisas sem importância. Paris no inverno era uma delícia, sem todos os turistas.

— Querido, adoraria ir a Paris — admiti, por fim. Certamente poderia trabalhar enquanto estivesse lá. Precisávamos de algumas lojas na Europa. — Desculpa ter sido tão chata com você.

— A gente vai se divertir muito — disse Hunter com gentileza. Ele nunca ficava ressentido comigo; essa era uma de suas melhores qualidades. — Você vai por uma semana, depois eu tenho que passar dez dias em Frankfurt e aí nós voltamos juntos para Nova York.

Beijei Hunter e me entoquei sob a manta para ficar mais pertinho dele. De repente, tive uma ideia.

— Sabe de uma coisa, acho que é exatamente antes do fim de semana que a Lauren vai a Moscou. Ela fica toda hora me importunando para eu ir junto. Talvez eu possa me encontrar com ela quando você for a Frankfurt — sugeri. — Eu podia fazer uns negócios para o Thack e tem um jogo de polo no gelo que a Lauren quer ver.

— Mas o que é que a Lauren quer em Moscou? — indagou Hunter, intrigado.

— Ela chama isso de viagem a trabalho e lazer. Está tentando conseguir um tal par de abotoaduras Fabergé para o Sanford, e por acaso elas são de um cara pelo qual ela resolveu ficar *loucamente* apaixonada. Um cara que ela nunca viu. Ele se chama Giles... qual era o sobrenome, mesmo? Giles Monterey, é isso. Ela o chama de "o homem que não está no Google".

Hunter ficou me olhando por um instante, incrédulo. Era peculiar. Depois gargalhou.

— A divorciada debutante e o homem que não está no Google! Parece ser o casal perfeito. Prevejo um romance deslumbrante, casamento e vários filhos para brincar com os nossos. Rá rá rá!

— Lauren nunca mais vai se casar — protestei. — Ela está se divertindo demais.

— Estar casado é *muito* mais divertido, amorzinho. A gente tem que incentivá-la a se casar com esse pobre coitado.

— Ela só quer um namorado gostoso — expliquei. Hunter não fazia nem ideia.

— Com certeza qualquer pessoa preferiria ser casada a ser divorciada — retrucou.

— Você é o marido mais perfeito do mundo — anunciei. Ele estava mesmo tentando ser amável.

— Não sou, não. Você é a esposa perfeita.

Talvez *fôssemos* o casal do anúncio do Eternity, no final das contas.

※

Marci Klugerson, ficamos sabendo na manhã seguinte, não estava nem um pouco desaparecida. Tinha passado o dia todo dormindo e a noite toda assistindo a episódios gravados de *Medium*. Quando ligou, do nada, para meu número do escritório, mais ou menos ao meio-dia, ela soava tão dopada que parecia que eu estava falando com uma *junky*.

— Você sabe? Aonde... Christopher? ... está? — murmurou Marci. Soava como se não estivesse nem acordada.

— Você não sabe? — perguntei, chocada.

— Não... — hesitou a voz insuficiente. — Expulsei ele, e ele desapareceu, totalmente... foi... embora.

Era patético. Marci parecia uma daquelas pessoas dos reality-shows da TV.

— Marci, é verdade que Chris...

— A Tinsley te contou? Com certeza ele está com outra pessoa. Ele não fala com quem. Ele diz que vai terminar, mas eu estou em estado de choque. Por favor, vem pra cá. A única coisa que comi nos últimos três dias foi Seroquel. É pra esquizofrenia. Mas eu não sou esquizofrênica, eu tenho...

Houve um súbito assoar de nariz e farfalhar de lenço. Marci chorava de forma incontrolável.

— Marci, eu tenho uns compromissos importantes de trabalho esta tarde. Você consegue sobreviver até as seis? Aí eu vou praí — eu disse, condoída.

— Hammmmm — lamuriou-se Marci, parecendo um gatinho ferido. — A Lauren falou que vem daqui a meia hora. Ela está escondida com algum cara. Quem sabe ela não fica aqui até você chegar.

— O.k., ótimo, que bom. Até mais tarde então...

— Espeeera! Mais uma coisa, Sylvie... — Fungada, fungada, fungada. — Posso usar as roupas do Thack agora que estou me divorciando?

❦

A sala de estar de Marci, no nº 975 da Park Avenue, era suficiente para fazer qualquer pessoa ficar dependente de Seroquel, tendo sido abandonada pelo marido ou não. Tinha sido decorada por Jacques Grange assim que ela se casou, e, por isso, parecia o interior da Notre Dame.

Quando cheguei, logo depois das seis, encontrei Marci na sala de estar, empoleirada num sofá com capa grossa de feltro verde escuro. Ali jazia um exemplar de *Os homens são necessários?*, de Maureen Dowd. Numa mão segurava um drinque, na outra, o controle remoto. Os olhos estavam grudados na tela da TV. Mudava de um canal para outro como uma maníaca. Vestia um impecável terninho branco Rochas com punhos de renda preta e um laço no pescoço, meias arrastão e sapatos vermelhos altíssimos. O cabelo estava arrumado, com os cachos louros emoldurando o rosto. As lágrimas do começo do dia haviam sumido. Seu rosto estava pálido, continuava bela, mas de maneira deplorável, como Nicole Kidman em *Os outros*. O semblante estava completamente sereno. Era bastante óbvio que ela estava meio fora de si, pois uma coisa que Marci nunca é, quando está bem, é serena.

— Sylvie, olá — cumprimentou sem tirar os olhos da tela. — Você acha que um dia vou poder ir a outra festa no sul de Manhattan depois daquilo que aquele menino fez comigo?

Sentei-me a seu lado no sofá e deixei minha bolsa no chão.

— Marci, estou muito preocupada contigo. Posso te falar uma coisa? — pedi com delicadeza.

Ela assentiu, murmurando:

— Sim.

— Talvez fosse melhor você pensar em como salvar seu casamento — recomendei. — Não em... Convites para festas...

— Festas são importantes quando se está... — Marci engoliu o drinque numa velocidade alarmante e depois soltou, dramática: — Sozinha. Quer uma dose de vodka?

— Cadê a Lauren? Não era para ela estar aqui?

— Ela me deu um bolo. Aquele cara dos cinco orgasmos está instalado na casa dela. Ela está tentando tirar o aniversário de casamento dela da cabeça, era hoje. Ela também está muito deprimida.

— Sinto muito — eu disse. O status de Lauren como a garota mais esquisitona de Nova York obviamente não havia mudado.

— Estou meio que brava, mas não consigo ficar mega brava com ela. A Lauren foi tão gracinha comigo quando minha mãe morreu. Ela esvaziou a casa todinha e pagou toda a conta da mudança porque eu estava dura na época. Talvez o Cinco Orgasmos seja o homem dos sonhos dela. Lauren merece um cara que seja ótimo.

De repente, Marci levantou-se e foi até a enorme mesa de mogno que havia num canto da sala.

— Odeio este lugar. Me sinto como se morasse no Ritz Carlton — resmungou. Sentou-se à mesa e tirou o telefone do gancho. — Por que a gente não vai ao Knitting Café da Bedford Street?

— Marci, querida, a gente devia ficar aqui — sugeri. — Está frio demais lá fora. Quer que eu faça um chá de rosa mosqueta?

— Fiz uma coisa horrível hoje. Peguei todos os ternos feitos à mão de Anderson & Sheppard que o Christopher tinha, amarrei a um tijolo e os joguei no East River — confessou Marci.

Tive que rir. Era horrível mesmo. Mas talvez Christopher merecesse.

— Você já tinha desconfiado de Christopher? — perguntei.

— Claro que não. Ele nunca saía comigo, mas eu acreditava nele quando ele falava que não podia fazer muita social por causa do trabalho.

Era verdade. Quando saía, Marci nunca estava com o marido. Sequer o conheci. Tudo que eu sabia sobre Christopher é que ele tinha cabelos ruivíssimos. Fora isso, ele era uma página em branco.

— Nunca confie em um homem que está sempre viajando a negócios. Homem não trabalha tanto assim — declarou Marci. — Aposto que o Hunter não está sempre viajando a trabalho. Nos finais de semana e toda noite.

— Não — esclareci, com um arrepio compassivo. — Mas escuta, Marci, você ainda está casada com ele, e seja lá o que estiver acontecendo, você tem que considerar a hipótese de dar um jeito nas coisas. Afinal de contas, é disso de que se trata o casamento. Na alegria e na tristeza, e tudo o mais.

— Tirei a parte "na tristeza" dos nossos votos. O Christopher nem notou — Marci hesitou e depois, animando-se um pouquinho, ela disse:
— É tão divertido, a Salome quer que eu passe o próximo verão inteiro com ela em East Hampton. Ela fala que, durante toda a estação, a casa fica parecendo um palácio-discoteca com... uuggghh-ggh-ggh-uuuggh... — De repente, Marci estava soluçando, derramando lágrimas, mal conseguindo respirar.

— Que tal eu pedir alguma coisa pra gente comer? — sugeri. — A gente pode ficar só batendo papo.

— Tudo bem, tudo bem... Sim. Não! Por que nós não vamos ao Bungalow 8?

— Marci, são sete horas da noite. O Bungalow 8 só começa mesmo depois das duas. Você não está em condições de ir pra lá esta noite. Devia parar um pouco para refletir.

— Eu *odeio* o Bungalow 8, de coração. Eu não conseguia entrar com o Christopher. Ele estava muito acima do peso — contou Marci, enxugando as lágrimas nos punhos de renda. Então, me olhando desesperada, perguntou: — Quanto tempo exatamente leva-se para refletir? Três semanas? Já vou ter acabado de refletir no Dia de Ação de Graças?

13

A F♥♥♥ de Aniversário de Casamento

Para: Sylvie@hotmail.com
De: Lauren@LHB.com
Data: 1º de novembro
Assunto: F♥♥♥ de aniversário de casamento

Queridíssima,

Desculpa ter sumido. Semana passada foi meu aniversário de casamento e me senti uma monstrenga. Achei que o sr. Cinco Orgasmos iria me ajudar, mas tente dizer a um homem que nunca foi casado que você precisa de uma f♥♥♥ de aniversário de casamento. Ele veio pra cá depois de um jantar com artistas fajutos e então, digamos assim, mudei o nome dele para Orgasmo Light-Zero. Bom, após noventa minutos dessa atividade não-orgástica, fiquei fazendo sinais de "quero dormir" e ele disse: "Espero que você não se importe, eu trouxe minha escova de dente". Quase vomitei. De repente, virou um "relacionamento". Igualzinho ao episódio de *Seinfeld* em que ele tem que terminar com a namorada *in loco* porque ela trouxe a escova de dente.

Então eu disse que teria que discutir a escova de dente com ele. Disse que ele teria que levá-la de volta. Qual a graça de ser divorciada se você tem uma escova de dente alienígena sujando seu lindo mármore branco? Disse a ele que eu poderia *emprestar* uma escova, mas que ele não poderia *trazer* a própria. Ele não entendeu a complexidade sutil da coisa. Apesar disso, eu devolvi a dele e emprestei uma das minhas escovas chiques. Você sabe, uma daquelas com cabo de casco de tartaruga que você compra na Asprey. Eu simplesmente sabia que a escova de dente ficar ali poderia levar às roupas ficando por ali, o que levaria a ele ficar por ali... Adivinha? Ainda estou procurando o Ficante Número Três! Divirta-se em Paris, e a gente se vê em Moscou. Leve uma grande chinchila! Mal posso esperar.
Beijos,

xxx Lauren

O e-mail de Lauren, que recebi justamente quando estava a caminho de Paris, provaria ser um nítido contraste em relação à semana que eu enfrentaria. Não há nada — juro, nada! — mais gostoso do que ser recém-casada e estar em Paris. Entre meus compromissos para mostrar a coleção de Thackeray às lojas e as reuniões infindáveis de Hunter, ele e eu fugíamos para almoços românticos no Marais ou para nos encontrarmos para jantar em aconchegantes restaurantes na Rive Gauche, como o D'chez eux, na avenue de Lowendal, onde um serviu ao outro colheres de cassoulet e ficamos de mãos dadas o jantar inteiro, como fazem as pessoas loucamente apaixonadas.

Naquela semana tudo deu certo. Duas lojas — Maria Luisa e Galeries Lafayette — compraram a coleção de Thack, embora o dólar estivesse barato e isso significasse que os preços estavam astronômicos. Algumas semanas antes de eu partir de Nova York, também tivemos sorte: Alixe Carter finalmente aparecera para uma prova de roupas e encomendara para si um guarda-roupa inteiro de alta costura. Ela parecia estar fazendo propaganda boca a boca das roupas de Thack, e cada vez mais mulheres glamourosas ligavam pedindo para serem vestidas em diversos eventos — houve até uma jovem e sexy atriz, Nina Chlore, cuja relações-públicas telefonara dizendo que ela queria vestir Thack na pré-estreia de seu novo filme, *Loura fatal*, no começo de janeiro. A atuação de Nina fez com que Hollywood de repente ficasse aos pés dessa garota de 23 anos, e seu estilo refinado e jovial deixou a imprensa especializada em moda fervendo. Perseguiram-na como se ela fosse uma espécie rara de leopardo. Thack estava desesperado para vesti-la, mas Nina ainda não tinha realmente se comprometido a fazer uma prova de roupa. Tínhamos que esperar e rezar para que as roupas um dia a atraíssem ao ateliê — embora não fizéssemos ideia de quando isso iria acontecer.

Não há lugar mais venturoso para se tomar chá em Paris do que a Ladurée. Bem na esquina da rue Jacob com a Bonaparte, essa *pâtisserie* coberta de veludo e enfeites dourados é a loja de bolos mais romântica do mundo. Todo mundo deveria ir lá junto com um marido novinho em folha. Com os garçons em paletós brancos servindo chá de verbena em bules de prata e bolinhos fofinhos de *framboise* em louças rosa-bebê, a coisa toda faz com que você se sinta a Coco Chanel.

Hunter e eu passamos boa parte da tarde passeando pelos antiquários da Rive Gauche. Nossa preferida era a Comoglio, uma bela loja de decoração que vendia tecidos franceses a preços inacessíveis, inclusive um veludo molhado verde pistache cujo metro custava 300 euros. (Só na França, crianças, só na França.) Às quatro da tarde já estávamos exaustos, e ficamos aliviados quando finalmente nos vimos sentados em duas poltronas adamascadas azul-marinho na Ladurée.

— Não acredito que a gente só tem mais um dia, querido! — eu disse, depois que fizemos o pedido.

Não estava com a mínima vontade de ir embora de Paris. Nos divertimos tanto. A discussão a respeito da conta do Blakes havia esmaecido a uma lembrança embaçada. Não podia crer que tinha ficado tão irritada com tudo aquilo que cheguei até a considerar cancelar a viagem.

— Querida, a gente vai passar muito tempo aqui — anunciou Hunter. — Talvez até tenhamos que comprar uma casa aqui, eu tenho que vir pra cá o tempo todo.

— Seria uma maravilha! — bradei, empolgada.

Naquele exato instante um garçom apareceu com uma bandeja de prata cheia de doces deliciosos e chá. Ele a deixou sobre a mesa e sumiu.

— Querido, prova o meu — disse, oferecendo a Hunter um pedaço do meu *macaron* de framboesa.

— Hmm — soltou Hunter, comendo o doce direto da minha mão. — Acho que na próxima viagem, nós devíamos ir à ópera. Ou ao circo. Sabe, o circo aqui é incrível... Talvez devêssemos *mesmo* arrumar um apartamento, e no Quai Voltaire...

— Com vista para o Sena.

— Imagina só todos os passeios pelas galerias de arte que vamos poder fazer. E todos os *café crèmes* que vamos tomar...

— Ah, por uma vida de fantasia em Paris! — suspirei, feliz.

Continuamos assim por algum tempo, num ciclo *vicioso* que achávamos super romântico, mas que teria deixado um espectador enjoado. Estar apaixonado é sempre assim. Se for você o enamorado, é mais do que emocionante, mas se sentar ao lado de alguém assim num restaurante é detestável. Por sorte, o câmbio estava tão ruim que poucos americanos se encontravam em Paris, portanto não havia falantes de inglês azarados, obrigados a sofrer com nossas tolices melosas. Isso nos deixou bem tranquilos, e começamos a fazer aquele tipo de coisa que nem sonhamos em fazer em nosso próprio país, como dar beijo de língua mesmo com uma mesa entre nós, como dois adolescentes. A última coisa que esperávamos era...

— Odeio interromper uma cena tão fofinha.

Hunter e eu olhamos para cima, envergonhados. Sophia D'Arlan estava de pé diante de nós, com um sorriso estonteante no rosto. Seus cabelos cor de mogno estavam soltos e ondulados, e vestia um modelito estilo *rive gauche au weekend*, com calças de lã azul-marinho, sapatos baixos de bico fino, jaqueta de couro e um xale simples que chegava quase nos joelhos. Parecia Lou Dillon num dia de folga.

— Desculpa. Não resisti e tive que vir dizer um oi. Estou aqui com o Pierre — explicou, gesticulando em direção a um homem de cabelos escuros sentado numa mesa distante. — Sylvie, estou *tão* feliz que você está aqui. Tenho pensado *tanto* em entrar em contato contigo.

— Sério? — indaguei, surpresa.

— Sim. A Alixe Carter acha que eu devia vestir Thack na pré-estreia de *Loura fatal*. Vou ser a acompanhante da Nina. Fizemos o maternal juntas. Somos que nem irmãs.

— O Thackeray adoraria vesti-la. Liga para mim e conversaremos sobre isso. Volto para Nova York no meio da semana que vem — anunciei, num tom de mulher de negócios.

Dei meu cartão a Sophia. Não seria um mau negócio Sophia ser vista vestindo Thack: posso até não ir com a cara dela, mas ela era constantemente fotografada, e as revistas de perua consideravam-na um ícone da moda.

— A Nina está em Paris por dois dias — comentou Sophia. — Posso passar seu número? Ela disse que também está pensando em vestir Thack.

Seria ótimo. Mas isso significava que, de alguma forma, eu teria de fazer amizade com Sophia? Embora não tivesse nenhum motivo específico para não gostar dela, ela simplesmente não me inspirava confiança. Mas, se ia incentivar Nina Chlore a vestir Thack na pré-estreia, eu precisaria dela. Era óbvio que Sophia conhecia bem a Nina. As atrizes são tão volúveis no tocante aos estilistas que é necessário todo o apoio possível caso o profissional queira que elas vistam suas roupas. Teria de deixar meus sentimentos pessoais de lado — isso era importante demais para os negócios. Dei um sorriso que esperava parecer genuíno e disse:

— Claro! — Havia uma chance pequena de que Nina Chlore telefonasse. Ela era um meteorito que provavelmente estava sendo cortejado por todos os estilistas, de Dior a Dolce.

— Com certeza entrarei em contato. Que gentileza a sua, nem acredito — disse Sophia.

Sophia deu um beijo na bochecha de Hunter.

— Tchau, querido — disse ela, mostrando intimidade. Tomei um golinho de chá e decidi não ligar pra isso. Negócios são negócios.

Naquela noite, mais tarde, Hunter e eu estávamos tomando *chocolats chauds* no bar do Bristol quando meu celular tocou. Para minha surpresa, Nina Chlore estava na linha, pedindo milhares de desculpas por ligar tão tarde. Disse que queria vestir Thack para a pré-estreia de janeiro e, o que era ainda mais fascinante, que acabara de saber que tinha sido oficialmente indicada para um Globo de Ouro. Apesar de saber que isso era uma coisa vã e fútil, uma dessas besteiras de Hollywood, é claro que ela tinha que pensar em qual seria "o" vestido. Como Sophia dissera, Nina estava em Paris e desejava me encontrar na manhã seguinte para conversar sobre vestidos. Mal conseguia acreditar no que estava escutando, e sinalizei para Hunter com o polegar para cima.

— Eu poderia passar no seu hotel às onze — sugeri, empolgada.

Embora não pudesse nem sonhar em deixar transparecer, eu mal conseguia me conter. Era provável que a influência de Sophie D'Arlan tivesse ajudado, pensei, um pouco irritada. Supunha que teria de aturá-la por enquanto.

— Não, eu vou ao seu. Não quero te causar nenhuma inconveniência — insistiu Nina.

— Bom, se você tiver certeza de que pode.

— Eu acho que consigo andar do Ritz até o seu hotel — Nina brincou e desligou o telefone.

Se eu fosse uma estrelinha de cinema linda e mundialmente famosa que não precisasse sair do Ritz, eu não sairia. Mas felizmente Nina parecia ter os pés no chão.

— Ela parece ser bem legal — contei a Hunter, quando lhe relatei a conversa ao telefone. — Tão graciosa e amável. Nem parece uma estrela de cinema.

— É provável que ela esteja interpretando — disse Hunter. — Atrizes fazem isso o tempo todo.

— Acho que ela vai ficar linda de Thack.

— Primeiro, vamos ver se ela aparece amanhã — disse Hunter.

— Você é tão cético.

— Só estou sendo realista — esclareceu, levantando-se e segurando minha mão. — Que tal um pouquinho de Paris Première antes de ir para a cama, hein?

※✥※

Na manhã seguinte, esperando que Nina aparecesse com no mínimo duas horas de atraso, estava passando pelo saguão às quinze para as onze, quando a avistei sentada numa poltrona ao lado da lareira. Eu a reconheci por causa das infinitas fotos dos paparazzi. Vestia uma jaqueta de pele gola rolê que escondia metade de seu rosto e uma minúscula minissaia de brim. O cabelo louro caía em volta dos ombros e as pernas nuas estavam levemente bronzeadas, mesmo naquela manhã invernal de novembro. Acho que eram ainda mais longas que as de Sophia D'Arlan, se isso fosse possível. O toque final era um par de sapatilhas de pele de cobra verde-escuro, que pareciam muito caras. Ela lia *o Monde*. Estava adiantada. Nina era a antítese da estrela de cinema de Los Angeles que aumenta os seios e faz bronzeamento artificial: ela tinha classe. Thack ficaria obcecado quando a conhecesse.

— Nina? — chamei, andando em sua direção.

— Sylvie? Oi! Meu Deus! Cheguei cedo. Perdão! Eu posso esperar aqui embaixo se você preferir — explicou-se, se desculpando.

— Suba comigo até a suíte... — pedi.

— Tem certeza de que não vou incomodar você e seu marido? — perguntou Nina, preocupada.

— De maneira nenhuma.

Hunter estava completamente, cem por cento errado a respeito dessa garota. Nina era *genuinamente* genuína, em oposição à falsamente genuína. Nenhuma atriz é capaz de fingir pontualidade.

Quando subimos para a suíte, levei Nina à sala de estar e pedi dois *cafés crèmes* ao serviço de quarto. Quando estávamos nos empanturrando com um prato de *pains aux chocolats*, Hunter pôs a cabeça no vão da porta e disse oi à Nina antes de sair.

— Que fofinho — disse Nina, quando a porta se fechou.

Sorri.

— Ele é ótimo — concordei.

— E tão bem-sucedido. Toda hora eu leio alguma coisa sobre o programa no qual ele está trabalhando. Parece ser uma maravilha — continuou ela.

Abri um dos books com as modelos de Thackeray sobre a mesa para que Nina examinasse. Havia dezoito trajes na coleção, seis dos quais eram vestidos de noite. Esperava que houvesse opções suficientes. Nina pegou o book e estudou as fotografias com atenção, movendo-o para um lado e para o outro para ver melhor os detalhes.

— Uau! — sussurrou ela. — Esse aqui é bem *Loura fatal*, não é?

Ela estava apontando para a foto de um vestido azul celeste de musselina. Ele tinha uma cintura minúscula e a bainha serpenteava pelo chão, num monte de tule.

— Esse é o vestido da Grace. Thackeray se inspirou num dos vestidos da Grace Kelly em *Ladrão de casaca* — expliquei para Nina.

— Esse é, literalmente, meu filme predileto. Posso mesmo pegar ele emprestado? — ofegou Nina, aparentando empolgação.

— Vamos fazer um para você — anunciei.

— Não me importo de pegar emprestado. Os jovens estilistas não podem se dar ao luxo de dar roupas.

— Eu faço questão. Vamos fazer o vestido da Grace para você, e você devia escolher mais um. Pode acontecer de você ficar angustiada na noite da pré-estreia e de repente passar a *odiar* o vestido da Grace. Precisa ter outra opção.

Nina realmente escolheu outro vestido — um vestido curto de cetim preto com um laço em cada ombro e uma fenda sexy na frente. O problema é que eu tinha prometido para Salome que ela o usaria no baile de Alixe. Sentindo-me um pouco culpada, disse a Nina que ela poderia tê-lo com exclusividade. Salome ficaria louca se soubesse que Nina Chlore também o usaria. Mas a corda sempre pende a favor da estrela de cinema, sob o ponto de vista da moda. É assim que a banda toca.

Na manhã seguinte — após um delicioso jantar na Brasserie Vaginaud e um passeio ao longo do Sena à meia-noite — dois carros aguardavam Hunter e eu do lado de fora do Bristol, com os porta-malas já carregados. Hunter iria a Frankfurt, depois Dinamarca e voltaria a Nova York. Eu partiria para Moscou de um outro aeroporto, depois retornaria a Nova York. Nossa deliciosa semana em Paris tinha chegado ao fim, mas não estava triste, embora fosse passar duas semanas sem ver o Hunter. Na verdade, eu me sentia renovada. O casamento estava divino. Quando fui checar se as malas estavam nos carros certos, me senti protegida da dor de nossa separação iminente por um cobertor de amor e carinho.

— Acho que está tudo no seu carro, querido — eu disse, olhando para as duas malas antigas azul-marinhas da Globe-trotter no porta-malas. — Mas... acho que essa não é sua.

Havia uma valise bege no porta-malas do carro de Hunter. Com certeza absoluta, não era dele.

— Com licença — chamei o carregador. — Você poderia retirar essa bolsa?

— *Oui* — respondeu ele, começando a levantá-la.

Ao fazê-lo, uma etiqueta que havia num lado da valise se moveu. Estava escrito "Sophia D'Arlan". Gelei.

— Hunter... — comecei a falar enquanto me voltava para olhar para ele, mas parei. Lá estava Sophia D'Arlan, andando em minha direção, acenando. Antes que eu pudesse raciocinar, Sophia estava me cumprimentando com beijinhos e dizendo:

— Não *creio* que você não vem com a gente. O Hunter *prometeu* que eu iria passar um tempo contigo. Estou *totalmente* abismada. O Hunter é um chato, me forçou a ir com ele a Frankfurt assim, só porque eu falo alemão. Aquele lugar é um buraco, um buraco. Aliás, a Nina Chlore escolheu alguma coisa? Eu falei pra Nina que ela *tinha* que vestir Thack.

— Escolheu, sim. Obrigada por me indicar para ela — agradeci. O que é que estava acontecendo?

Hunter juntou-se a nós. Cumprimentou Sophia de um jeito bem casual, como se não houvesse nada de inconveniente no fato de ele levar uma bela poliglota de pernas bronzeadérrimas numa viagem de negócios dele. O que Marci dissera? Nunca confie em um homem que está sempre viajando a trabalho? Num instante, meu ardor parisiense se dissipara e de novo senti as fisgadas da paranoia, que já me era familiar. Fiz um enorme esforço para parecer serena. De repente, Hunter me pegara em seus braços e me dava um abraço.

— Meu Deus, eu vou ficar com tanta saudade, querida — ele estava dizendo.

— Eu também — sussurrei.

— O que você vai fazer em Moscou? — interrompeu Sophia. — Aquilo é um lixo, um lixo terrível.

Ainda com meus braços em volta de Hunter — muito possessiva, admito — expliquei:

— Vou encontrar a Lauren, para o campeonato de polo no gelo. Ela está apaixonada por um cara de lá.

— Sério? — soltou Sophia.

— Um tal de sr. Giles Monterey.

Algo incrível aconteceu em seguida. Sophia, a garota cool, a Sophia conheço-todo-mundo-na-terra-e-na-lua-também, de repente, ficou sem palavras.

— Giles Monterey? Ela *conhece* Giles Monterey? — Sophia sussurrou, por fim, estupefata. — Meu Deus! Eu sempre quis... Conhecê-lo.

Pelo rubor de sua face, ela poderia muito bem ter dito "Eu sempre quis me casar com ele". Aturdida, olhou para o relógio e disse:

— Ah, é melhor a gente ir. Passe o relatório completo de como é o Monterey quando voltar... Meu Deus, eu mal estou me aguentando! — disse Sophia. — Vamos lá, Mister H.

Mister H? Ela chamou Hunter com um apelidinho ridículo? Que coisa estranha. Não gostei. Nem *eu* tinha um apelido para Hunter. Porém, eu não podia fazer nada além de acenar alegremente enquanto Hunter e Sophia seguiam para o carro deles. Logo antes de desaparecerem dentro do carro, vi Sophia olhando para Hunter com cara de fome. Seu olhar demorou-se nele. Parecia que ela não comia há uma semana.

14

Mister Moscou

As garotas de Moscou, com seus cabelos louros e mega escorridos, ossatura oblíqua, corpos perfeitos e olhar de peixe morto, comportam-se da exata maneira que os homens americanos acham que tódas as mulheres deveriam se comportar. Permanecem sentadas nos jantares, agem como artigo decorativo, sorriem e nunca abrem a boca. Trata-se de um acordo financeiro: o grau de permissão que uma garota tem para falar diminui na proporção exatamente inversa à quantia de dólares ou euros que o namorado tem e à medida que ele lhe dá mais vestidos Versace e Roberto Cavalli. É por isso que os milionários russos estão sempre acompanhados de mulheres excepcionalmente belas que conversam tanto quanto a Holly Hunter em O piano.

Na noite anterior ao jogo de polo, o saguão do Park Hyatt da rua Neglinnaya estava barulhento, cheio desse tipinho de garota e seus acompanhantes. Seguindo a tradição dos novos e fenomenalmente ricos, o que faltava à multidão em termos de bom gosto era compensado pelos diamantes coloridos e os casacos de peles brancas. Não é correto sair sem sua pele de zibelina na Rússia, nem mesmo a uma festa no saguão calorento de um hotel. De que outra forma alguém iria notá-lo?

Lauren e eu estávamos sentadas no bar, observando a cena. Ser roubada em plena luz do dia em Nova York ou Paris é uma coisa, mas em Moscou o roubo fora inflacionado de modo a corresponder a expectativas bilionárias. Oitenta dólares por uma taça de champanhe rosé no bar do Park Hyatt é algo normal. Até Lauren ficou estarrecida.

— Phoebe adoraria isso aqui — observou. — Aliás, ela teve o bebê. Chama-se Lila Slingsby, e ela quer que você vá ao batizado. Vai ser uns dez dias depois da nossa volta.

De repente, Lauren saltou do tamborete onde estava sentada e exclamou:

— Gerski!

Um russão corpulento vestido com uma fina jaqueta de couro preta surrada avançava em nossa direção. Ele andava como se estivesse invadindo uma republiqueta. Quando se aproximou, Lauren o beijou em ambas as bochechas e lhe deu um abraço demorado.

— Ah! Quanto tempo! Como vai o seu pai? — ele perguntou, com olhar afetuoso. Em seguida, piscando para nós duas, prosseguiu, jovial: — Vocês são as únicas pessoas respeitáveis deste lugar. Todo o resto tem no mínimo seis guarda-costas.

Gerski, que afinal tinha inúmeros guarda-costas, seria o nosso "tutor", digamos assim, durante o fim de semana. Parceiro comercial do pai de Lauren há muito tempo, Gerski era um siberiano de 58 anos que havia apresentado o sr. Blount aos benefícios financeiros das fábricas russas de *crouton*. Gerski supervisionava todos os negócios do sr. Blount relativos a pão torrado. Seu toque de gênio tinha sido embrulhar os *croutons* no estilo americano, em saquinhos plásticos. Greski tornou o sr. Blount ainda mais rico do que ele já era, e o sr. Blount tornou Gerski mais rico do que ele jamais poderia sonhar.

— Certo, Pushkin Café — anunciou Gerski. Ele nos conduziu até a saída, olhando com desdém a multidão do bar.

Com decoração flamejante e garçons vestidos com calção e botas de salto alto, o Pushkin Café parece o tipo de lugar que as três irmãs de Tchekhov teriam frequentado, caso um dia tivessem posto os pés fora de casa. A construção lembra um *château* enfeitado, um bolo de casamento cujo molde fora copiado do Palácio de Inverno de São Petersburgo. Você jamais saberia que a coisa toda é completamente fajuta, construída uns cinco anos atrás.

Gerski parecia conhecer todo mundo no restaurante. Ele conseguiu a melhor mesa para nós — no andar de baixo, em frente a um gigantesco espelho com moldura dourada, onde podíamos ver a multidão entrando e saindo. Estávamos sentadas fazia apenas alguns minutos quando uma jovem — não era possível que ela tivesse mais de dezessete anos — juntou-se a nós. Oksana era a namorada de Gerski — "namorada" sendo um termo vago em Moscou, já que os homens mais ricos preferem ter uma diferente por noite. Oksana já era cascuda, apesar da idade. Ela passara duas temporadas trabalhando como modelo em Milão, o que a tornou mais falante que suas colegas. Usava um vestido de cetim preto com um decote ousado e brincos de diamantes lapidados do tamanho de dois torrões de açúcar. Parecia ter saído de uma fotografia clássica de Helmut Newton. Descansou a mão esquerda no braço direito de Gerski ao longo do jantar, até quando ambos estavam comendo.

— Eeeca! — declarou Lauren, folheando o cardápio. — Gerski, você está tentando envenenar nós duas?

O cardápio era pavoroso. As ofertas incluíam *meriton* de crista de galo e torta recheada de miúdos de frango.

— É tudo muito saudável. Você precisa provar — afirmou Oksana. — Fígado de frango deixa a pele macia.

— Então, seu amigo, o sr. Monterey, certamente estará no jogo de polo amanhã à tarde — Gerski anunciou logo depois.

— Ele não é "meu amigo", Gerski. Estou aqui só para conseguir as abotoaduras Fabergé — esclareceu Lauren, nada convincente.

Lauren estava, é claro, numa missão. Tinha um objetivo firmemente estabelecido: Giles Monterey. Apesar de toda a loucura no que dizia respeito a casamento e amor, a divorciada debutante levava seu "trabalho" muito a sério. Lauren remexia as cristas de galo de um lado para o outro no prato.

— Não consigo comer isso. Sinto como se estivesse na aula de biologia. Bem... hmmm, o.k.... *Talvez* eu consiga as joias e o Ficante Número Três ao mesmo tempo. Seria muito conveniente.

— Como você sabe com certeza que Monterey estará lá, Gerski? — indaguei.

— Ele vai jogar. Então é melhor ele aparecer ou não tem jogo — replicou Gerski.

— Meu Deus, um jogador de polo! Que delícia! É *demais* pra mim! — exclamou Lauren, quase explodindo de tanta empolgação. Percebendo que Gerski a observava de forma reprovadora, ela logo acrescentou: — Você me conhece, Gerski... Comigo, nada é *só* negócios, não é?

— Não quero que você se envolva com alguém como Monterey — anunciou Gerski, severo.

— Por que não? — perguntou Lauren, um sorriso se formando no canto dos lábios.

Gerski apenas olhou para Lauren e suspirou. E então Oksana tomou a palavra:

— Ele é *serdtseyed*. Ele é o número um, o top-quality, o first-class... como se diz? ... *devorador* de corações.

— *Destruidor* de corações — disse Lauren ofegante. — Ele parece fazer exatamente o meu tipo.

※❦※

Nem mesmo os floquinhos de neve que delicadamente flutuavam conseguiam disfarçar a deprimente arquitetura stalinista do estádio ao qual Lauren, eu, Gerski e Oksana chegamos depois de atravessarmos a cidade a carro, na tarde de sábado. Blocos de concreto cinza são blocos de concreto cinza, cobertos de neve ou não. Ainda assim, animadas, arrastamo-nos em nossas botas de neve pelo hipódromo, esquivando-nos de pôneis, dos obstáculos e da pista de corrida coberta pela neve.

Quando finalmente chegamos ao campo de pólo, o cenário estava longe de exalar aquele romantismo, aquele estilo Annakaraninesco que eu esperava. Os arranha-céus de Moscou embaralhavam-se a distância, e a neve no campo estava lamacenta e irregular. Todavia, dentro da tenda ao longo do campo, as garotas russas eram uma diversão deslumbrante. Um *Dallas* século XXI seria a melhor forma de descrever o traje obrigatório no jogo de polo daquela tarde. O uniforme consistia de botas de neve de salto alto (sinceramente, só para o caso de você estar em dúvida, todas YSL), montes de diamantes amarelos e a maior concentração de pele de raposa possível de se colocar sobre o corpo de uma fêmea sem que ela acabe aleijada.

A tenda estava lotada, e uma banda folclórica russa se apresentava ruidosamente numa das pontas. Estavam distribuindo *sbiten*, um vinho quente cujo gosto parece maple syrup fervido. Além das joias, das peles e do barulho, algo era certo: aquilo ali não era, graças a Deus, o polo de Bridgehampton.

Gerski encontrou uns amigos e nos sentamos à mesa deles. O jogo só começaria em meia hora, então havia muito a fofocar nesse ínterim. De repente, ouvi um sotaque americano exclamar:

— Sylvie! Olá! Lauren! Que coisa mais *bizarra* ver vocês *aqui*.

Virei-me e vi Valerie Gervalt andando em nossa direção. Ela estava com Marj Craddock, uma garota mordaz que Hunter conhecia vagamente de Nova York, e ambos os maridos. Adornadas com pérolas e peles alvíssimas, elas pareciam extraordinariamente modestas se comparadas às russas. Valerie e sua trupe se instalaram numa mesa ao lado da nossa.

— Não é *genial* usar Ralph Lauren na neve? — observou Marj.

— Gosto mais em Aspen — discordou Valerie. — Por que é que não estamos em Aspen?

— Amo este lugar. Onde mais você pode usar o *vison* branco do Ralph e escapar ilesa? — retrucou Marj, acariciando o casaco.

Você sabe o que dizem por aí. Pode-se tirar uma garota de Bridgehampton, mas não se pode tirar o polo de Bridgehampton de uma garota.

— Seu marido está aqui? — perguntou Valerie, olhando para mim. — Estou louca para conhecê-lo. Já ouvi tantas coisas sobre ele.

— Ele está trabalhando na Alemanha — retruquei, encolhendo os ombros.

— Ele *nunca* está por perto, não é? Tadinho, deve se sentir tão sozinho.

— Ele está com um colega — eu disse, de repente me lembrando das habilidades linguísticas de Sophia.

— Seria esse "colega" a Sophia? — perguntou Marj, lançando-me um olhar de pena. — Fico feliz por ela não ser "colega" do meu marido! Rá rá rá!

Todo mundo riu, mas não posso dizer que eu estava contente com o rumo da conversa. Percebendo meu desconforto, Lauren cortou Valerie, dizendo:

— Começou! Rápido! — E saiu correndo para a galeria, que já estava ficando apinhada.

Todos assistimos quando oito reluzentes pôneis de polo — quatro de cada time — galoparam em direção ao campo coberto de neve. O Moscow Mercedes Team jogava contra o Cartier International Four.

— Olha ele ali, é o número três — disse Lauren, apontando para um homem que galopava veloz até o outro lado do campo. — Ele é *tão* arrasador.

É incrível. Lauren é a única garota que eu conheço capaz de ver se um homem é um arraso ainda que o rosto dele esteja totalmente escondido por um capacete e uma máscara de segurança.

Meia hora depois, Lauren havia mudado de ideia. Talvez o número três não fosse esse arraso todo, ela decidiu, depois que o time dele perdeu de lavada para a outra equipe. Jack Kidd, um jogador inglês de vinte e poucos anos, tinha patinado pela arena coberta de neve numa velocidade aterradora, marcando todos os gols do Cartier. Herói do jogo, ele foi aplaudido quando pisou na tenda, sujo de lama e suado, alguns minutos depois.

O uniforme de polo é projetado com um propósito em mente — fazer seu usuário parecer um gostosão. Até mesmo o príncipe Charles ficava parecendo um deus do sexo quando jogava polo. Calças brancas justas e enlameadas e botas de couro com detalhes feitos à mão têm um mega efeito devastador sobre as mulheres. Acrescente um belo rosto e um lindo sorriso no semblante e você terá, nas palavras de Oksana, um devorador de corações.

— O.k., ele *é mesmo* um gato, afinal — disse Lauren, fitando Giles Monterey enquanto ele entrava na tenda. De repente, ela parecia ansiosa. — Ai, meu Deus, estou sentindo um friozinho na barriga. Já estou começando a ficar com aquela maldita brotoeja de nervosismo no pescoço?

Segurando uma taça de vinho quente, Giles Monterey se dirigiu ao canto oposto da tenda, onde foi recebido com entusiasmo por um grupo glamouroso de russas. Ele até que parecia bem popular para alguém tão esquivo. Era ostensivamente alto — devia ter mais de 1,90 — e seu cabelo louro escuro estava grudado à cabeça por causa do suor. O rosto estava salpicado de lama devido ao jogo, o que apenas fazia os olhos parecerem ainda mais azuis e o sorriso, mais branco.

— Não é de se estranhar que ele não esteja no Google — comentou Lauren. — Se fosse possível encontrá-lo na internet, ele teria mais tietes do que o Elvis. Estou tão nervosa! Não posso simplesmente ir lá falar com ele.

— Você tem que ir — instiguei-a.

— Talvez se eu tomasse seis tequilas — ela disse, roubando uma taça de vinho de uma bandeja e virando a bebida. — Nossa, isso aqui é coisa forte.

Ela pegou outra e finalmente seguiu, um tanto angustiada, em direção a Monterey. Voltei à nossa mesa e me juntei a Gerski e Oksana.

Do lugar onde estava sentada, conseguia ver o progresso de Lauren. Vestida com uma pele caramelo Givenchy anos 60 que combinava com o chapéu herdado de sua mãe, Lauren parecia um esquimó bastante estiloso. Quando se aproximou de Monterey, ficou bem claro que ele a havia notado bem antes que ela chegasse perto. Ele interrompera a conversa com seu companheiro e assistiu à sua aproximação, fascinado. Enquanto conversavam, seu rosto primeiro registrou surpresa, depois deleite. Pareciam ter se dado bem, até que, poucos minutos depois, Lauren aproximou o seu rosto do rosto dele e sussurrou algo em seu ouvido. De súbito, Monterey fechou a cara. O sorriso desapareceu. Ele fez que não para Lauren e logo os dois se afastaram.

※☙❀☙※

— Foi *mega* estranho — disse Lauren.

Estávamos instaladas no banco de trás da Mercedes de Gerski, esperando para sair do estacionamento, numa fila de carros pretos idênticos. Todos eles, inclusive o nosso, tinham cortinas pretas preguedas nas janelas. Era que nem estar dentro de uma sala funerária móvel, só que o carro não se movia. O trânsito estava caótico. Ninguém ia a lugar nenhum.

— O que aconteceu? — indaguei.

— Bom, viramos melhores amigos em trinta segundos, mas quando propus que ele vendesse as abotoaduras Fabergé para o Sanford, ele perdeu a cabeça. Então falou: "Eu jamais venderia qualquer coisa para aquele homem".

— Não acredito que você vai aceitar um "não" como resposta, Lauren. Não faz seu gênero.

— Quer saber? Dessa vez, vou desistir imediatamente. Havia algo na expressão de Giles quando eu mencionei Sanford. Ele não vai mudar de ideia.

— Sério?

— De jeito nenhum. O único problema é que, lembra o que eu disse um tempo atrás, sobre estar loucamente apaixonada por ele?

— Por quem? — perguntei. Eu já não conseguia mais acompanhar a programação sexual de Lauren.

— Por Giles — esclareceu, apertando meu braço. De repente, ela ganhou uma expressão excepcionalmente doce e vulnerável. — Bom, eu estou *mesmo*. Sylvie, estou *loucamente* apaixonada por ele. Exatamente como eu previa.

— Mas já? — questionei, duvidando.

— Não tem jeito. Eu nunca mais vou ver Giles. E ele pode escolher entre as garotas mais bonitas de Moscou. Por que ele iria querer uma divorciada? — Ela suspirou. — Ele não está nem no Google, nem na lista de possíveis ficantes. Que saco!

Pela primeira vez, vi uma pequena fenda na armadura de garota festiva que Lauren carrega. Foi explícito, na verdade, embora ela tenha feito o melhor que pôde para disfarçar, exclamando:

— Dane-se! Há um Ficante Número Três esperando por mim em algum lugar de Nova York...

... Toc-toc-toc.

Alguém batia no vidro. Puxei a cortina preta. Os olhos ferinamente azuis de Giles Monterey olhavam bem nos meus. A neve serpenteava em volta dele, e — tenho que dizer, sem nenhuma deslealdade ao Hunter — ele era um arraso de lindeza. Viu Lauren e gesticulou para que eu abrisse a janela. Abri, Giles disse:

— Lauren, preciso falar contigo.

— Esta é minha amiga, Sylvie Mortimer — apresentou Lauren.

— Sylvie? — perguntou Giles. — Você disse Sylvie *Mortimer*? Você também mora em Nova York?

— Moro — respondi.

— Ah... *Você* é a Sylvie. Muito interessante — ele disse, me fitando com olhar curioso. De repente, ele teve um estalo e disse a Lauren: — Olha, eu sei que você quer as abotoaduras, e eu falei que nunca ia me desfazer delas, mas, bom... Tem uma coisa que poderia me fazer mudar de ideia.

— Por favor, diga — pediu Lauren, intencionalmente sem convidar Giles a entrar no carro parado.

— Eu quero o diamante da princesa Letizia. Se você conseguir ele pra mim, vendo as abotoaduras para você.

— Você está *louco*? Essa é uma das joias mais preciosas do mundo. Sally Rothenburg é dona daquele coração de diamante azul desde 1948. Ela recusa todas as ofertas — expôs Lauren, soando perplexa.

— Você é uma mulher *bastante* persuasiva — disse Giles, com um sorriso charmoso. Ele era quase tão bom em matéria de flerte quanto Lauren.

— Você também, sr. Monterey. Talvez eu tente. É um desafio. Mas me diz uma coisa: o que um homem como você quer com um pedaço de história como aquele?

— Bem... — disse Monterey, olhando bem nos olhos de Lauren. Ele parou de falar e ficou apenas fitando-a. Lauren, que de tímida não tem nada, retornou o olhar, abrindo e fechando os olhinhos, abrindo e fechando, como uma hipnotizadora. Senti-me uma intrusa num momento super íntimo.

— Sim? — soltou Lauren, quebrando o feitiço.

— Digamos que... Seria um presente de noivado.

Em seguida, ele virou-se e se afastou rapidamente. Lauren parecia tão murcha quanto um suflê dormido de queijo. Debruçou-se em minha direção e falou, abatida:

— Ele está noivo. É claro que está! Por que não estaria? Ele é perfeito. Ela provavelmente é a próxima Natalia Vodianova, ou coisa parecida. Ou talvez ela seja uma incrível bailarina de 18 anos do Bolshoi. Estou me sentindo ainda pior do que uma leitoa. Vida cruel!

O problema de Moscou é que só há uma saída: Aeroflot. A vantagem é que essa é a única companhia aérea que ainda aceita um por fora. Cem dólares escorregando para as mãos de uma aeromoça facilitam uma promoção instantânea para a primeira classe, cujos assentos, grosso modo, se comparam aos da classe econômica da American.

Nosso upgrade ilegal pouco fez para melhorar o ânimo de Lauren. Desde que Giles Monterey revelara seu noivado, ela havia adotado o ar decepcionadérrimo de uma noiva rejeitada, que havia esperado a vida toda para se casar com o homem em questão. Era sério. Lauren mal tinha tirado os óculos escuros ou os fones do iPod desde que havíamos deixado o Park Hyatt, algumas horas antes. Nem mesmo encontrar um exemplar solitário da revista *New York* no aeroporto serviu para alegrá-la. Uma das chamadas da capa era "TVNY: Os artistas da telinha". Talvez houvesse alguma menção ao novo programa de Hunter.

Estava folheando a revista apenas para achar a matéria quando Lauren tirou os fones de ouvido e lamentou:

— Noivo! Eu nunca conheci um jogador de polo mais lindo ou mais gostoso, e logo quando eu resolvi que queria... beijar o cara, ele já está comprometido. Você acha que eu o consigo de volta?

— Como você pode conseguir um homem de volta se ele nunca foi seu? — perguntei.

Relutante, Lauren riu.

— Acho que é *por aí* — ela disse. — Minha única esperança é aquele coração. É minha única chance de vê-lo novamente. Tenho *certeza* de que ele estava me paquerando no polo. Mas os homens que estão noivos são sempre os mais paqueradores. Ai! Mas a Sally nunca vai abrir mão do coração. Nunca. Mesmo que eu conseguisse, como eu encontraria o Giles de novo? Nem tenho o e-mail dele.

Era verdade. Giles era mais do que um homem que não estava no Google. Ele sequer estava *lá* no sentido normal. Secretamente, achei bom ele estar comprometido. Ele teria deixado Lauren louca.

— Olha só, uma foto do Hunter — eu disse. O artigo da *New York* continha um parágrafo a respeito do programa de Hunter, e havia uma foto dele num canto da página, com a legenda "O gostosão da tevê de Manhattan!!!".

— Que fofo — comentou Lauren. Ela tirou os óculos escuros e examinou a foto com atenção.

— Hmmm... — murmurou. — Seu marido tem bom gosto. Ele está saindo do S. J. Phillips da Bond Street. Eu conheço o lugar *muito* bem, acredite. Melhor joalheiro de Londres. O que ele te deu?

— É... Bem... Nada — retruquei, me sentindo um tanto perturbada. O que Hunter esteve fazendo numa joalheria de Londres?

Lauren não estava escutando de verdade. Ela estava segurando a revista a uns dez centímetros do nariz e observando a fotografia com cuidado.

— Meu Deus! Que manipuladora. Não acredito. *Esse* — declarou Lauren apontando — é o pé de Sophia D'Arlan.

Peguei a revista das mãos de Lauren e examinei a foto de Hunter com atenção. Havia, de fato, um pé e um tornozelo femininos à espreita no cantinho da foto. O pé estava dentro de um sapato dourado de salto alto com um enorme cacho de pérolas na ponta dos dedos.

— Lauren, como é que você pode saber que é o pé da Sophia? — indaguei. Tentei soar blasé, mas estava meio preocupada.

— Os sapatos dourados. Bruno Frisoni alta-costura. Tentei encomendá-los, mas a Sophia chegou primeiro. Ele só faz um par de cada, e ele é obcecado pela Sophia, então ela ganhou prioridade. Isso me deixou furiosa porque esses aí são os sapatos mais lindos que há.

Olhei para a foto de novo. Este era o tornozelo de Sophia nos sapatos dourados? A perna realmente parecia bastante magra e bronzeada, como a dela.

— Tenho certeza de que não é ela — anunciei, tentando encerrar a conversa. Estava cansada e queria dormir. Coloquei a máscara sobre os olhos.

— Mas o que o Hunter estava fazendo em Londres, de qualquer forma? — perguntou Lauren. — Você descobriu?

— Ele falou que teve uma reunião de trabalho de última hora — respondi, com um bocejo.

— Uma reunião de trabalho de última hora numa joalheria?

Não preguei os olhos a noite inteira.

15

❧❀❧

O Batizado Poderoso

Na noite anterior ao batizado da filha de Phoebe, eu estava inquieta. Não via Hunter fazia quase duas semanas, mas ele finalmente voltaria para casa na noite seguinte. Nos falávamos com frequência, mas a ideia de estarmos junto de novo, na verdade, era quase demais: eu não conseguia dormir de jeito nenhum. Às duas horas da madrugada, eu ainda estava me revirando de um lado para o outro embaixo do edredom, infeliz. Totalmente desperta, por fim decidi me levantar por um tempo e pôr os e-mails em dia — não havia sentido ficar fritando na cama. Vesti meu robe de cashmere e fui até o escritório.

Sentei-me à escrivaninha de Hunter e acendi a luminária. Havia deixado meu laptop no trabalho, então liguei o computador de Hunter, que eu usava de vez em quando. Estava prestes a digitar um e-mail quando percebi um ícone na área de trabalho que eu nunca tinha visto: embaixo dele, lia-se croquisjphillips.jpeg.

S. J. Phillips, pensei cá com meus botões. Não era esse o nome da joalheria que Lauren tinha mencionado quando estávamos voltando de Moscou? Sentindo uma tremenda culpa, cliquei no ícone. Abriu, mostrando um documento de uma página só. Numa tipologia antiquada e rebuscada, estava escrito o seguinte:

S. J. Phillips,
Joalheiros,
New Bond Street, 139,
Londres, W1
Horário marcado pela realeza

Embaixo havia um croqui confuso, a lápis, de um pingente de ametista em formato oval com um S de diamantes pequeninos desenhando-o elegantemente. "O colar estará pronto para ser retirado a partir do dia 20 de novembro" era o texto escrito ao lado do desenho. Engoli em seco. Então era isso que Hunter andava fazendo em Londres! Ele tinha encomendado um pingente especial para mim, cravado com pedras preciosas. Que gracinha ele ter fingido que tinha ido a uma reunião de negócios marcada em cima da hora. Não é de se estranhar que ele tenha sido tão evasivo quando o interroguei furiosa a respeito — ele estava encobrindo seu belo e romântico projetinho amoroso. Hunter podia fazer viagens a trabalho de última hora à S. J. Phillips quando quisesse. Esperava que — refleti, enquanto voltava para a cama, de súbito relaxada e com sono — Hunter pegasse a joia enquanto estava na Europa. Mal podia esperar para vê-lo. (E não era só por causa da joia, com toda sinceridade.)

※※※

Phoebe tem mais amigos-barra-parceiros-comerciais do que o presidente dos Estados Unidos. Não é de se estranhar que tenha tido que reservar toda a igreja da esquina da Quinta Avenida com a rua 12 para o batizado de sua recém-nascida, Lila Slingsby. Não lhe seria *possível* dividir o batizado, como fazem as pessoas normais. Não só ela jamais conseguiria enfurnar todo mundo que desejava dentro da igreja, como outros pais poderiam fazer objeção às insinuações comerciais do batizado com temática Phoebe Bébé: a igreja inteira estava enfeitada com prímulas amarelas cultivadas especialmente para a ocasião e, para qualquer lado que se olhasse, havia fitas de cetim branco amarradas em forma de lacinhos, até mesmo em volta do crucifixo aos pés do altar. Embora estivesse bastante cansada naquela tarde, estava tão animada porque Hunter voltaria para casa que me sentia estranhamente leve. Estava apaixonada. Era fácil me divertir com o espetáculo exibicionista de Phoebe no tocante à maternidade.

Lila Slingsby estivera presente em tantas festas em Nova York quando ainda estava limitada ao útero que a piada durante o batizado era de que ela foi o primeiro Feto Socialite notório da cidade. De fato, o embriãozinho com certeza foi muito bem introduzido ao mundo, sob o ponto de vista social. Lila Slingsby nascera no Hospital Presbiteriano de Nova York, sob os cuidados do dr. Sassoon. (Todo mundo quer o Presbiteriano porque é permitido levar os próprios enfermeiros/ chef/ manicure, e todos querem o dr. Sassoon, pois há boatos de que foi ele quem trouxe ao mundo os filhos de Caroline Kennedy, e toda mãe nova-iorquina quer uma palhinha sobre tais filhos).

— Esse é um batizado poderoso — sussurrou Lauren, sentada no banco da igreja, estudando a multidão. Estava elegante, num vestido de festa creme Oscar de la Renta cheio de babados. Um denso cordão de pérolas negras abraçava seu pescoço longilíneo. — Não tem ninguém aqui que não seja alguém. Amo a Phoebe, mas ela é doente. Tipo, a filha dela não tem avós? Ou as pessoas velhas não usam Balenciaga suficiente para serem vistas aqui?

Lauren tinha razão. Quando ela e os outros treze padrinhos foram chamados ao altar, era impossível não perceber que não havia nenhum padrinho que não fosse um grande empresário, um gerente de *hedge fund* que estivesse em alta ou um chefão de algum conglomerado das comunicações. As madrinhas eram belas e ricas, ícones da moda ou socialites sofisticadas. Seja lá o que Lila Slingsby possa precisar mais tarde — um estágio na MTV, uma cadeira na primeira fila do desfile de alta-costura do Lacroix, uma mesa permanente na Pastis — um de seus padrinhos poderá facilmente consegui-lo, pois provavelmente é o dono do negócio em questão. Que gracinha Phoebe planejar a vida da filha com tamanha perfeição.

A casa com vaga dupla para carruagem de Phoebe na rua 13 Oeste, entre a Sétima e a Oitava Avenidas, estava apinhada de amigos quando Lauren e eu chegamos, após a cerimônia. Lila logo dormiu nos braços da mãe, o que tornou mais fácil exibir seu modelito a todo mundo, e, sempre que alguém parabenizava Phoebe, ela apenas olhava para Lila e declarava:

— A Lila é um *milagre*... Ela não fica um arraso de amarelo?

Alguns minutos depois, localizei Marci no outro lado da sala abarrotada. Eu não a via desde aquela noite terrível em seu apartamento, então fui até lá para conversarmos.

— Oi, Sylvie — ela disse, quando a alcancei. — Estou me sentindo *ótima*.

Marci parecia realmente ótima. Usava um belíssimo vestido de seda laranja estampado com ramalhetes de rosas cor-de-rosa.

— Amei seu vestido, Marci — elogiei.

— A Sophia mandou para mim depois que o Christopher foi embora, para me animar. Agora eu estou mega ansiosa para ser logo uma divorciada. A Sophia diz que a gente vai se divertir horrores. Ela virou uma amiga *super* íntima nos últimos doze dias. Ela me liga da Europa direto. Ela falou até que vai conversar com o Christopher pra mim, agora que ele não fala mais comigo. Ela me dá uma ajuda *enorme*.

— Ah — eu disse, sem nenhum entusiasmo. Mas nem mesmo uma menção a Sophia poderia alterar meu humor naquele dia.

— Ei, eu preciso discutir uma coisa contigo — disse Lauren, de súbito, me puxando de lado.

— O quê? — perguntei.

— É o Monterey. Não tive mais notícias. Duas semanas e eu não tive *nenhuma* notícia! Estou enlouquecendo. Eu acho que não posso fazer nada além de esperar, não é?

— Não sei o que mais você poderia fazer. Ele está... noivo — lembrei a ela.

— Acho que sim — lastimou-se Lauren. — Bom, você está parecendo tão de bem com a vida. O que está acontecendo? Tá grávida?

— Não! — exclamei. — O Hunter volta hoje à noite. Estou louca para vê-lo. — Estava tão feliz por causa da joia que não pude me conter, tive que contar a Lauren. — E ontem à noite, achei no computador do Hunter um croqui lindo da S. J. Phillips de um pingente de ametista com um S de diamantes em volta. É lindo demais. O Hunter não é um fofo?

Houve uma longa pausa. Lauren parecia pensativa, e então disse:

— Querida, é para você ou... para *ela*?

— Como assim? — indaguei, confusa.

— Bom, pense. S de Sylvie, mas também S de Sophia.

— É claro que o colar não é para a Sophia! — bradei, transtornada.

— Como você pode ter certeza? — questionou Lauren, num tom de voz baixo.

— Vou perguntar pra ele — declarei, preocupada.

— Não faça isso! — ordenou Lauren. — Em primeiro lugar, o colar é para ser uma surpresa, então se for pra você, vai acabar arruinando as coisas pra si mesma ao admitir que anda bisbilhotando o computador do seu marido. Em segundo lugar, uma esposa nunca, jamais, em tempo algum, deve confrontar o marido, a não ser que tenha provas concretas de delitos. Caso contrário, ele vai achar que você é neurótica e apavorante e isso vai ser o fim de tudo.

— Não pode ser pra Sophia — eu disse, duvidando de minhas próprias palavras. — ou pode?

— Olha só, é provável que *eu* esteja sendo neurótica — disse Lauren. — Mas lembra daquela foto dos sapatos de Sophia naquela matéria da *New York*?

De repente me lembrei de ter folheado a revista na nossa viagem de volta de Moscou. Senti náuseas.

— Vou ter que falar com ele — anunciei. — Esta noite...

— Não! — interrompeu Lauren. — Um sapato Bruno Frisoni exclusivo não chega a ser uma... prova. Teve uma vez, anos atrás, quando eu estava casada com o Louis, que ele andava passando tempo demais com a minha então melhor amiga, Lucia, e eu acusei os dois de estarem fazendo alguma coisa errada e... Eles estavam planejando uma linda festa de aniversário pra mim! Era uma coisa totalmente inocente. Às vezes eu acho que foi isso que levou Louis a acabar me traindo: eu era muito desconfiada. Você tem que ter certeza antes de fazer qualquer coisa. Não pode abrir a boca. *Promete* para mim que você não vai falar nada.

Assenti com relutância.

— Tudo bem — concordei. Talvez Lauren estivesse certa.

— Ótimo. Daí, se você descobrir que ele está realmente te traindo — disse Lauren, com um sorriso reconfortante — pelo menos você pode se consolar com o fato de ter agido com muita dignidade e não ter ficado completamente neurótica e apavorante antes que tal comportamento fosse totalmente adequado.

16

Ciúme de um Cartão de Natal

Naquele mês de dezembro, a última coisa que alguém tinha em mente ao abrir o cartão de Natal de Valerie e Tommie Gervalt era o Natal. Valerie havia elevado o negócio de cartão personalizado a um novo nível: o da competição ferrenha. Sorrindo na fotografia na parte da frente do cartão estava sua filha de três anos, Celeste. A menina vestia um casaco de tweed Emily Jane azul-bebê, que só se encontra na Harrods de Londres. Usava uma boina cinza e os pés estavam cobertos por botas de amarrar pretas, que pareciam ter saído direto do departamento de figurino da série *Os pioneiros*. Celeste estava de pé ao lado de um menino carregador de malas na escadaria de entrada do Ritz, na Place Vendôme. Embaixo da fotografia, a legenda:

Celeste — Alta-costura Parisiense — Verão

— A filha dela parece um duende — riu Hunter quando viu o cartão. Estávamos tomando café-da-manhã em casa, na manhã seguinte à sua chegada da Europa e nos divertíamos abrindo a pilha de cartões que haviam acabado de chegar na nossa caixa postal. — A Valerie é o melhor exemplo em Nova York de ascensão social sem retoque algum — declarou ele.

— Aqui, abre este — eu disse, entregando a Hunter um envelope vermelho vivo. — E eu vou abrir este aqui.

— Minha nossa! — soltou Hunter quando me passou o cartão que havia tirado do envelope. Era um cartão de Natal de Salome. A foto da capa, dela com um vestido de noiva Christian Lacroix, era linda. Tinha apagado o ex-marido e o pastor no Photoshop. Dentro, havia as seguintes palavras impressas em estilo grafiteiro:

> **Boas Festas!**
> **Com Amor,**
> **Eu, Eu e Eu**

Em seguida, abri meu envelope. Quase tão competitivo quanto o cartão de Valerie no quesito exibição de beleza era a missiva que estava lá dentro. Era de Sophia e suas cinco irmãs. Contava com uma foto das garotas (todas, naturalmente, sósias de Gwyneth Paltrow) no Colorado, acenando sorridentes do banco de trás de uma caminhonete dos anos 60.

— Que lindo — comentei. — Elas todas são lindas.

— Ninguém é tão linda quanto minha mulher — afirmou Hunter, me olhando com ternura.

O retorno de Hunter na noite anterior não tinha sido, através de um esforço consciente de minha parte, arruinado pela semente da dúvida que Lauren plantara em minha mente a respeito do pingente. (E daí que Sophia estava enviando cartões de Natal estilo "glamour boêmio"? Isso não significava nada.) Eu decidi continuar otimista no que dizia respeito à joia — e ao meu casamento. Hunter apresentaria a bugiganga no Natal, eu tinha certeza. Ele havia chegado em casa tarde na noite anterior, parecendo estar cansado mas bem, e me deu uma maravilhosa estola de pele creme que comprara quando fez uma parada de um dia em Copenhague. Ficamos até tarde da noite assistindo o *Letterman*, contando as novidades e dando uns amassos.

Entre um beijo e outro, dei a Hunter um relatório incoerente da viagem a Moscou, e lhe disse que Lauren havia resolvido se apaixonar, de forma inconveniente, por um homem que estava noivo. Hunter ficou curioso com a história e fez milhares de perguntas sobre por que Lauren tinha gostado tanto de Giles e o que eu pensava dos dois como um casal em potencial. É óbvio, lembrei a Hunter, que eles não podiam formar um casal — ele ia se casar. Lauren estava certa, refleti na cama enquanto meus pensamentos fluíam antes de adormecer. Não havia razão para dizer alguma coisa sobre a foto dele com Sophia em Londres. Adormeci, satisfeita, nos braços de Hunter.

Mas não há nada como um cartão de Natal retratando uma alegre vida em família para enfiar uma estaca bem no meio do coração até da mais feliz divorciada. Cerca de uma semana depois do Dia de Ação de Graças, Lauren me telefonou, completamente transtornada. Louis, o ex, enviara um cartão com a foto dele com uma mulher desconhecida chamada Arabella e o filho recém-nascido, Christian. Lauren viu isso no batente da lareira de Alixe Carter e perdeu a cabeça.

— Só faz quatro meses que nós nos divorciamos! — berrou ela. — Ele não teve nem tempo de conhecer outra, quanto mais de ter um filho. Isso já estava rolando antes da gente se separar. Eu não tô acreditando!

O que mais transtornou Lauren foi o fato de a fotografia ter sido obviamente tirada em uma das suítes reais do Gritti Palace, em Veneza. Louis e a nova família pareciam mais um clã da realeza de segunda grandeza posando para a revista *Hello*.

— Ele só teve essa criança de pirraça — disse Lauren, num momento de auto-obsessão monumental. Ela achou a demonstração de felicidade flagrante deles completamente inaceitável. Isso é tão... *nouveau riche*. Meu Natal acabou.

Neste instante, Lauren entrou no modo "divorciada em crise". O cartão de Natal de Louis a perturbou tanto que houve boatos de que ela tinha sido vista vagando pela rua Gansevoort de camisola e meias às três horas da madrugada, procurando por Louis. Ela recebeu convites para passar o Natal em Cuba, no Rajastão e em Palm Beach — e aceitou todos. Por fim, caiu numa depressão profunda porque, por mais que estivesse tentando, não conseguia completar o desafio: parecia que ela não ia conseguir o Ficante Número Três, ou ligar o próprio aparelho de som surround, apesar de ter passado nove horas de um sábado tentando.

— Nem mesmo a Sally Rothenburg ter concordado em me vender o coração da princesa Letizia me animou — ela reclamou comigo uma noite, entristecida, numa sala cheia de vestidos adornados com contas num coquetel de Natal na parte norte de Manhattan. — O Louis *acabou* com o meu Natal deste ano. Eu nunca vou me recuperar. Sinceramente, acho que o estresse me causou uma doença incurável, tipo pólio. Você pode me dar uma outra taça de champanhe?

Para uma garota com pólio, a recuperação de Lauren foi miraculosa. No dia seguinte ao coquetel, Lauren recebeu um bilhete de Giles Monterey entregue em mãos. Estava escrito:

> Estou na cidade. Encontre-me no Grand Central Oyster Bar, quinta, 13 horas, para fazermos a troca. Saudações, G.M.

Uma reunião com Giles era exatamente o que Lauren precisava para animá-la, embora eu percebesse que a paixonite dela por ele já estivesse passando. Ele não estava disponível, e mesmo se estivesse, era esquivo demais para o meu gosto.

Os preparativos estéticos de Lauren para a reunião de negócios, como ela tinha chamado seu compromisso com Giles, eram, declarou ela, mais trabalhosos do que os que fizera para o seu casamento. Sua principal obsessão era que o maquiador reproduzisse "Olhos de Prostituta" perfeitos, cujo segredo era o lápis de olho trazido do Egito. Depois de uma reflexão cuidadosa, o traje escolhido foi a calça skinny creme, — a preferida de Lauren —, uma jaqueta de vison preto leve como uma pluma e, por baixo, um top de tule igualmente leve como uma teia de aranha. Ela optou pelo cabelo solto e ondulado, pois resolveu, baseada em absolutamente nenhum indício, que uma escova não atrairia Giles. Naquela manhã, ela me ligou de meia em meia hora para relatar seu progresso nos quesitos maquiagem, vestimenta e humor, sendo que este eu posso confirmar que estava violentamente pra cima. Ela saiu de casa às 12:15, acompanhada por um segurança discreto, contratado para proteger a joia. Lauren estava convencida de estar caminhando em direção ao sucesso profissional e amoroso: determinada a conseguir as abotoaduras Fabergé e conquistar o Ficante Número Três ao mesmo tempo.

Você deve imaginar minha surpresa quando Lauren apareceu no ateliê de Thack às cinco da tarde, o rosto pálido e borrado de rímel. Ela tinha chorado.

— Chega de olhos de prostituta. Eu pareço uma garota de programa rodada — ela disse, ao chegar.

— Meu Deus, você foi tão dramática, adorei! — disse Thack quando a viu. — É tão inspiradora. Eu poderia fazer um vestido só para você ficar chorando. Emmyyy! — ele chamou sua assistente. — Anota aí: olhos de prostituta para o próximo desfile.

— Obrigada, Thack, você é um fofo — suspirou Lauren, limpando os olhos com um resto de seda fúcsia que havia na mesa de corte. — Nossa, daria pra fazer lencinhos lindos com isso. Olá, todo mundo — acrescentou Lauren, acenando para um grupo de estagiários que bordavam num dos cantos. Eles acenaram com timidez e fitaram Lauren, sem dúvida tão inspirados quanto Thack por seu tipo particular de glamour.

— O que foi que aconteceu? — perguntei, levantando-me de minha mesa. Estava lotada com montes de papeladas, e eu precisava de um intervalo. — Vou pedir chá pra todo mundo — anunciei, discando o número da delicatessen que ficava embaixo do escritório.

— Ele não foi — disse Lauren, com voz fraca. Ela desmontou sobre o único sofá do ateliê, que estava transbordando com tantas amostras de tecidos e babados e mangas estranhas de roupas.

— Você pode mandar vir chá aqui pro ateliê? É a Sylvie... O.k., obrigada — eu disse, desligando o telefone. Então me voltei para Lauren. — O que você vai fazer com o coração? — perguntei.

Lauren suspirou. Seu rosto estava devastado pela decepção.

— Ah, ele ficou com o coração, tudo bem. Acho que a noiva sortuda vai ganhá-lo em breve.

Uma lágrima solitária escorreu do olho de Lauren. Escorregou pela lateral do nariz e parou no lábio, onde pousou, trágica.

— Desculpa, eu sou uma lástima. — Ela meio que chorou, meio que riu, enxugando a lágrima. — Eu nem conheço o cara, e olha só pra mim!

Acabou que Monterey havia mandado um emissário buscar a joia. Enquanto tomávamos chá, Lauren narrou como um russo arrumado de forma impecável, com prováveis vinte e tantos anos, pensou Lauren, surgiu e afirmou que estava encarregado de pegar o coração, em nome de Monterey. Ele tirou de dentro do paletó uma bolsinha de veludo contendo as abotoaduras de Nicolau II, além de uma carta anunciando a mudança nos planos. O segurança de Lauren entregou a joia em formato de coração. A transação toda terminou em cinco minutos, e Lauren não tinha conseguido descolar sequer uma ostra crua, quem dirá um Ficante.

— Expero que Xanford tenha goxtado das abotoadurax depoix de todo exxe romance fruxtrado — murmurou Thack, com a boca cheia de alfinetes. Ele estava prendendo com todo o cuidado um pedaço de tafetá lilás a um manequim.

— Nem me fale. Eu passei por toda essa confusão e aí fui à suíte do Sanford no Mark e tudo simplesmente... foi absolutamente... um horror, um horror.

Lauren havia, levemente para se exibir, contado a Sanford sobre a aventura em Moscou com o intuito de adquirir as abotoaduras, mas

Sanford tinha interrompido o relato animado de Lauren a respeito de Monterey e a partida de polo.

— Foi tão esquisito... Como se ele estivesse com ciúmes, ou alguma coisa assim — disse Lauren. — Posso fumar?

— Só dessa vez — permitiu Thack. — Se eu também puder fumar um.

Lauren pegou a caixinha de lagarto verde e ofereceu um "platinum" a Thack.

— Divino — disse ele a respeito do cigarro, a respeito de acender o cigarro de Lauren e, depois, a respeito de acender o próprio. Ele tragou e, em seguida, exalando, continuou: — É claro que ele está com ciúmes. O Sanford está apaixonado por você, e você está apaixonada por alguém que não é o Sanford. Os magnatas não toleram a rejeição como os simples mortais.

— E então ele me beijou — prosseguiu Lauren, franzindo o nariz ao pensar nisso. — Contra a minha vontade. Ele estava tremendo, como se estivesse *em pânico*. Mas acho que se uma pessoa está casada há vinte anos, ela provavelmente não pega outra pessoa há séculos... deve ser apavorante. A coisa toda foi tão constrangedora. Ele só mexia a língua da esquerda pra direita, e da direita pra esquerda, no sentido horizontal. Foi um beijo estranho e mecânico, e eu só conseguia pensar: será que ele comeu purê de batata com alho esta noite? Acho que toda mulher deveria ter um Ficante Magnata uma vez na vida, só pra saber o que *não* está perdendo.

Àquela altura, todo mundo no ateliê estava morrendo de rir. Mas, de repente, a atitude descarada de Lauren sumiu.

— O que houve? — indaguei, percebendo seu estado lúgubre.

— Ele falou que se eu não concordasse em ter um caso com ele, seria o fim da nossa amizade.

— Que coisa bizarra — comentei.

— É muito triste — disse Lauren. — Eu pensei que ele fosse... sabe... um amigo de verdade.

Nesse ponto, Thack estalou a língua contra o céu da boca e fez que não com a cabeça.

Lauren deu uma longa tragada no cigarro. Olhou para mim com melancolia e contou:

— Ele disse que quer se divorciar da esposa e casar comigo! Não dá pra aguentar. Não posso ver o Sanford nunca mais. Fui tão ingênua, deixando o Sanford conviver comigo, achando que ele aceitaria ser só isso... Ele é um grande homem, mas não é... o Giles Monterey, né? Não há nada pior do que uma decepção amorosa! Eu estava esperando uns amassos no Grand Central com o sr. Moscou e tudo que eu consegui foi um par ridículo de abotoaduras Fabergé e um beijo de purê com alho. Esse é o pior Natal que eu já tive.

Eu, por outro lado, achei o Natal encantador este ano. Não foi sempre assim. A época de Natal, como mulher solteira, estava ficando cada vez mais amarga, mas agora parecia deliciosa, um charme. Este ano, achei o engarrafamento no centro da cidade — causado pela iluminação da árvore do Rockefeller Center — fascinante, a eterna melodia "jingle bell, jingle bell, jingle bell, PROPAGANDA!!!" na TV me deixava tomada por um espírito festivo, e o anúncio da lista das dez pessoas mais fascinantes no programa de Barbara Walters me deram uma sensação de ternura e pieguice. Ser casada tornou tudo suportável: nada de festas de Natal solitárias, nada de embrulhar os presentes sozinha, nada da angústia estilo quem-eu-vou-beijar-no-Réveillon. A única coisa que às vezes estragava meu humor era pensar naquele croqui da joia do S. J. Phillips: Hunter sequer a mencionara. Nem mesmo dando uma pista. Enquanto as luzes acendiam por toda a cidade, tremeluzindo brancas na Park Avenue, cintilando um rosa chique nas vitrines da Bergdorf Goodman, eu repetia para mim mesma — várias e várias vezes — que a joia estava destinada a ser meu presente de Natal.

Apesar de ser um pouco cedo demais para montar a árvore, comprei a nossa uma semana antes do Dia de Ação de Graças, de uma família de Vermont que vendia árvores no começo da Quinta Avenida. Hunter e eu passamos o primeiro domingo de dezembro decorando alegremente o pinheiro com fitas de gorgorão vermelho, bolas de vidro transparente estilo antigo e canários brancos *vintage*. (Dá para acreditar que a ABC Carpet agora tem uma seção inteira dedicada a enfeites de árvore antigos? Obviamente, irresistíveis. Obviamente, um roubo em plena luz do dia.) Enquanto fazíamos isso, narrei o último desastre romântico de Lauren.

— Agora eu estou com um pouco de pena da Lauren — comentei. — Acho que ela gosta mesmo daquele cara, o Giles Monterey. Me passa aquela bugiganga prateada?

Hunter me passou o enfeite brilhante, dizendo:

— *Muito* interessante. Você acha que ela quer se casar com ele?

— Ela diz que não está interessada em casamento e que isso só se trata de negócios e do Desafio Ficativo, mas você devia ter visto como a Lauren ficou porque ele não apareceu no Oyster. Transtornada. Pra ser sincera, acho que ela se casaria com ele. Se ele não estivesse noivo.

Sentei-me e observei a árvore.

— Está ficando linda — eu disse.

— Está maravilhosa, querida. Pensei que você tivesse dito que a Lauren nunca mais se casaria.

— Esse cara, não sei, é diferente. Mas não se esqueça de que, se ele ficasse super interessado e, de repente, disponível, ela provavelmente iria enlouquecer e falar que *não estava* interessada.

— Sério? — espantou-se Hunter, fitando a bola de cristal que tinha acabado de pendurar num galho. Ele parecia distraído, como se estivesse ponderando sobre alguma coisa. — Então a Lauren é do tipo que, quanto mais noivo um homem está, mais ela gosta dele.

— Exatamente — concordei.

— Não acho que ela devia desistir dele. Noivo não é casado — afirmou Hunter. — Ai, meu Deus! Acabei de lembrar que tenho que ligar pra uma pessoa.

Ele saiu da sala e, através da porta, o ouvi murmurando, como se estivesse conspirando algo. Obviamente um telefonema de negócios. Às sete horas ele enfim reapareceu na sala, quando eu estava amarrando o último laço na árvore, segurava uma jaqueta e disse:

— Escuta, Sylvie, surgiu um imprevisto. Tenho que sair imediatamente.

— Mas e o programa da Barbara Walters? — retorqui, decepcionada. Planejamos uma noite aconchegante, em casa, vendo TV e comendo um japonês. — Não dá pra você remarcar? O que você tem de tão urgente numa noite de domingo?

— Meu velho amigo da faculdade está na cidade e eu marquei de jantar com ele há séculos. Devo ter esquecido de te falar.

— Não é o cara que você queria apresentar a Lauren, é? — perguntei.

— O próprio — respondeu Hunter. Ele começou a vestir a jaqueta.

— Bom, então que tal eu ligar pra Lauren e sairmos nós todos? Seria bom para animá-la. Tirar o Monterey da cabeça dela...

— Não acho uma boa ideia — disse Hunter, com pressa.

Por que Hunter estava agindo de forma tão estranha de repente? Por que não queria que eu fosse com ele?

— Você disse uma vez que queria apresentar a Lauren ao seu amigo. A época de Natal é perfeita para encontros e...

— Vamos esquecer isso. Encontros às escuras nunca dão certo. Quando as pessoas estão destinadas a se apaixonarem, elas fazem isso direitinho sozinhas.

— Mas ele parece ser uma gracinha. Quem é ele? — indaguei.

— Ele só vai ficar aqui algumas horas, melhor eu correr. Vejo você mais tarde, querida, e me desculpa por esta noite — disse Hunter, indo embora.

Foi tudo muito corrido, pensei mais tarde, enquanto engolia minha comida japonesa sozinha, em frente à televisão. Em geral, acho a Barbara Walters uma figura cativante. Suas escolhas são tão bizarras (lembra daquele ano em que Karl Rove foi escolhido a "pessoa mais fascinante"?), suas perguntas tão maravilhosamente educadas, que é possível curtir bastante a coisa toda se você fingir que está assistindo a uma paródia do *Saturday Night Live*. Além disso, a forma como o cabelo de Barbara continua igual, ano após ano, é mega reconfortante. Mas nesta noite me senti claramente incomodada, apesar do penteado imóvel e tranquilizador da sra. Walters.

Meu apetite sumiu. Nem meu sashimi de atum preferido eu conseguia digerir. Por que, de repente, Hunter se recusava a apresentar seu amigo de faculdade perfeito à Lauren? Há algumas semanas ele tinha ficado tão animado com a idéia de que o amigo misterioso conhecesse Lauren. E por que ele não me falou o nome do amigo? Quando relembrava os últimos dias, a verdade era que Hunter estava agindo de um jeito esquisito. Passava horas e horas na internet. Havia telefonemas sussurrados, interrompidos de súbito sempre que eu abria a porta. Respondia com evasivas quando eu perguntava o que ele andava fazendo. Mais estranho ainda era não haver nem sinal da joia do S. J. Phillips. Sempre que eu fazia alguma alusão a ela, ele agia como se não fizesse a mínima idéia sobre o que eu estava falando. Quando circulei a árvore naquela noite, balançando as caixas de presente de Natal (como faço quase todos os anos), ficou claro que ela não estava ali. Ele *tem que* ter buscado o colar a esta altura, pensei. Mas onde estava ele? E agora essa: abandonando a B. Walters e a esposa, que ele mal tinha visto nas semanas anteriores, dando preferência a um jantar com um "amigo" de faculdade anônimo. Num domingo! Ninguém faz algo importante num domingo.

Justo quando Barbara estava prestes a apresentar a pessoa mais fascinante, me forcei a dar uma mordidinha no sashimi de atum. Deixar de comer só pioraria a situação. Naquele instante, meu celular tocou.

— Desculpa, Sylvie! Você deve estar achando que eu sou a pior e menos confiável estrela de cinema do mundo.

Era Nina Chlore. Como previsto, ela não tinha feito como combináramos durante nossa reunião em Paris e não compareceu às provas de roupas, que estavam penduradas no ateliê, esperando por ela.

— A filmagem em Marrocos foi prolongada por duas semanas e, literalmente, não tem telefone em *nenhum* lugar do deserto. Posso ir ao ateliê amanhã para fazer as provas? Com a Sophia? Nós estamos *morrendo* de saudades de você.

Quase engasguei com o atum. Sophia tinha voltado a Nova York. E meu marido tinha acabado de sair correndo para encontrar um "amigo de faculdade". Talvez a época de Natal não fosse ser tão terna e piegas quanto eu havia imaginado.

※※※

— A Sophia disse que sente *muitíssimo* por não poder vir — disse Nina quando chegou ao ateliê para as provas, na hora marcada. Eu, por outro lado, não sentia nem um pouco. Não queria vê-la nem pintada de ouro.

— Estou super estressada! Ofereceram-me papel em *sete* filmes! Parece que vou morrer — continuava Nina atrás do biombo, enquanto trocava de roupa. — Eu tenho 23 anos e estou me sentindo como se tivesse 62, completamente exausta.

Instantes depois, Nina surgiu trajando o vestido trançado da Grace, que fizemos para ela em *chiffon* perolizado. Ele flutuava no corpo como um sopro de ar: ela parecia suave e antiquada. Olhou-se no espelho e disse:

— Ah, olha só para *isso*. Esse é *o* vestido da pré-estreia. Posso levar ele pra casa agora?

Quando Nina foi fotografada por um *paparazzo* saindo do ateliê de Thack, carregando uma sacola dele, duas coisas aconteceram: primeiro, as revistas de fofoca começaram a nos ligar sem parar, tentando descobrir que vestido Nina usaria na pré-estreia. (A verdade é que nem eu sabia. Por fim, Nina tinha levado quatro vestidos, dois dos quais ela teria que devolver logo depois do evento, e outros dois que eram presentes nossos. Nina era tão reservada que não disse nem a Thack qual deles estava mais propensa a usar.) Em segundo lugar, de repente, todas as garotas de Nova York queriam vestir Thack no baile de inverno de Alixe Carter, que aconteceria uns quinze dias depois do Natal.

A Neiman vendeu todos os nossos vestidos, e a Bergdorf Goodman telefonou e ofereceu a Thack um desfile fechado só para VIPs. Se esse era o resultado de Nina ter carregado uma das nossas sacolas, estava claro que uma foto dela usando o vestido da Grace poderia mudar os negócios de Thack da água para o vinho. É triste a visão de estilistas com atrizes por perto. Thack, em geral tão blasé, começou a se contorcer toda vez que abria uma revista e via uma foto de Nina. Suava quando a mencionavam na MTV. Chegava a fazer febre quando ela aparecia com um vestido de outro estilista. O "efeito Nina", como Thack o denominara, o atingira com mais força que a gripe aviária.

17

Ficante Chave de Cadeia

Juro que não há nada mais chique do que usar maiô Eres branco no deck de um chalé anos 20 numa estação de esqui dos Alpes franceses. Se bronzear quando há trinta centímetros de neve no chão, o céu está azulzinho e o sol bate a uma temperatura de vinte graus deve ser o luxo do luxo. Acho que é a coisa do branco sobre o branco. É o *must* do *must*, em especial quando há uma montanha de robes felpudos e chinelos combinando para aumentar o efeito.

Quando Hunter anunciou, poucos dias antes do Natal, que um de seus sócios franceses lhe oferecera seu chalé em Megève durante o feriado, arrumei as malas num piscar de olhos. Vilarejo mais *in* dos Alpes, Megève faz Aspen parecer um shopping de pontas-de-estoque. Há ruas sinuosas calçadas com pedras, *patisseries* fantásticas, lojas charmosas e uma pracinha com uma igreja impecável. Nossa viagem foi exaustiva — tomamos um voo noturno para Paris e, na manhã seguinte, cedinho, tomamos um voo para Genebra, mas valeu a pena quando finalmente chegamos.

Cheio de sincelos, nosso chalezinho parecia um cenário de *João e Maria*. A sala de estar era mobiliada com sofás desbotados e tapetes de pele de carneiro, e nosso quarto era tão romântico que eu me perguntava se algum dia sairíamos dali. A cama estava arrumada com lençóis de linho rudimentar e havia uma coberta de pele jogada por cima. Era melhor do que estar numa propaganda de Ralph Lauren Ski. Quem se importava com o fato de que eu não sabia esquiar?

— É divino, Hunter — exclamei, quando deixamos nossas coisas no quarto. Finalmente chegamos no meio da tarde, quando o sol lançava seus últimos raios prateados sobre a encosta imaculada da montanha.

Com um sorriso contente no rosto, Hunter me envolveu com os braços, dizendo:

— Você não está feliz que estamos longe de Nova York no Natal?

— E como — respondi, empolgada.

Hunter tinha passado os dias anteriores sendo tão doce, e tinha cuidado tão bem de mim durante nossa viagem, que todo aquele episódio misterioso da Barbara Walters começava a perder a importância. Agora que estávamos ali, naquele lugar lindo, as preocupações dos meses anteriores haviam se dissipado. Naquele instante, alguém bateu à porta do nosso quarto. Uma empregada apareceu com dois *chocolats chauds* numa bandeja e um envelope endereçado a mim. Abri e li:

Queridos Sylvie e Hunter,
    Vocês não vão acreditar. Estou no chalé ao lado, na casa de Camille de Dordogne. Que tal uns drinques hoje à noite?
    Beijos,

xxx Lauren

Lauren, como era de se prever, havia descartado todos os três convites de Natal que recebera. No último minuto, ela resolveu passar a semana com Camille, uma bela condessa francesa de 37 anos. Era notório o fato de que Camille tinha um casamento feliz com Davide de Dordogne, um banqueiro, com quem havia perdido a virgindade aos 17 anos, no Palace Hotel de Gstaad ("Eu não consideraria perdê-la em nenhum outro lugar", ela costuma dizer.) Ela se casou com ele seis semanas depois, e seus três

Divorciada Debutante

filhos agora já eram praticamente adultos. Ela era dona de uma loja chique de porcelanas em Paris e adorava bancar o cupido dos amigos. Com a ajuda de Camille, Lauren estava determinada a completar o Desafio Ficativo nas montanhas.

— Estou na expectativa de que a Camille me junte com o descendente dos Mônaco — Lauren disse aos amigos. — Vocês não acham que o Andrea Casiraghi seria o Número Quatro perfeito? Posso até *pensar* na possibilidade de me casar com ele. Uma oferta que não posso recusar é ser a princesa Lauren de Mônaco.

Hunter e eu fomos de carro até o chalé de Camille no final daquela tarde — estávamos cansados e, para ser sincera, por mais que gostasse de Lauren, eu não estava muito a fim de social depois de nosso longo voo. Decidimos dar uma passadinha lá e depois voltar para o nosso chalé e nos aconchegarmos bem juntinhos naquela cama divina coberta de pele. O Chalé Dordogne havia sido construído pela família de Davide na década de 20 e ficava escondido por uma alameda íngreme na montanha.

Camille nos recebeu na porta. Era miúda e trajava uma calça larga de tweed e uma blusa de cetim azul bebê, que sugeria um decote tímido. As francesas realmente eram muito boas em fazer o estilo burguesinha sexy, pensei, enquanto examinava sua roupa maravilhosa. Ela era um paradoxo ambulante — tão conservadora, mas ao mesmo tempo tão provocante, tipo uma Romy Schneider moderna.

— Ah, *bon soir*. Mmuá. Mmuá. Mmuá. Mmuá — soltou ela, apertando meus ombros e me dando dois beijinhos em cada bochecha. Depois, repetiu o exercício com Hunter. — Sejam bem-vindos.

A sala de estar tinha pé-direito alto, teto em abóbada e uma galeria toda enfeitada com sacadas que levavam aos quartos. A casa estava apinhada de convidados e crianças, todos reunidos em volta da lareira para os drinques pré-jantar. Assim que chegamos, o marido de Camille,

Davide, apareceu. Impecavelmente vestido com uma camiseta branca, calças de algodão e mocassins, ele era a imagem perfeita de um educadíssimo banqueiro europeu em férias — com o BlackBerry o tempo todo na mão.

— *Vin chaud?* — ofereceu ele.

— Hmmm! *Merci* — agradeceu Hunter.

Davide serviu algumas taças, e todos ficamos descansando nos sofás ao lado da lareira.

— A Lauren trouxe aquela *amie* Marci com ela, o que não me agrada muito — comentou Camille, franzindo um pouco a testa.

— Por quê? — indaguei, sorvendo o vinho. Era acalentador e delicioso.

— A Marci não é uma boa influência. Ela só quer saber de festas, parece uma adolescente. Já falei para Lauren, ela passou por poucas e boas. Tem que tomar uma decisão executiva e casar com um homem rico. Nenhum dos amigos dela querem vê-la sofrendo.

— Lauren dificilmente teria sofrido se não tivesse se casado com um homem rico — observou Hunter.

— Ninguém sofre *mais* do que uma mulher rica com um homem que não é...

— Sylvie! Hunter! — bradou uma voz acima de nós.

Erguemos os olhos: Marci estava debruçada na sacada da galeria do segundo andar, acenando como uma louca. Estava belíssima, mas completamente inapropriada com seu vestido curto Lela Rose, de veludo laranja e com um enorme babado de seda na nuca.

— Estamos nos divertindo horrores. Absolutamente ninguém de Nova York está aqui — disse ela. — Todo mundo está em Antígua, coitadinhos deles.

Naquele instante Lauren surgiu, seguida por um alto e belo adolescente. Ele usava macacão de esqui, com as alças casualmente fora dos ombros. Seu cabelo louro opaco caía sobre os olhos, cobrindo parcialmente o rosto, o que aumentava seu charme blasé. Não era possível que tivesse mais de quinze anos.

— Vocês conhecem o Henri? — perguntou Lauren, com uma singela piscadela. Estava vestida com uma calça de veludo cotelê desbotado e um enorme suéter de cashmere. Parecia extraordinariamente *cool*, em comparação com a última vez que eu a vira. — Ah! Glühwein! Hmmm. O Henri vai me apresentar a todos os gatos menores de idade das redondezas.

— *Non*! Eu proíbo! — objetou Camille.

— *Maman* — bufou Henri. Ele serviu uma taça de *vin chaud* para Lauren e outra para si e estirou-se preguiçosamente numa poltrona. Dali, olhava Lauren de maneira lasciva enquanto mastigava a franja loura.

— Sylvie, por que você não sobe aqui e dá uma olhadinha nas minhas roupas de esquiar novas? — sugeriu Marci, da sacada.

— Claro — aceitei. — Você vai ficar bem aqui se eu subir lá uns cinco minutinhos, Hunter?

— Vou sobreviver, mas *só* cinco minutinhos — ele retrucou, com doçura.

Segui Marci até o segundo andar. No quarto, ela perguntou:

— O que vocês vão fazer no aniversário do Hunter?

O aniversário de Hunter! Era na véspera do Natal, e eu tinha me esquecido completamente! Senti-me péssima. Havia começado a pensar sobre fazer uma festa surpresa quando estava em Nova York, mas com a viagem de última hora para Megève, me desliguei totalmente do assunto.

— Bom, talvez eu possa fazer uma festa surpresa aqui mesmo — eu disse. — Nosso chalé é perfeito para preparar uma reuniãozinha divertida.

— Seria uma gracinha. Vamos te ajudar — prometeu Marci. — Faltam três dias pro dia 24, é tempo suficiente. Vai ser *mega incrível*. Nós já conhecemos um monte de pessoas novas aqui.

Fiquei preocupada com Marci. Ela estava super animada, mas parecia um pouco forçado. Estaria ela com saudade do Christopher?

— Não é lindo esse tom de creme da jaqueta de esquiar? — perguntou Marci, exibindo uma peça do lindo equipamento de esqui que havia comprado no Jet Set, em St. Moritz. Marci passou os dedos na jaqueta. — O enchimento é super... hmmm... gostosinho. Olha só, tem uma estrelinha vermelha na gola, é *mega* Jet Set, e a calça que vem junto tem outra estrelinha vermelha na parte sexy do bumbum...

— Você está bem, Marci? Tem visto o Christopher?

— Tenho certeza de que vi a lindíssima princesa sueca, Victoria, no Jet Set. É o único lugar no mundo que fabrica coisas chiques de esquiar. É impossível comprar botas de chinchila em qualquer outro lugar — continuou Marci, mostrando uma bota de pele cor de nuvem. — Não são lindas *de morrer*?

— Marci, o que está acontecendo entre você e o Christopher? — perguntei, séria.

— Sylvie, acho uma gracinha você se preocupar, mas na verdade tudo está... prosseguindo.

— O que você quer dizer com prosseguindo? — indaguei.

— Mudei de ideia a respeito de virar uma divorciada. Foi só olhar para as fotos das estrelas de cinema virando um palitinho de misturar coquetel quando ficam solteiras de novo. Elas me dissuadiram. Estou tentando engordar, dá pra acreditar? O Christopher está falando que quer voltar. Então estamos... em negociação. A Sophia está organizando tudo. Ela tem sido um amor, está conversando com ele e tal.

— A Sophia? — Esperava que Marci não notasse minha falta de entusiasmo.

— É. Ela me disse pra comprar isso aqui. Olha.

Em seguida, Marci colocou um par de óculos escuros enormes, estilo Jackie O, sobre o nariz. Pareciam ser ainda maiores do que os óculos de Nicole Richie, se é que isso é possível.

— É da Hermès no Place de l'Église. São os únicos óculos escuros estilo Jackie polarizados *do mundo*. Dá pra esquiar com eles. Dá pra enxergar cinco quilômetros com eles. Quatrocentos e cinquenta euros! Mas é *tão gostoso* esquiar usando estes óculos. Não vou me arrepender de ter comprado. Não vou.

— Quatrocentos e cinquenta euros é muito por um par de óculos escuros.

— Mas eu mereço. — De repente, Marci tirou os óculos Hermès e me lançou um sorriso malicioso. — Olha, não fala pra ninguém, mas a Sophia me contou uma coisa.

Olhei para Marci, minhas sobrancelhas erguidas.

— Ela está tendo um caso — segredou ela.

— A Sophia *sempre* está tendo um caso — observei, blasé.

— Com um homem casado. — Marci colocou os óculos novamente e se virou para o espelho, admirando-se. — Ela não tem muito bom gosto?

※❀※

Quem se importava com o fato de que eu não sabia esquiar, disse para mim mesma, outra vez, ao observar os Alpes do terraço do chalé, na manhã seguinte. Eles parecem *mesmo* ser tão frescos e luminosos quanto as montanhas azul claras do rótulo da Evian. Mal podia esperar para estar lá em cima, naquele ar puro.

— Você vai amar — vaticinou Hélène, a instrutora de esqui que Hunter contratara para me dar aulas. Ela tinha 23 anos, cabelos castanhos e pele cheia de sardas. Apareceu às nove horas daquela manhã para me pegar, vestida com uma jaqueta de instrutora amarelona e um lenço na cabeça com estampa de morangos.

— Estou animada — eu disse.

Marcamos de encontrar Hunter, que tinha saído bem cedo para esquiar numa pista preta, em um restaurante na encosta da montanha, La P'tite Ravine, ao meio-dia, para almoçarmos.

Três horas depois, com uma dor lancinante dando pontadas no meu pé e com o meu calcanhar direito torcido num ângulo reto em direção à panturrilha, eu já estava num desespero total para deixar as pistas para trás. Não entendia porque as pessoas chamavam o esqui de férias: aquilo ali não eram férias, era que nem ser o cara de *Tocando o vazio* que quase morreu, pensei com melancolia, enquanto tentava me mexer. Dois bebês passaram em disparada por mim em seus mini-esquis. Como eles faziam aquilo, e por que sorriam? Não sabiam que estavam à beira da morte? Meu Deus, ser casada era um pesadelo, refleti, sentindo a agonia queimando meu tornozelo. De repente, só porque se é casada, você é obrigada a tomar parte nas atividades do seu marido que põem sua vida em risco, como esquiar, enquanto ele não tem que participar das suas atividades para melhorar a vida, como Pilates.

— A gente tem que subir — disse Hélène. — Seu marido está nos esperando, e não tem como achá-lo agora.

— Não consigo — choraminguei, triste. Talvez eu tivesse fraturado o tornozelo.

— Então temos que descer e pegar o carro — avisou Hélène.

— Eu... não dá pra gente simplesmente ficar aqui e... — Caí no choro.

De repente, me cutucaram no ombro. Virei meu pescoço duro e me vi refletida nos óculos espelhados de um homem. Eles pertenciam a Pierre, o ex-namorado parisiense de Sophia.

— Pierre — gemi.

— Meu Deus do céu, você está bem? — perguntou, preocupado.

— Ela não consegue se levantar — disse Hélène, com um suspirinho frustrado.

— Você está sentindo dor?

— Estou, e prometi encontrar o Hunter no P'tite Ravine. Mal consigo me mexer.

— Venha — disse ele, gentilmente me puxando para cima com a ajuda de Hélène. Consegui ficar em pé, trêmula.

— É melhor você ir para casa. Eu acho o Hunter.

— Sério? — perguntei com gratidão.

Pierre assentiu. Por que Sophia tinha trocado esse cara por um homem casado eu não conseguia entender.

— Você tem que ir à festa surpresa no chalé para comemorar o aniversário de Hunter — convidei, recuperando um pouco a compostura. — Será no dia 24.

— Adoraria — disse Pierre. — Mas agora você devia ir logo pra casa.

Melania Trump não se daria nem um pouco bem no quesito roupas, em Megève. Há apenas duas noites por ano em que as pessoas têm permissão para se empetecarem — Natal e Réveillon. No resto do tempo, o traje obrigatório é estritamente informal, ou no máximo casual-arrumado. O acessório mais importante numa festa em Megève, logo percebi, é um celular com câmera. Enquanto a sala ia ficando cheia de convidados na noite do aniversário de Hunter, só o que eles faziam entre goles de champanhe e garfadas de *raclette* era comparar fotos de um e outro durante saltos de esqui. Às dez horas da noite, o chalé já estava apinhado, e Hunter parecia estar se divertindo. Faltava apenas uma pessoa: Marci. Ela não tinha aparecido, e várias pessoas que ela havia convidado surgiam, perguntando por ela. Onde estaria Marci?

Vi Camille, a filha de 17 anos, Eugenie, o filho, Henri, e Lauren, esparramados no tapete de pele de carneiro, beliscando *flocon de Megève* ao lado da lareira. Talvez eles soubessem onde Marci tinha se metido. Hunter e eu fomos até lá e nos juntamos a eles.

— Está acontecendo uma revitalização do *moon-boot* dos anos 80 — falava Camille. Usava um par gigante de botas brancas felpudas. Pareciam enormes marshmallows em seus pés.

— Eles estão meio *fora* de moda, mãe — disse Eugenie, julgando a mãe como alguém julgaria um primo bocó. — Todos os filhos dos príncipes de Mônaco usavam botas pós-esqui gorduchas rosa e violeta *ano passado*. Agora a onda são as botas de neve anos 70.

Eugenie levantou-se e foi em direção aos amigos, todos usavam jeans justíssimos, jaquetas de pele e botas *vintage* feitas de pelo de pônei ou de camurça bege. O visual da galera era bem ao estilo Ali MacGraw no Colorado.

— Ela é fofíssima — eu disse, quando ela se afastou. Sentei-me ao lado de Camille.

— Não é? — confirmou Camille, olhando com carinho para a filha. — Agora, Sylvie, por favor, incentive sua amiga a casar-se de novo.

— Não sei se devo sob estas circunstâncias. Os maridos nos obrigam a fazer coisas tipo esquiar — brinquei.

— Os maridos são terríveis, não são, querida? — disse Hunter, beijando minha mão com ternura.

Todos riram. Meu tornozelo ficou tão inchado pela queda, que evitei as pistas e passei as tardes dos últimos dias no spa Les Fermes de Marie fazendo fisioterapia. Hoje, parei na loja da Hermès, onde eu, assim como Marci, fui seduzida pelos óculos Jackie O. Quando fui pagá-los, notei que Marci tinha subestimado loucamente a etiqueta de preço: na verdade, custavam 650 euros, preço baseado na regra da Hermès de que qualquer coisa da marca custa pelo menos sete vezes o preço que custaria em algum outro lugar. Porém, os óculos eram tão fabulosos que tinha certeza de que acelerariam minha cura. Não me arrependeria.

— Lauren — prosseguiu Camille — você é mimada demais. É rica. Tem casas incríveis, viaja muito. Você devia se casar com um homem mais velho. Caso contrário, vai ficar entediada...

— Camille, não tenho interesse no casamento. Caras velhos e ricos são chatos. O único que eu aguentaria seria Barry Diller — brincou Lauren. Ela enlaçou os ombros de Henri com o braço e suspirou, com ânsia exagerada. — Mas este Henrizinho aqui! *Tãaao* fofo!

Ela segurou a mão de Henri e o arrastou para a multidão. Camille revirou os olhos e soltou um gemido.

— Camille, você viu a Marci por aí? — perguntei.

— Ela está jantando com o Pierre — disse ela. — Depois eles vão buscar a Sophia e devem chegar tarde...

— Mas eu não convidei a Sophia D'Arlan para a festinha — interrompi, um pouco aborrecida.

— O Pierre não viria sem a Sophia — disse Camille.

— Mas a Sophia não está mais namorando o Pierre — comentei.

Naquele instante, vi Marci abrindo caminho na multidão no outro lado da sala. Ela parecia ruborizada e animada por causa do ar frio da noite. Atrás dela estava Pierre e, atrás dele, Sophia. Por que ela estava *sempre* por perto? Parecia que onde quer que Hunter estivesse, Sophia estava também. Ou... talvez eu estivesse sendo injusta. Talvez simplesmente estivesse ali com Pierre, por acaso. Afinal de contas, eu mesma havia convidado Pierre. Na verdade, de imediato Sophia desapareceu junto com ele no quarto de hóspedes. Ninguém viu nenhum dos dois de novo naquela noite. Nem mesmo a cumprimentei, o que foi um alívio

O dia de Natal em Megève é como uma cena de *A rainha da neve*. Uma nevasca pesada durante a noite fez com que o vilarejo parecesse ter sido mergulhado em chantilly, com a torre da igreja servindo de merengue. Após um culto adorável, Hunter e eu compramos *chocolats chauds* na praça principal e depois fomos para casa e passamos boa parte da tarde relaxando na banheira quente do terraço.

— Obrigado por organizar a festa, Sylvie — disse Hunter ao nos sentarmos nas borbulhas fumegantes. — Foi maravilhoso, e super diferente de Nova York.

— Eu também adorei — falei, passando meus braços em volta dele e beijando-o. Tudo ali era tão sexy e romântico. — Você é o *melhor* marido...

Naquele momento, ouvi meu BlackBerry tocar. Eu o deixara ao lado da banheira, pois sabia que minha família mandaria alguns e-mails naquele dia. Tomando todo o cuidado para não encharcá-lo, peguei o aparelho e li o e-mail em voz alta:

Para: Sylvie@hotmail.com
De: Lauren@LHB.com
Assunto: Ficante chave de cadeia

Sylvie querida,

    O Henri é tão espichado e desajeitado. Essa coisa de adolescente viciado em informática é uma fofura. Ele acha que se apaixonou por mim ontem à noite, o que pode ser meio complicado para a mãe e o pai dele. Não estou apaixonada, mas recomendo muito ficar com alguém que tenha menos da metade de sua idade ao menos uma vez na vida.

    Só para fazer generalizações grosseiras, o que você sabe que eu adoro, o bom dos homens de quinze anos é que eles só querem saber de F♥♥♥♥, porque são tão jovens e viris que não sabem o que fazer além disso. Tudo começou quando estávamos dançando. Henri é tão alto, e ele ficou fazendo uma coisa estranhíssima de segurar minhas mãos no ar, bem acima da minha cabeça, e aí eu finalmente me dei conta do que estava acontecendo e falei: "Para de olhar os meus peitos! Para com isso!". Depois, sei lá, achei meio que adorável ele estar assim tão vidrado nos meus peitos — afinal, ele ainda não tinha visto nenhum antes, e um segundo depois, literalmente, ele estava em cima de mim no terraço. Ele gozou em cinco minutos e depois apagou. Encarei como um elogio, na verdade. Nessa idade, eu sempre apagava no Studio 54 quando estava me divertindo pra caramba. Obrigada pela ótima festa. Menos quatro!

— Minha nossa — riu Hunter. — E o grande amor dela pelo Giles Monterey? Ela esqueceu dele?

— Escuta só — eu disse. Li o final do e-mail:

Você vai ficar contente em saber que a bunda juvenil de Henri começou a apagar a lembrança assombrosa dos lindos olhos azuis do Mister Moscou. Se eu não tiver notícias de Monterey logo, há uma real esperança de que eu esqueça completamente que ele existe. Lá vou eu em busca do Número Cinco.

— Acho melhor ele dar em cima dela logo — disse Hunter.
— Ele é noivo, querido, parece que você sempre se esquece disso.
— É verdade. Bem — disse Hunter, chegando perto de mim —, acho que a gente devia ir fazer um bom uso daquele nosso quarto incrível.

Mais tarde naquela noite, ficamos descansando, preguiçosos, em frente à lareira, conversando sobre o resto da viagem. Foi perfeito... aconchegante, sexy, tudo. Camille estava certa. Eu devia incentivar Lauren a se casar. Não havia outra forma de viver aquela sensação.

— Por que a gente não abre os presentes agora? — sugeri, pouco antes do jantar. — Estou tão empolgada com meu presentinho.
— Ah, querida, temo que meu presente seja muito humilde. Não se empolgue.

Era uma gracinha Hunter estar fingindo não ter se preocupado com isso. Mal podia esperar para ver o colar. Enquanto Hunter sumia dentro do quarto de hóspedes, onde tinha guardado seus presentes, fui pegar o meu, escondido debaixo da cama do nosso quarto. Havia embrulhado dois livros e uma foto de nós dois em Paris que eu tinha mandado emoldurar num porta-retratos personalizado. Resgatei o embrulho e voltei à sala de estar.

Pus o presente diante de Hunter, que estava sentado no tapete de pernas cruzadas, ao lado da lareira. Havia uma caixinha quadrada na frente dele, embrulhada num papel vermelho vivo com um laço prateado. Ooh. Definitivamente, era do tamanho de uma joia.

— Você abre o meu primeiro — sugeri, tentando agir de forma casual.
— Que lindo, querida — disse Hunter, quando viu a fotografia. Ele me beijou nos lábios. — Estou comovido. Agora por que você não abre isto aqui?

Hunter me entregou o pacotinho. Ele parecia impaciente, pensei. Era um bom sinal. Ele devia estar nervoso para saber se eu ia gostar da joia. Peguei a caixinha vermelha e comecei a abri-la. Retirando as camadas de papel vermelho. Embaixo havia uma caixa de couro preto.

— Oooh! — soltei, olhando para Hunter.

Ele engoliu em seco, preocupado. Era muito cativante. Levantei a tampa da caixa de veludo e vi algumas camadas de lenço de papel branco.

— Estou emocionada, querido... — eu disse, enquanto retirava as camadas de lencinhos. Algo cintilava ali embaixo. Tirei e olhei. — Um... anel de aço inoxidável?!!? — exclamei, tentando (tentando!) soar exultante.

— Achei que você fosse gostar das rosas gravadas nele — disse Hunter. Ele parecia decepcionado. Talvez percebesse que eu estava desapontada. Não queria magoá-lo, então, fazendo um esforço sobre-humano para parecer feliz, eu disse: — Amo rosas! — Plantei um beijo em seu nariz. — Elas ficam tão... românticas... num anel de aço inoxidável.

Onde, ai ai ai, onde estava meu colar?

※❀※

— *Não* confronte ele. Isso não é uma prova concreta de que ele está tendo um caso — disse Lauren.

— Um caso — repeti, horrorizada. A palavra me deixou totalmente fora de mim.

— A única coisa que conta como prova real de atividades extraconjugais é achar uma calcinha fio-dental que não seja sua. E não ganhar uma joia que você esperava não é exatamente... Bom, não serviria como prova no tribunal. Talvez ele tenha só se esquecido.

Encontrei Lauren no terraço do L'Idéal no dia seguinte, para almoçarmos juntas. Estava fazendo um sol tão forte que os esquiadores ficaram só de camiseta enquanto comiam seus pratos de *pela*. Entretanto, aquele não era uma boa escolha de local para tal conversa: todo mundo em Megève almoçava ali, se conseguisse uma mesa.

— Lauren! Shhhhh! — sibilei, olhando desconfiada para os demais. Ninguém estava prestando a mínima atenção em nós duas. — O que eu vou fazer...

Naquele exato momento, chame isso de coincidência ou apenas de estação de esqui — Sophia em pessoa apareceu no outro canto do terraço. Estava usando uma roupa de esqui creme. Quando se curvou para afrouxar as botas, notei a estrelinha vermelha na parte de trás da calça. Ela tinha o mesmo traje de esqui que a Marci. Tirou o casaco e o amarrou na cintura. Vestia uma pequena blusinha rosa por baixo, que destacava sensualmente seu bronzeado. Naquele instante um berro ecoou da mesa de seis franceses, a duas mesas de distância da nossa. Todos bronzeados ao estilo George Hamilton, o que, em Megève, ainda estava muito na moda.

— Sophia! *Viens nous voir!* — chamaram quando a viram. Sophia acenou e seguiu em direção a eles.

— Ai, meu Deus, ela está vindo nesta direção — eu disse.

— Fique calma, diga oi. Ou melhor, vamos ser mega amistosas — comandou Lauren. — Olá, Sophia! — ela bradou bem alto, enquanto Sophia andava pelo terraço.

Sophia virou-se e nos viu. Sorriu e veio até nossa mesa. Ao se aproximar, disse:

— Lauren! Olá! Sylvie! Muito obrigada pela festa de ontem. O Pierre amou a festa... Que lugar lindo... Ouvi dizer que a Eugenie fez um striptease... Na sua banheira...

Algo chamou minha atenção. Se eu não estava enganada, ali, pendurado logo abaixo da gola da blusa de Sophia, havia um pingente. A cada movimento que ela fazia, eu o vislumbrava, balançando contra sua pele. O colar consistia de uma corrente de platina, com uma grande e translúcida pedra lilás. É claro que a letra S a rodeava com diamantes. Era belíssimo. *Não é possível*, pensei. Olhei de novo, na esperança de que não estivesse sendo óbvia demais, mas Sophia registrou meu olhar. Ela me encarou e sorriu, perguntando:

— Já viu meu presente de Natal, Sylvie? — Enquanto Sophia nos divertia com os detalhes das travessuras de Eugenie, ela rodopiava a linda joia com os dedos, depois a jogou na boca e ficou mascando. Ela estava *ostentando* a joia na minha frente?

Esperando esconder a dor no meu olhar, peguei meus novos óculos Hermès na mesa e os coloquei. De súbito, o pingente ficou um pouco mais nítido com a ajuda das lentes polarizadas. Como eu temia, era exatamente idêntico ao esboço do S. J. Phillips. Eu nunca, jamais, me arrependi tanto de ter comprado um par de óculos de 650 euros.

18

O Vale das Bonecas: Continuação

— Meu Deus, Sylvie, há quanto tempo você não come? — vociferou Tinsley. — Tá parecendo uma prisioneira de guerra.

Tinsley não estava nem aí para o fato de estar gritando numa sessão exclusiva de cinema na Soho House, mas também, todo mundo faz isso em Nova York. Assistir *realmente* ao filme numa exibição exclusiva não é um ato considerado especialmente sofisticado. Só o que interessa às pessoas nessas ocasiões é a roupa dos outros, embora esteja escuro.

— Só estou cansada. Ssshhh! — sussurrei, gesticulando em direção à tela.

A verdade é que eu mal tinha dormido desde que chegáramos de Megève. Os últimos dias haviam sido um pesadelo, com Hunter se divertindo cada vez mais, enquanto eu fervia de raiva por trás daqueles desgraçados óculos escuros. Eu estava tão perplexa com tudo o que havia acontecido aquele dia no L'Idéal que resolvi esperar até chegar em casa antes de tomar uma decisão. Os voos de volta para casa eram exaustivos, e quando cheguei em Nova York eu estava tão estressada e cansada que parecia mais macabra do que a Noiva Cadáver.

Naquela noite do começo de janeiro, Thack estava atuando como mestre de cerimônias da exibição de *As mulheres*. Tratava-se de uma comédia sobre divorciadas, a última coisa que eu desejava assistir. Mas não tinha como escapar: era uma noite especial para Thack, e eu esperava que, chegando no último minuto, quando as luzes já estivessem apagadas, ninguém perceberia o quão esgotada eu parecia. Infelizmente, o único assento que sobrou foi uma das poltronas de couro no fundo da sala. Tinsley estava de um lado, Marci do outro. Phoebe, um pouco mais à frente de mim.

— Tá angustiada? — perguntou Tinsley, alto o suficiente para a plateia inteira escutar.

Fiz que sim. Naquela hora, Phoebe se debruçou sobre Marci e disse:

— Tomo Xanax nesses casos. Você devia tentar.

— Na verdade, o Atavan é um ansiolítico bem melhor — declarou Marci. — Tipo, olha só para mim. As coisas estão *péssimas*, mas estou me sentindo *ótima*.

— Eu tomo um Ambien uma noite e um Valium na outra — disse Tinsley. — Assim você não fica viciada em nenhum dos dois. — Ela pareceu contente, como se tivesse desvendado o mistério da vida.

Naquele momento, uma garota ruiva na fila da frente se virou e disse, bastante prosaica:

— Se você não está conseguindo dormir, não tome Ambien. É igual a um despertador. Em quatro horas, ele te acorda. Eu lambo um comprimido de Remeron antes de ir dormir. É o antidepressivo mais forte que há no mercado. Uma lambida te nocauteia por doze horas.

— O Atavan vai te dar uma deliciosa sensação de estar coberta por um grande lençol de amor — afirmou Marci. Ela gargalhou muito ao dizer isso, e seus olhos se iluminaram.

Será que *todo mundo* em Nova York tomava remédios, refleti com horror. É por isso que Phoebe sempre aparenta estar alegre? De que outro jeito alguém poderia gerenciar três filhos e um negócio que sustenta seu estilo de vida? Meu Deus, talvez a Kate Spade também tome remédios, pensei. Ela sempre parece tão animada, com aquele cabelo que desafia a gravidade. O fato é que *todas* as esposas nova-iorquinas deveriam parecer a Noiva Cadáver. Eu estava tão cansada que até meu cabelo doía. Será que o cabelo de todo mundo doía? Ou a medicina tomava conta disso? Tive a sensação de estar vivendo num capítulo de O *vale das bonecas*.

※❀❀

Quando o filme acabou, saí sorrateiramente para a chapeleira e me cobri rápido com meu casaco de pele. Tava um frio de amargar lá fora. Tinha esperança de que escaparia sem que ninguém me notasse.

— Sylvie? Essa é você ou o abominável homem das neves?

Era Marci. Meu coração ficou pequenininho.

— Eu. — Fiquei amuada e passei reta por Marci, em direção aos elevadores. — Tenho que ir.

— Espera — disse ela. Então me olhou com uma expressão triste. Foi estranho. — Tem uma coisa que eu *tenho* que te contar.

— O quê? — indaguei.

Marci olhou para trás, de forma sub-reptícia. Ninguém mais havia saído da sala de projeção.

— Detesto bancar o pombo-correio... mas... é o Hunter. É *ele*.

— Do que você está falando? — perguntei.

— O "homem casado" da Sophia. É o teu marido. Ela falou que ele está loucamente apaixonado por ela, que nem quando eles estiveram em Dalton.

Olhei para ela com descrença. O que ela estava dizendo?

— Como você sabe? — grasni. Só consegui articular um murmúrio débil.

Marci baixou os olhos, como se estivesse estudando as margaridas gigantescas do carpete maravilhoso da Soho House, e depois se virou para mim.

— Estou me sentindo *tãããooo ma-a-a-al*. Ela estava lá em casa. Escutei ela falando no telefone.

— O que ela falou, *exatamente*? — Temi a resposta de Marci.

— Alguma coisa sobre ter ganhado uma joia de presente dele, e que eles iam embora juntos.

— *Embora*? Para onde? — disse, ofegante.

— Isso eu não sei, mas estou furiosa com ela... se portando dessa forma. Depois de eu ter *emprestado* a ela, com *tanta* generosidade, minha roupa do Jet Set com a estrela vermelha. A única outra pessoa nesse mundo que tem aquela roupa é a Athina Roussel. Ela faz com que o seu torso pareça o da Gisele. E eu sacrifiquei tudo isso e emprestei a roupa para Sophia, e aí ela me trai desse jeito, roubando o marido de uma das minhas melhores amigas, quando eu confiei tanto nela. Dá pra *imaginar*?

Olhei para Marci, horrorizada.

— Também fiquei assim, horrorizada e sem fala. Tratar alguém desse jeito depois de a pessoa ter te emprestado o Santo Graal do look neve.

— O.k., bem, eu vou pra casa para... Remoer, sei lá — suspirei, triste. Comecei a ir embora.

— Só um segundinho, eu tenho uma coisa pra te dar — disse Marci, segurando meu braço. — Não pense que sou uma traficante ou coisa do tipo, mas isso aqui é pra você.

Marci prensou um lenço de pano branco dobrado na palma da minha mão. Eu o desdobrei. Dentro, havia um comprimido. Fechei a mão num estalo.

— Marci!

— É um Klonopin. Também conhecido como o Valium dos gays. Em caso de emergência.

— Marci, eu não tomo esses remédios — insisti.

— Querida, não fique constrangida. Todo mundo em Nova York passa o dia inteiro drogado, todo santo dia — sussurrou Marci, me puxando para um canto escuro. — Não é o Botox que deixa o rosto delas suave, é o ansiolítico.

— Você vai subir? — cantou a voz de Phoebe, atrás de nós. — Pegamos a mesa ao lado da janela...

Ignorando Phoebe, fugi pela saída de emergência e tomei a escada dos fundos. Secretamente, estava contente de ter pegado o Klonopin de

Marci: em caso de emergência, não há nada de errado com um lençol de amor quimicamente induzido.

— Você acredita que o Henri me mandou uma *lhama* de presente de Natal? O que eu vou fazer com uma lhama? Ela vai morrer de saudade do papai e da mamãe lhama aqui. E o Juan não para de me enviar fotos do garanhão dele. O cavalo está num campo na Espanha, me esperando. Não estou aguentando. — Lauren suspirou, como se estivesse frustrada. — Suponho que ganhemos presentes melhores quando somos divorciadas. O Cinco Orgasmos me mandou uma capa de chuva Yves Saint Laurent forrada com pele de marta. — Lauren manuseou a gigantesca gargantilha de pérola, ouro e turquesa que estava frouxa em seu pescoço, como se estivesse checando se ela ainda estava ali. As pedras eram tão grandes e num formato tão extraordinário que me lembravam um desenho de Picasso. — Tony Duquette. É o presente de mim para mim em comemoração ao Ficante Chave de Cadeia e o Ficante Magnata. Eu tive que *realmente* fazer alguma coisa para me animar depois de Sanford. Gostou?

— É incrível — retruquei, tentando soar entusiasmada.

— Você não acha que fico parecendo a Elizabeth Taylor com essa gargantilha e este vestido de renda? Quer emprestado? Quando quiser, é só pedir.

Lauren e eu estávamos sentadas em uma das cabines duplas do Rescue, fazendo os pés, na noite seguinte à exibição na Soho House. Relatei o que Marci me contara, e suponho que ela estivesse tentando me alegrar. Eu tinha ido para casa na noite anterior, tinha visto Hunter, e tentei fingir que não havia nada errado. Precisava de tempo para pensar em qual seria meu próximo passo. Quando Hunter me perguntou por que eu parecia tão exausta, menti e disse que era por causa do estresse de organizar os figurinos para o Baile de Inverno de Alixe, que aconteceria dentro de poucos dias. Nesse meio tempo, me torturei a noite toda, refletindo de maneira obsessiva e temendo o inevitável confronto com Hunter. Era estranho, mas ele parecia mais afetuoso do que nunca, o que quase tornava tudo aquilo ainda mais doloroso. O fato é que eu realmente o amava.

— Não entendo porque ele está sendo tão atencioso. Quando cheguei em casa ontem à noite, ele viu que eu estava com frio e fez chá de gengibre para mim. Por que ele faria isso se estivesse saindo com a Sophia? Amo o Hunter. Eu o adoro de verdade — falei, desesperançosa.

— Não se deixe enganar — avisou Lauren, com severidade. — Os maridos são sempre mais atenciosos e fofos quando estão tramando alguma coisa.

— Que tal você me levar ao advogado que cuidou do seu divórcio? — sugeri.

— Ainda não. Não é hora de você falar com advogados. Você devia estar discutindo as coisas com seu marido — disse Lauren, mudando o rumo da conversa.

— Mas...

— Divórcio não é essa coisa toda que dizem por aí — Lauren me interrompeu. — É superestimado. E quem sabe? Talvez a Marci tenha cometido um erro.

— Mas Lauren, você parece tão... Bom, você se diverte. Eu estou péssima. Eu só quero voltar a me divertir.

— Será que não é melhor você ouvir a versão do Hunter antes? Acho que chegou a hora de confrontá-lo. Faça isso esta noite — insistiu Lauren. — *De vez em quando*, os maridos admitem a verdade.

⁂

Vou arruinar a noite, pensei com sensação de culpa ao chegar em casa após a pedicure. Hunter havia feito reservas para o show de Eartha Kitt no Café Carlyle semanas antes. Quando ele sugeriu o programa, me pareceu que a noite seria bem romântica. Combinei de encontrá-lo lá, às oito horas. Enquanto me vestia, num sombrio vestido curto de veludo preto que combinava com meu estado de espírito, me perguntei se não poderia adiar dizer a ele o que Marci me contara: entre todas as noites, por que tinha que fazer isso logo hoje? Ou seria melhor tirar essa história a limpo de uma vez por todas? Eu não podia continuar a fingir que não havia nada de errado só porque havíamos planejado esse ou aquele programa. Enquanto me dirigia ao Upper East Side de táxi, tentei me fortalecer para o que estava por vir: a noite seria um inferno, mas se eu protelasse a conversa, estaria apenas adiando o inferno e tornando as coisas ainda piores.

Quando cheguei ao Carlyle, Hunter já estava sentado à nossa mesa. Uma taça de champanhe me aguardava, e a virei em exatos três segundos. Por mais melancólica que estivesse, não podia deixar de notar como o ambiente ali era agradável: pomposo, porém aconchegante, um alívio bem-vindo para o clima gelado de janeiro.

— Você está bem, querida? — perguntou Hunter, percebendo meu ânimo de imediato.

— Na verdade, não estou... me sentindo tão bem assim — respondi, olhando para baixo. Era para fazer isso agora, pensei? Ou devíamos pedir nossos pratos antes? Ai meu Deus, ai meu Deus.

— Acho que posso te deixar mais animada...

— Acho que não — interrompi, triste. Inspirei o ar longamente e comecei: — Hunter...

Naquele instante, Hunter colocou uma caixinha de camurça púrpura no meu prato. As palavras "S. J. Phillips" escritas em ouro estampavam a tampa. Simplesmente fitei a caixa, perplexa. O que significava aquilo?

— Você não quer abrir, querida? — sugeriu Hunter. Ele estava com um enorme sorriso nos lábios.

Com cuidado, levantei a tampa da caixa. Ali, sobre uma camada inflada de cetim azul claro, estava o pingente do croqui. Era espetacular: a ametista reluzia de modo magnífico, como se fosse iluminada de dentro para fora, e os diamantes que a entrelaçavam cintilavam como uma galáxia de estrelas tremeluzentes. Era um presente mega romântico. Mas...

aquele era o mesmo pingente que eu tinha visto em Sophia? Não era possível! Mas então, por que Hunter não me deu a joia no Natal? Será que devo dizer alguma coisa a ele agora ou não? Talvez Marci *tivesse* cometido um erro... ou... ai, meu Deus. Eu não sabia o que fazer.

— Você não gostou? — indagou Hunter, aparentando preocupação.

— Ah, sim, é... maravilhoso — respondi. — Totalmente perfeito.

— Minha intenção era te dar no Natal, mas o gancho apresentou um defeitinho. Tiveram que refazê-lo.

Era verdade? Sophia usara o pingente antes de mim? Estava atarantada.

— Você não vai colocar para ver como fica?

Tirei o colar da caixinha e o coloquei em volta do pescoço. Virei o rosto e me olhei no espelho que havia atrás de mim. A ametista ficava pendurada exatamente no lugar certo, logo abaixo da minha clavícula. Resplandecia e cintilava de forma muito encantadora. Seria ótimo para usar no baile de Alixe Carter.

— Hunter, é lindo, mas...

— ... *grrrrrrr!* — ronronou Eartha Kitt, ao iniciar a apresentação.

De repente, Hunter se levantou, se aproximou e sentou-se na banqueta ao meu lado. Pôs o braço em volta de mim e me beijou com ternura. Não era hora de começar a acusá-lo de todas as espécies de loucuras. Talvez fosse melhor adiar, só por aquela noite.

⁂

Quando contei a Lauren e Marci o que havia acontecido, elas ficaram tão intrigadas quanto eu. Estávamos tomando café-da-manhã, no dia seguinte, numa discreta mesa de canto do Jack's, na rua 10 Oeste.

— Mas eu vi a Sophia ontem à noite, na casa da Alixe. *Ela* estava usando o pingente — disse Marci.

— Ã-Ã. — Estremeci, incapaz de esconder minha preocupação. — É impossível. Olha aqui — acrescentei, exibindo o pingente, que ainda estava em volta do meu pescoço.

— É idêntico ao que ela estava usando — declarou Marci. — É mega bizarro! Estranho.

— Marci, você tem que descobrir o que está acontecendo — ordenou Lauren. — Liga pra Sophia, *agora*.

Marci levantou-se da mesa e foi até um canto isolado. Lauren e eu observamos com ansiedade enquanto ela teclava. Alguns segundos depois, Marci balbuciou "é ela!" e passou os cinco minutos seguintes sussurrando ao telefone. Eu estava tão nervosa que sentia uma dor de cabeça excruciante que começava em cima do olho esquerdo.

Por fim, desligou o telefone e voltou para a mesa. Parecia perturbada.

— O que ela falou? Anda logo — insistiu Lauren, mandona.

— Bom... Pelo que eu entendi... — Marci aparentava confusão. Colocou a mão na testa e pressionou com tanta força que parecia estar resolvendo uma complicadíssima equação algébrica. Finalmente, prosseguiu: — O.k., é isso que eu acho que aconteceu: eu disse para a Sophia que amei o colar que ela estava usando ontem à noite. Então, perguntei de onde ele era. Bom, ela só respondeu: "*Ele* me deu". Eu acho. Sim. Foi isso que ela falou, ou...

— Anda logo com isso — ralhou Lauren.

— Não me deixe estressada. Estou tentando contar a história direitinho — retrucou Marci, ansiosa.

Tomei fôlego e segurei a respiração, apavorada.

— Daí, eu disse pra Sophia: "*Ele* deu o mesmo colar para a esposa". Então a Sophia falou que *Ele* teve que fazer isso depois que a esposa dele a viu usando o colar em Megève. Ela acha que você não faz nem ideia, Sylvie, e disse que está com pena de você. Bem, ela me fez prometer que não ia falar nada, mas disse que o colar foi feito especialmente para ela. Sempre foi.

— Não acredito — sussurrei. — Como você pode ter certeza?

Marci estava fria.

— Porque, querida, a Sophia comprou o colar junto com ele. Eles foram juntos a alguma joalheria... na Itália, ou, não... em Londres! É isso! Alguma joalheria em Londres onde a rainha gosta...

— Esquece a rainha! Que mais? — exigiu Lauren.

— Ela diz que ele vai deixar você e ficar com ela. E acha que as pessoas já estão comentando. Falou que o Hunter é apaixonado por ela desde o colegial e que é difícil pra você competir, pois você só o conhece há dois meses... Ou ela falou seis meses?

Marci hesitou, como se tivesse perdido o fio da meada. Depois continuou:

— Ou alguma coisa nesse estilo. Não me lembro com as palavras *exatas tudo* o que ela falou. Eu sinto muitíssimo, Sylvie. Não sei como vou conseguir minha roupa da Jet Set de volta, porque nunca mais vou falar com a Sophia.

Me senti muito, muito mal. Lauren perguntou:

— Ela disse mais alguma coisa?

— Ela perguntou se já tinha visto uma nota que saiu na Page Six sobre ela e o Hunter, sem citar o nome dos dois.

Lauren ficou em silêncio. Eu estava em estado de choque. De súbito, Marci pegou um exemplar abandonado do *New York Post* numa mesa ao lado. Abriu na coluna e todas nos amontoamos em volta da página. Sob a manchete em letras pequenas "Que marido...?", as palavras: "... gosta de dar à esposa e às namoradas as mesmas joias caras?".

— *Namorada-s*! — soltei. — Há mais de uma? Ai, meu Deus.

— Sylvie, *você* tem que dar o fora nele logo — recomendou Lauren. — Não permita que ele te deixe antes. Para a autoestima, é melhor abandonar do que se abandonada.

— Concordo — disse Marci. — Me senti muito bem quando expulsei o Christopher de casa. *Muito* bem. Olha só como eu estou feliz agora.

— Marci, para com isso — disse Lauren. — A verdade é que temos que levar a Sylvie para um hotel. Você não deve nem falar nem ver o Hunter por, pelo menos, uma semana. Planeje a sua saída. Só o veja quando não estiver mais tão emotiva. Aí então você pode começar a pensar no divórcio.

Tudo o que eu conseguia fazer era murmurar, concordando, os olhos cheios de lágrimas.

— Ai, meu Deus — disse Lauren com preocupação. — Você está tão pálida. Está da mesma cor que a tinta de cal que todo mundo está comprando em Londres. Sua cor *briga* completamente com a das paredes. Uma coisa que você tem que fazer quando for abandonar seu marido: tomar um coquetel ilegal de vitaminas com o dr. Bo Morgan. Sabe a onda que dá quando você está comprando um casaco de pele novo? É bem melhor que isso. E faz a sua pele ficar igual à da Sophie Dahl. Vou ligar para ele *agora* — ela acrescentou, abrindo o celular e discando.

A Suíte Pucci do St. Regis Hotel, na rua 55 Leste, não tem o esquema de cores ideal para uma garota transparente de tanta tristeza. O lugar foi feito para italianos bronzeados, felizes e ricos abaixo dos 25 anos de idade, como aquelas lindas irmãs Brandolini que vemos em tudo quanto é canto. As paredes da sala de estar, cuja vista era a Quinta Avenida, são estofadas com a famosa seda rosa-choque da Venus. Nem mesmo outro Klonopin de Marci me fez dormir na noite anterior. Esqueça a Noiva Cadáver; naquela manhã eu estava mais pálida que a figura no cartaz do filme *O grito*.

Não tinha sido difícil, sob o aspecto logístico, sair do apartamento na noite anterior, com uma pequena mala, antes que Hunter chegasse em casa. Sob o ponto de vista emocional, porém, foi devastador. Enquanto escapuli passando pelo porteiro, na esperança de que ele não notasse minha mala cheia e meu rosto inchado pelo choro, tive a sensação de que tinha adquirido uma doença da qual nunca iria me recuperar. À medida que a noite passava, havia mais e mais mensagens de Hunter no meu celular, perguntando onde eu estava, porém, não liguei de volta. Senti uma culpa terrível, mas Lauren estava certa. Não podia falar com ele até que tivesse entendido tudo e me acalmado. Mas como, eu pensava enquanto desfazia minha maleta na suíte, poderia me acalmar diante de tudo aquilo? Será que alguém é *capaz* de se acalmar depois de uma coisa como aquela? Como eu poderia apagar a imagem de Sophia com o colar de minha mente? Como pude ter me enganado tanto em relação ao Hunter? A Phoebe não tinha dito uma vez que ele era bastante mulherengo? A única coisa que me fez sobreviver àquela noite foi assistir à *E! True Hollywood Story: The Barbi Twins*. Os programas da madrugada sempre nos fazem sentir melhor: eu estava prestes a me divorciar, mas ao menos não era uma atriz pornô bulímica, lembrei a mim mesma, tentando me sentir grata.

— Acho que tô com febre — disse a Lauren. Eu estava estirada no sofá da sala, estofado em linho verde-limão. Sentia-me levemente delirante. Meu corpo parecia pulsar de inflamação emocional. Estava tão furiosa quanto arrasada. — O que que eu vou fazer?

— Você vai tomar o café-da-manhã, depois o Bo virá aqui te dar a injeção e depois você vai para o escritório, como sempre — replicou Lauren, discando o número do serviço de quarto. — Dois pratos de ovos mexidos e salada de frutas, por favor... Não, *com* gema... E torrada no *porta-torradas*... Obrigada. — Ela se aproximou e me olhou de cima. — Achar porta-torradas de prata em hotel é mais difícil que encontrar um democrata no Texas.

— Acho que vou ligar para o Hunter — eu disse. — Ele vai pirar de tanta preocupação.

— De jeito nenhum. Vou colocar um advogado de prontidão — insistiu Lauren.

— Não é uma boa ideia eu esclarecer melhor as coisas?

Lauren ignorou minha pergunta e disse, simplesmente:

— Você tem que se levantar e se arrumar para ir ao trabalho.

— Não posso ir ao trabalho — objetei. Estava exausta demais para ir ao ateliê.

— Sylvie, uma penca de mulheres vai ao ateliê hoje para fazer as provas de roupa para o baile da Alixe. Você tem que estar lá. Em especial para a *minha* prova.

Lauren tinha razão. A iminente festa de Alixe, por si só, havia virado um projeto de moda. E também tinha que cuidar dos visuais para a pré-estreia do filme de Nina. A pré-estreia de *A loura fatal* seria naquela noite, e embora Nina já tivesse quatro vestidos, com certeza ela iria pedir algo completamente diferente em cima da hora.

— Não posso. O Thack vai ter que lidar com isso sozinho. Você tem mais comprimidos de Klonopin?

— Espera! — soltou Lauren, empolgada. — Tive uma grande ideia. Traga o Thack para cá, faça as provas aqui. Tipo, essa é a suíte mais linda de Nova York. Todo mundo vai achar o Thack *super* glamouroso... — Lauren me entregou um copo d'água e dois comprimidos.

— Anda, toma isso.

※❦❀❦※

— Que coisa! — disse Marci. — Amei. Estou me sentindo *très* C. Z. Guest. — Ela usava um vestido reto todo feito de renda limão claro que caía numa gigantesca cauda bufante. Ficava admirando o próprio reflexo no espelho *art déco* preso em cima da lareira, enquanto eu marcava a bainha com alfinetes. — Estou parecendo *tão*... Palm Beach, no bom sentido. — Então ela abaixou a voz e sussurrou: — Você está legal, Sylvie?

Fiz que não com a cabeça e continuei o trabalho.

— A Lauren me fez tomar uma injeção intravenosa hoje de manhã. Senti meu sangue ferver — eu disse.

O supracitado dr. Bo Morgan havia aparecido às nove da manhã, vestido que nem uma estrela do rock num jeans Paper Denim & Cloth e uma camiseta branca tão engomada que chegava a faiscar quando ele se mexia. De uma maleta Goyard, ele tirou a injeção e uma garrafa com um líquido marrom rotulada Pirateum. Enquanto o líquido penetrava nas minhas veias, ele me contou tudo a respeito de suas clientes top models. Não era nada parecido com um médico. Quando lhe disse que ele parecia ser muito jovem, ele sorriu e disse:

— Sigo meus próprios conselhos.

— Bo! Adoro o Bo! — disse Marci. — Ele disse que seu sistema imunológico explodiu?

— Sim, ele disse que meu sistema supra-renal está em marcha acelerada, mas eu sei por que estou tão acabada. Estou mega furiosa com tudo. A Lauren nem me deixa ligar para o meu marido — reclamei.

— Ela está certa. Ele precisa saber o que ele perdeu...

— Esse aqui é *dramático* o suficiente para mim? — interrompeu Tinsley. Ela flutuava em nossa direção num vestido de baile vermelho com franjas em abundância caindo sobre os ombros. — Como as pessoas vão ficar sabendo que decidi virar atriz? Estou parecendo uma dançarina de flamenco.

— Todas as atrizes se vestem para ficar parecidas com dançarinas de flamenco, então isso não é problema — disse Marci, com desprezo.

— Meus pulsos parecem... *gordos* nessa... *coisa*. — Salome estava na porta do banheiro, num vestido de cetim prateado com mangas longas e volumosas e laços de gorgorão preto amarrados no punho. — Urgh... Estou *um nojo* — acrescentou.

— Não dá pra engordar nos pulsos — ironizou Tinsley, empurrando Marci para que pudesse se ver melhor no espelho. — Você está ótima. Agora, Sylvie, e quanto a mim...

— Sylvie, quero aquele vestido que eu tinha reservado antes. O de cetim preto — declarou Salome.

Meu Deus! O vestido estava com Nina em L.A. Leve em conta que a pré-estreia era naquela noite, numa quarta-feira, e a festa de Alixe era na sexta-feira. Poderia conseguir o vestido de volta facilmente antes da festa.

— Ele não está aqui... Foi para uma sessão de fotos — menti.

— Ah, o.k. então — disse Salome, irritada. Ela entrou no quarto, onde Thack trabalhava no vestido de Alixe, que havia exigido privacidade total.

— O que vocês todas estão fazendo aí? — perguntou Tinsley, desconfiada. Ela seguiu Salome até o quarto, Marci foi atrás dela, e eu finalmente fiquei sozinha.

Deixei o vestido no qual estava trabalhando cair no chão e fiquei olhando com indiferença para fora da janela. Tudo aquilo parecia tão superficial e sem importância. Quem ligava para vestidos de festa idiotas e se Salome tinha ou não engordado 15 gramas nos pulsos? Como eu iria sobreviver a essa loucura sem meu marido? Enxuguei uma lágrima do rosto. Só tinha que aguentar as horas seguintes. Às vezes, nem mesmo a injeção ilegal de vitaminas mais exclusiva do mundo é capaz de te fazer sorrir.

— OLÁ!!! MISCHA! BARTON! Vocês! Estão! ES-TOOON-TE-AN-TES! Esta noite! — gritou Nancy O'Dell, do *Access Hollywood*, com a estrondosa voz de festa de premiação necessária para as noites de tapete vermelho. Soava como se tivesse um alto-falante instalado no pescoço.

Assistia ao programa na suíte do hotel. Thack estava tão empolgado com a aparição de Nina vestindo uma roupa da sua grife que organizou uma exibição no começo da noite, no ateliê, para a equipe e os amigos. Desolada, resolvi assistir sozinha. Hunter tinha mandado mais mensagens naquele dia, mas Lauren e Marci haviam me convencido de que ligar para ele àquela altura seria uma insensatez. Talvez eu devesse pedir a Marci que avisasse a ele que eu estava bem, pensei. Odiava a ideia de que Hunter estivesse se preocupando comigo. Isso fazia com que me sentisse terrível. Porém, se Marci telefonasse, ela diria a Hunter onde eu estava. Ela não tinha nenhuma noção de como guardar um segredo. Isso era péssimo. Voltei a prestar atenção na TV: talvez o *Access Hollywood* me distraísse.

— SIMPLESMENTE ESTONTEANTE! — berrou Nancy, trajando um vestido azul coberto de strass branco. Ela estava idêntica a um dos candelabros do saguão do St. Regis. — Você pode nos dizer o que está *vestindo*!?!

— Chanel *couture* — replicou Mischa, com expressão de tédio.

— Chanel!!! *Cu-tuuur*!!! — repetiu Nancy. — IN! CRÍ! VEL! Você está linda!!! Percebi que a renda é de... Oh!!! Olha só quem estou vendo: Nina Chlore! Está chegando! — Agora Nancy parecia entediada com Mischa Barton. — ObrigadaMischaTchau... — soltou ela, naquele tom de voz de "tempo estourando" que os apresentadores de TV reservam para expulsar as celebridades de seus territórios.

Na tela, Nina flutuava em direção a Nancy numa nuvem de *chiffon*. Apesar de tudo, não deu para não me empolgar. De repente, fiquei grudada à tela, inspecionando cada mínimo detalhe do visual de Nina.

— Aqui está Nina Chlore!!! A estrela de *A loura fatal*... — Nancy dizia enquanto ela se aproximava. — Nina! Chlore! Você! É! Maravilhosa!

— Para! — disse Nina com doçura ao chegar ao palco do *Access Hollywood*. — *Você* é maravilhosa, Nancy. Como vai *você*?

— Estou ótima! De quem é esse... vestido *mágico*, Nina?

— O estilista fez especialmente para mim. — Nina sorriu.

— Que maravilha!!! — gritou Nancy, por cima dos berros clamando por Nina, atrás dela.

— É Versace — disse Nina. — Não há ninguém que eu ame mais do que a Donatella.

Não conseguia acreditar. Thack ficaria arrasado. E eu não estava em condições de animá-lo. Naquele instante, meu telefone começou a tocar. Olhei para o visor. Era Alixe. Resolvi não atender a ligação. A última coisa que eu queria naquele momento era uma mudança de vestido antes de sexta-feira. Logo depois, a ligação caiu na caixa postal.

Alguns instantes mais tarde, o telefone começou a tocar de novo. Era óbvio que Alixe estava desesperada para falar comigo.

Atendi. Alixe parecia estar com o nariz entupido, como se estivesse gripada.

— Tudo bem com o vestido? — indaguei.

— Amei o ve-ve-vestido — gaguejou Alixe. Meu Deus, será que ela estava chorando?

— Alixe, você está bem?

— Não sou eu. É o S-s-s-ugh-sanford. Ele morreu.

— Que horror.

Não sabia que Alixe era tão amiga dele. Ela parecia estar um caco.

— Nossa, eu sinto muitíssimo, Alixe. Você parece tão aflita — acrescentei.

— Eu es-es-estou! — bramiu. Parecia estar histérica. — É uma falta de *consi-si-deração!* M-m-morrer! Desse jeito! Dois dias antes do meu belo baile! Se ao menos ele tivesse morrido no sábado. Aí eu ainda poderia dar a festa. Agora todo mundo vai ter que ir ao maldito velório na sexta-feira — ela verteu lágrimas. O som de um porco aspirando lama estremeceu a linha. Alixe havia emitido uma longa e horrorosa fungada para limpar o nariz. Por fim, gloriosa, ela perguntou: — Agora, dá pra gente discutir meu traje? Para o velório?

19

Um Velório para Ver e Ser Visto

— Que lugar *maravilhoso* para se estar morto — sussurrou Lauren.

Um funeral glamouroso na Saint Thomas Church, o edifício gótico na esquina da Quinta Avenida com a rua 53, presidido por um pastor que, por acaso, é a cara do Orlando Bloom, é o suficiente para deixar até a garota mais fútil de Nova York com uma grande queda para a vida religiosa. Para começo de conversa, há uma Gucci logo em frente, então é conveniente, e, além disso, o funeral de Sanford (Charlie Rose/ Bloomberg/ Oprah) era mais cabeça do que as conferências de cúpula de Rupert Murdoch em Sun Valley.

Sanford Berman morreu de pura vaidade. Em um minuto ele estava no dentista, fazendo moldes para colocar uma nova coroa de ouro no molar inferior direito — artigo pelo qual ele tinha paixão estética — e, no minuto seguinte, engasgou e morreu.

Lauren havia me implorado para que eu a acompanhasse ao velório. A sensação de remorso — remorso por ter discutido com Sanford, remorso por não terem continuado amigos, remorso por ela não ter dito *au revoir*, remorso por não ter tido um caso com ele (em seu luto, Lauren até desejou que, apesar de tudo, tivesse dormido com o colchão d'água) — a atingiu com quase tanta potência quanto uma ressaca pós-Marquee Club. Ela estava com uma dor de cabeça tão forte na manhã do velório que ficou totalmente incapacitada de escolher entre o traje preto Chanel e o traje preto Dior, apesar do fato de não haver nenhuma diferença entre eles. Acabou usando o Dior e alfinetou um gigante broche de safira Verdura na altura do pescoço. Eu, nesse ínterim, estava tão traumatizada por estar (há três dias) sem falar com Hunter, que fiquei igualmente inepta naquela manhã. A única coisa capaz me arrancar do meu refúgio soturno era um velório. Tinha até prendido um véu preto ao meu cabelo, na esperança de que ninguém conseguisse ver o sofrimento em meu olhar. Como era inevitável, ambas chegamos à Saint Thomas tão atrasadas que não havia sobrado sequer o roteiro do culto.

Não é de se estranhar que Sanford quisesse que seu velório fosse ali, pensei, assim que entramos na igreja. O local é tão cavernoso que dava para colocar a Disneylândia ali dentro — e mais 600 amigos. Quando a gigante porta de carvalho fechou-se com um eco atrás de nós, o frenesi da Quinta Avenida foi substituído pelo silêncio confortante característico das igrejas.

— Aqui — chamou uma voz à nossa esquerda.

Marci, Salome e Alixe haviam guardado um lugar para nós duas no banco onde estavam sentadas. Apertamo-nos. Salome estava especialmente arrasadora naquele dia: terninho preto com saia de seda faille super elegante de Roland Mouret. Luvas pretas e um lencinho de renda preta completavam o visual. Marci usava um vestido com babados em camadas de crepe da China preto e Alixe trajava um dos paletós quadrados de Thack e uma saia curta, e tinha uma rosa preta presa à lapela. Elas pareciam três figurantes muito glamourosas de *O poderoso chefão*.

"Eu sou a ressurreição e a vida, disse o Senhor. Quem crê em mim, mesmo que morra, viverá..." começou o pastor, solene.

— Esse pastor pode me ressuscitar a hora que quiser — murmurou Marci, com as faces rosas-choque de rubor.

"E todo aquele que vive e crê em mim não morrerá jamais..."
— Você acha que pastores têm permissão para namorar? — perguntou Marci, em voz baixa.
— Achei que você estivesse voltando com o Christopher — sussurrei.
— Estou! — disse Marci, ofendida. — Estamos em processo de negociação, eu já te falei.
— Ah — soltei. — Que notícia boa.
O pastor prosseguiu.
"Porque nada trouxemos para este mundo e é certo..." (ele fez uma pausa, observando a congregação para ter certeza de que todos estavam prestando muita atenção a este trecho que, para eles, era relevante) "E eu repito, é *certo* que nada podemos daqui levar."
— É uma pena que ninguém diga esse tipo de coisa *antes* que você morra — comentou Alixe. — É um *ótimo* conselho. O que eu vou fazer com todas as coisas que compro quando eu bater as botas?
— Oremos — ordenou o pastor.
A congregação se ajoelhou em união, e o silêncio pairou sobre nós. De repente, ouvi a porta da igreja se abrir atrás da gente, com um rangido. Quem poderia estar tão atrasado? Virei-me para olhar. Vestindo um longo de chiffon preto ondulante, surgiu Sophia. Senti meu intestino revirar, literalmente, ao vê-la. Cutuquei Lauren no ombro, e ambas seguimos Sophia com os olhos. Ela atravessou a nave em silêncio, o vestido flutuando com romantismo. Acho que todo mundo na congregação olhou para a figura.
— Isso aqui *não é* o casamento dela — disse Lauren, com desaprovação. — Que inadequado. — Ela suspirou, exasperada, e curvou a cabeça para voltar a orar.
Eu, por outro lado, não tive como não observar enquanto Sophia caminhava com audácia até um banco bem na frente. Todo mundo foi forçado a se espremer rápido para que ela pudesse se sentar. Meu Deus, que egoísta! Ela sentou-se ao lado de um homem que, olhando de trás, me parecia um tanto familiar, mas eu estava distante demais para ver

quem era realmente. Ele se reclinou para falar com Sophia. Talvez eu conseguisse ver quem era. NÃO! Aquele era o...

— Lauren. — Dei uma cotovelada. — Aquele é o... *Giles*?

A cabeça de Lauren pulou pra fora. Ela fitou o homem em questão, petrificada.

— O que ele está fazendo... no banco da família... e... aquela é a *Sophia* sussurrando para ele? — disse com irritação.

" ... Amém" disse o pastor. — Agora vamos prosseguir com nossa primeira leitura, o salmo lido por Giles Monterey.

— O *quê*? — arfou Lauren, enquanto Giles abria caminho, silenciosamente, até o púlpito.

— Que qué isso! O enteado gato. Até que enfim o conhecemos! — Riu Salome. — Meu deus, ele é *linnndooo*.

— Salome, você disse que esse é o *enteado* do Sanford? — indagou Lauren, estupefata. — Você tem *certeza*?

— A mãe dele, Isabel Clarke Monterey, trabalhou como modelo em Londres na mesma época que minha mãe, nos anos 70. Eu costumava brincar com ele quando tínhamos três anos. Até naquela época ele já era um gato — explicou Salome. — Foi um escândalo estrondoso. Minha mãe diz que o Giles nunca perdoou Sanford por acabar com o casamento da mãe dele e deixá-la dois anos depois. Acho que ele está aqui junto com a mãe. Olha, ali está ela.

Salome apontou para uma mulher sentada no mesmo banco que Giles. Quando ficou de perfil, vi o quanto ela era bonita, embora parecesse frágil. Enquanto isso, Lauren havia empalidecido, como se seu sangue tivesse sido drenado do corpo. Era óbvio que ela estava loucamente apaixonada. Não tirava os olhos de Giles, enquanto ele lia:

"O Senhor é o meu pastor e nada me faltará."

Ele hesitou e observou a congregação, como se estivesse procurando alguém.

"Deitar-me faz em verdes pastos..."

Ele hesitou de novo, e pareceu captar o olhar de Lauren. Por um instante, os dois pareciam perdidos nos olhos um do outro.

Divorciada Debutante

"Guia-me mansamente a águas transparentes..."
tttttTUUUM!
Lauren desmaiou.
— É — suspirou Salome, sem compaixão, ao ver Lauren desmaiada no banco. — Ele também tinha esse efeito sobre as meninas do jardim de infância.

❧❀☙

— Isso aqui é *tão* 1987... adoro — declarou Salome, ao entrar no Swifty's.
— No mínimo, é certo que vamos ver a Ivana Trump. Aquele ali é o Bill Clinton?
O Swifty's, na Lexington com a 72, não é lugar óbvio para um velório. Porém, Sanford Berman almoçava ali três vezes por semana, e decretara em seu testamento que seu corpo deveria ser velado ali, principalmente por achar que o caviar do restaurante iria animar o espírito de luto.
Enquanto Lauren se recuperava no banheiro do desmaio-amoroso, Marci, Alixe, Salome e eu prometemos observar o Homem que Não Está no Google e Sophia D'Arlan em nome de Lauren. Ela estava segura de que Sophia andava atirando para o lado de Giles. O problema é que nenhuma de nós conseguia ver nenhum dos dois. O restaurante estava tão apinhado que era impossível saber o paradeiro de qualquer pessoa.
— Isso é *quase* melhor que meu baile de Réveillon — Alixe bufou de raiva, ao examinar a multidão. — Se não fosse um velório, estaria me divertindo pra caramba. Olha, aquela ali é Margarita Missoni. — Ela olhou para uma garota esbelta trajando um vestido de tricô preto que ia até o chão, com folhas prateadas adornando a bainha. Estava cercada de coroas. — Estou desesperada para fazê-la experimentar o banho de espuma Arancia. Vocês acham que é pecado fazer contatos profissionais num velório? — Alixe não esperou a resposta. Foi logo atrás da garota.
— Meninas! Ela está ali! — disse Salome, de súbito. Ela apontou discretamente em direção a um cubículo no canto oposto do salão, onde viam-se as silhuetas de Sophia D'Arlan e Giles. — Eles estão... *batendo papo*.

— Ela parecia ressentida. — É mega *ultrajante*. Flertar ao lado de um túmulo é imperdoável.

— A Sophia está usando... Lantejoulas com aquele chiffon? — indagou Marci, com leve desdém. Ela estendeu o pescoço para ter uma visão melhor do traje de Sophia. — Essa é uma mulher cujo único interesse é perpetuar o *mito* de que usa Valentino.

Era óbvio que, a esta altura, Marci detestava Sophia. Enquanto isso, eu observava a cena, pensativa. O que Sophia estava tramando, flertando com Giles daquela forma, ao mesmo tempo em que planejava fugir com meu marido? A garota era inacreditável.

— O.k., eu vou lá acabar com isso — bradou Salome, marchando em direção a Giles e Sophia. Ela estava com um sorriso enorme no rosto, como se estivesse se divertindo até não poder mais.

— Vamos nos sentar um minutinho? — sugeriu Marci, de repente com uma expressão séria. — Preciso conversar contigo.

Aventuramo-nos para fora do salão principal e vagamos por um corredor lateral. Havia duas poltroninhas convidativas no fundo, e seguimos direto na direção delas.

— Arghh! — suspirou Marci, desmoronando numa das poltronas.

Marci esperou que eu me sentasse e disse:

— Escuta, ouvi uma coisa que pode te interessar. Hunter e Sophia vão se encontrar amanhã, no MoMA.

— Vão? — sussurrei. — Tem *certeza*?

Ela assentiu.

— Eu sinto muitíssimo, Sylvie. Ouvi ontem, por acaso. Parece que a Sophia estava tomando chá no The Mark com a Phoebe quando, de repente, recebeu uma ligação. Contaram-me que ela planejou um rendez-vous sexy com um homem casado. Ela escolheu o lugar mais romântico do museu: vai encontrá-lo às seis em frente ao Monet, no mezanino.

20

Loucura no MoMA

Naquela tarde — devia ser umas quatro horas — Hunter enfim conseguiu falar comigo ao telefone. Eu não ia atender o celular e, quando ouvi a voz de Hunter, fiquei tão tensa que senti calafrios.

— Querida, pelo amor de Deus, onde você está? Eu estou enlouquecendo — disse Hunter.

Mal podia crer que Hunter finalmente tinha conseguido falar comigo. Meus amigos haviam jurado manter segredo sobre onde eu estava, e eu mal havia ligado meu celular nos dias anteriores. Mas uma partezinha de mim estava secretamente aliviada por meu marido ter me procurado.

— Longe de você! — berrei.

— Qual é o problema, Sylvie?

— Você sabe muito bem qual é o problema! — eu disse. — A Sophia...

— Do que você está falando? — perguntou Hunter.

Fiz uma pausa antes de começar. Como eu iria dizer aquilo? Por fim, respirei fundo e disse, com raiva:

— A Marci me contou que todo mundo já está sabendo que você e a Sophia estão tendo um caso.

Silêncio sepulcral.

— O quê?!?

— A verdade é que você *estava* com a Sophia em Londres naquele fim de semana. Você foi com ela àquela joalheria. Ela contou isso pra Marci, e parece que contou também pra meia Nova York. E então eu a vi em Megève usando meu colar. Não dá para acreditar em você!

— Eu nunca dei aquele colar à Sophia. Eu posso explicar...

— E ela ainda está usando. — Minha voz se elevava à medida que meu nível de angústia aumentava. — Chega de "explicações". Eu sei bem o que você está tramando. Você vem mentindo pra mim há meses...

— Querida, não é o que você está pensando...

— Só me deixe em paz, Hunter. Não quero mais. — Sentia minhas palavras vindo cada vez mais rápido, como se talvez não fosse dar tempo de falar tudo. — Eu nunca fui tão infeliz. Quero o divórcio. Eu prefiro ser a que abandona do que ser abandonada — finalizei, ecoando as palavras de Lauren.

— Ser o quê?

— A que *abandona*! — gritei com ele, e desliguei o telefone num furor de tristeza e melancolia.

Fitei o telefone em minha mão. Agora eu estava cheia de dúvidas. Hunter soou verdadeiramente chocado. Nem um pouco culpado. Mas sem dúvida homens culpados cultivam tons de voz não-culpados, disse a mim mesma. Além disso, Lauren havia dito algo horripilante sobre os homens serem mais carinhosos com as esposas quando estão... sendo mega malignos. Tinha de ver com meus próprios olhos.

Dá para imaginar meu estado quando cheguei ao MoMA às dez para as seis e me deparei com uma fila interminável que seguia por toda a rua 53 até a altura da Sexta Avenida. Centenas de ávidos apaixonados por arte esperavam pacientemente — não, *alegremente* — para verem o interior de

Divorciada Debutante

uma grande caixa de vidro. Naquele instante, um ônibus despejou uma boa carga de turistas franceses. Olhei em meu relógio: 17h55.

— Qual é a previsão para esta fila? — perguntei a um guarda, ainda esperançosa.

— Quarenta e cinco minutos — ele replicou, igual a um robô.

— Mas... — *Tenho que flagrar meu marido me traindo daqui a cinco minutos*, eu tinha vontade de dizer. Meu Deus, que deprimente.

— Posso comprar o ingresso em algum outro lugar? — indaguei.

Fazia um frio assassino. Minhas mãos estavam lentamente ficando num tom medonho de lilás. Sem as luzes de Natal, com um frio de congelar até a alma, e inundada de neve semiderretida — a cidade de Nova York em janeiro é pra lá de cruel. Em especial quando seu marido está livre, leve e solto com uma Caçadora de Maridos doidinha da silva.

— Pode sim. Internet — retrucou o guarda.

Nossa, isso é que era ajuda! Olhei para o guarda, desamparada.

— Ou pela Ticketmaster. 212-555-6000.

— Obrigada — eu disse com gratidão.

Obrigada, meu Deus. Ia ligar para a Ticketmaster e agendar para as 18 horas: dali a dois minutos. Disquei o número em meu celular. Como era de se esperar, minha ligação foi atendida por um computador. Argh.

— Bem-vindo a Ticketmaster. Por favor. Ouça. Atenciosamente. As opções. Do menu. Mudaram...

Que lerdeza! Impaciente, apertei o zero. Talvez isso me levasse direto a um atendente.

— Desculpa. Opção. Inválida. Bem-vindo ao Ticketmaster...

Dessa vez, ouvi, e apertei o 5 para a compra de ingressos.

— Olá. Qual é o show? — perguntou uma voz. Obaaa! Uma pessoa.

— MoMA — falei rápido.

— É um show da Broadway?

Ai, meu Deus!

— Museu de Arte Moderna — respondi, tentando não ficar histérica. Quer dizer, aquela pessoa do outro lado da linha, que recebia um salário mínimo, não tinha culpa por eu estar atrasada para uma sessão de espionagem da amante do meu marido.

— Por favor, ligue para o número dedicado às reservas para o MoMA, 212-555-7800.

Olhei para meu relógio. Já passava das seis. Perdi. Ainda assim, desanimada, comecei a discar o número novo. Enquanto o fazia, senti um tapinha no ombro. Virei-me rapidamente: era Marci.

— Não vou conseguir entrar a tempo — choraminguei.

Marci, com uma expressão estranhamente macabra, exibiu um cartão que dizia "MEMBRO: MoMA" diante de mim. Ela segurou minha mão e me levou direto para o interior do museu.

— Achei que você precisaria de apoio moral — disparou ela.

O MoMA sempre me lembra um pote de vidro gigante cheio de moscas zumbindo em volta. As obras de arte parecem bombons gigantes suspensos no ar por cordas invisíveis, e os visitantes são reduzidos a pontinhos pretos atropelando-se *en masse* do de Kooning ao Warhol passando pelo LeWitt. Onde, meu Deus, onde estava aquele espaço pacífico e quase zen sobre o qual eu tinha lido matérias no *New York Times*? Aquele lugar mais parecia o Times Square.

— Marci, já são seis e dez — eu alertei, olhando à minha volta com ansiedade.

Estávamos no enorme átrio branco que se estende da rua 53 até o quarteirão da 54. Seguindo em frente, havia uma escada gigantesca que levava ao mezanino e que, agora, polemicamente, segundo aquelas pessoas que se interessam por polêmicas artísticas, abriga o imenso painel de ninfeias de Monet. Uma enorme sacada de vidro permite que as pessoas que estão no andar de baixo vejam a multidão lá em cima, além, é claro, do helicóptero de plástico verde gigantesco pendurado acima da escadaria.

— A Sophia nunca é pontual. Faz parte do fascínio que enfeitiça os homens.

Em seguida, Marci se embrenhou em meio à multidão que se movia como onda pela escadaria que levava ao mezanino. Eu a segui num estado de expectativa entorpecida: tudo que havia adiante era terror abominável. Dessa vez, me sentia aliviada por estar invisível, oculta pela massa de turistas e bando de estudantes: nunca mais queria que alguém me notasse. O que poderia ser mais vergonhoso do que um marido traidor? Daquele momento em diante, pensei, eu me esconderia: viveria à margem da vida, como os turistas e os forasteiros ao meu redor. Sem dúvida, passaria o resto de minha existência com um péssimo humor.

Segui Marci até o mezanino, onde fomos confrontadas por um enorme alfinete de aço no centro do salão. Como duas colegiais em fuga, nos escondemos atrás dele. Dali, víamos o Monet e os austeros bancos de couro preto posicionados diante dele.

— Ali ela — sussurrou Marci. — Sozinha. Estranho.

Sophia estava sentada de costas para nós, mas não havia como confundi-la. Quem mas vestiria uma jaqueta de lantejoulas douradas às seis da tarde numa galeria de arte pública?

— Mas que coisa esquisita — comentou Marci. — São seis e quinze. Não! Espera! Ela está atendendo o celular...

De fato, Sophia estava no telefone. Ela se levantou e começou a andar bem na direção do alfinete de aço. Ai, meu Deus. Ela parou exatamente do outro lado da obra de arte. Decifrávamos alguns trechos da conversa.

— Sim, querido... Eu a vi no velório, coitadinha... Sim, três minutos... No jardim das esculturas? Lá fora está um frio terrível. Você sabe que eu não suporto aqueles triângulos azuis enormes... Prefiro encontrar contigo no Matthew Barney...

Em seguida, ela fechou o telefone, desligando-o, virou-se sobre os saltos e se afastou de nós, dirigindo-se à galeria de arte contemporânea.

— Não sei se consigo ir em frente — disse para Marci. Ouvir Sophia se referir a mim como "coitadinha" me deixou tão irada que meu único desejo era ir embora. Eu já sabia tudo que precisava saber, não é? Será que eu precisava mesmo passar por ainda mais agonia?

— Sylvie, você tem de levar isso a cabo. Vamos, a gente fica observando atrás do Dan Flavin. Vamos lá — disse ela, seguindo Sophia com bastante discrição.

Sophia escolhera a galeria mais popular do museu para o encontro amoroso secreto. A sala estava tão apinhada que mal conseguíamos vê-la. Escondidas de sua visão pela parede multicolorida de Dan Flavin, não havia como Sophia perceber nossa presença. Uma vez instaladas em segurança, espiamos pelo lado esquerdo. Sophia estava de pé, perscrutando a estranha instalação de Matthew Barney, *The Cabinet of Baby Fay La Foe 2000*, um caixão de acrílico contendo uma cartola e uma estranha mesa cirúrgica. Que lugar macabro para um encontro romântico.

— Cadê ele? — sussurrou Marci.

— Talvez... Talvez ele não venha — respondi, esperançosa.

De repente, Sophia acenou para o outro lado da sala. Ao fazê-lo, suas pulseiras de ouro emitiram um ruído sexy — e meus nervos emitiram um ruído de dor. Mal conseguia olhar. Mas olhei. Mal respirava de tanta angústia. Depois de alguns segundos, um homem ruivo, baixinho e levemente calvo foi ao encontro de Sophia. Marci respirou fundo.

— Ai, meu bom Deus! — berrou, quando Sophia e o ruivo se abraçaram e se beijaram de uma forma que geralmente não se vê em galerias, para dizer o mínimo.

Um sorriso se abriu em meu rosto: sentia que poderia durar para sempre. Sentia que era grande o suficiente para dar a volta ao mundo.

— Estou tão feliz! — soltei. — Esse aí *com certeza* não é o meu marido. Cometi o *melhor* erro do mundo.

Voltei-me para Marci. Ela estava branca como uma folha de papel.

— Que foi? — perguntei, subitamente sóbria. — Você conhece esse cara aí?

— E... — Marci não conseguia falar. Sua voz jovial havia se reduzido a um sussurro esbaforido. — É o *meu* marido.

— Aquele ali é o *Christopher*? — indaguei.

— Cometi o pior erro do mundo — choramingou Marci.

— Eu também — balbuciei. Que confusão!

Em seguida, Marci saiu correndo para o mezanino e seguiu em direção à escadaria. Fui atrás dela. Quando chegou ao topo da escada, ela parou embaixo do helicóptero gigante. Olhou para cima e fez o sinal da cruz duas vezes.

— Querido Deus, quando eu for pra casa hoje à noite e me suicidar — orou ela — por favor, *não* me ressuscite.

— Marci, se acalma, não faça nenhuma besteira — pedi, segurando seu braço.

— Vou matar esse pilantra. Qual era mesmo o nome do advogado da Ivana Trump?

21

O Marido que Some e...

Enquanto Marci *era* ressuscitada contra sua vontade por Salome, que tinha ido, como uma santa, buscá-la no MoMA, peguei um táxi e atravessei a Quinta Avenida a toda. Queria chegar ao apartamento o mais rápido possível: estava mega desesperada para ver Hunter e fazer as pazes. Por que eu tinha sido tão vil com ele? Por que não o deixei dar a sua versão da história? Como pude desconfiar dele! Que tola fui, eu me punia. Por que pensei que as coisas eram tão óbvias como pareciam? Sophia era sagaz demais para fazer o que *aparentava* estar fazendo. Ela havia me atormentado flertando com Hunter enquanto desviava minha atenção e a de Marci de sua verdadeira missão — conquistar Christopher. Talvez eu estivesse andando demais com as Divorciadas Debutantes e elas tivessem exercido uma má influência sobre mim. Elas eram paranoicas em relação aos homens, como seria previsível, e isso me tornou paranoica também. Com certeza, o comportamento de Sophia não era fruto de minha imaginação — ela *estava* se atirando para meu marido, fossem lá quais fossem as outras motivações dela — mas na mesma medida em que se atirava para todos os maridos inocentes de Nova York. Coitada da Marci. Que jogo perverso, o de Sophia.

O que iria dizer a Hunter, eu refletia freneticamente, enquanto o táxi atravessava a quadra da Quinta Avenida com a 23. Não conseguia crer que três horas antes eu estava pedindo o divórcio e agora não havia nada que eu quisesse menos. Estava errada a respeito de tudo, mas, por mais errado que alguém esteja, é horrível admiti-lo. "Desculpas" era um antídoto fraco para uma esposa que havia acusado o marido de cometer o supremo crime marital. Estava mega péssima, completamente envergonhada. Em pânico e angustiada, sentia meu pulmão arfar cada vez mais rápido: sentia que ia sufocar de vergonha e constrangimento.

Quando cheguei ao nº 1 da Quinta Avenida, paguei o motorista e corri em direção ao meu prédio. Àquela altura, uma chuva horizontal e gelada castigava, e quando entrei no edifício já estava ensopada e ofegante.

— O sr. Mortimer está em casa? — perguntei ao porteiro, Luccio, ao passar por ele.

— Tem uma hora que ele saiu para o aeroporto — respondeu. — Para onde ele vai?

Parei, inerte como uma pedra, no meio do saguão. Hunter tinha ido embora? Eu o afugentara com as acusações que fiz? Caso tivesse, nem sequer poderia culpá-lo.

— A senhora está bem? — indagou Luccio.

— Estou... Não... É só que...

Revirei a bolsa em busca do celular. Quando enfim o encontrei, liguei para o Hunter. Caiu direto na caixa postal. Deixei um recado frenético falando o quanto eu o amava e implorando para que me telefonasse. Em seguida, liguei para o escritório. Tinha esperança de que alguém ainda estivesse lá. Depois de tocar algumas vezes, um dos estagiários, Danny, atendeu.

— Cadê o Hunter? — perguntei. — Aqui é a esposa dele.

— Ah, ele foi viajar para... — Danny emudeceu. — Espera aí. Vou perguntar para alguém.

Escutei vozes ao fundo, depois ele voltou ao telefone.

— Nós não temos certeza de onde ele está agora. Ele foi embora há algumas horas. Falou que estava indo para Zurique... Ou era para Genebra? Err...

— Quando ele volta? — indaguei, desesperada.

— Ele tirou a agenda de cima da mesa... A gente não sabe quanto tempo essa viagem vai levar.

Desliguei. Onde estava Hunter? Como o encontraria? Eu é que seria abandonada, no final das contas? Talvez, talvez...

Saí correndo pela rua. Caía ainda um dilúvio. Talvez fosse uma boa idéia ir para a casa de Lauren. Ela saberia o que fazer. Lágrimas escorriam pelas minhas bochechas enquanto eu andava pela Quinta Avenida em busca de um táxi. De repente, ouvi uma voz familiar atrás de mim.

— Sylvie! Sylvie!

Virei-me e vi Milton. Estava bronzeado e usava um chapéu afegão e uma capa de pelo de iaque. Ele devia ter acabado de chegar da Rota da Seda.

— Oi — disse, hesitante.

— O que houve? Sylvie, por que você está chorando?

— É o Hunter. Ele foi embora — respondi, meus ombros tremendo violentamente.

— Tudo bem, vou te levar para casa — disse Milton, passando o braço de forma confortante em volta do meu ombro.

Meia hora depois, Milton e eu estávamos instalados no meu apartamento, comendo trufas belgas da Chocolate Bar, encomendadas pelo telefone. Sem tomar fôlego, contei a história inteira e chorei até ficar desidratada, ou pelo menos foi assim que me senti. Enquanto falava, me ocorreu que o que eu tinha visto mais cedo, entre Christopher e Sophia, ainda não explicava os dois colares idênticos. Por que meu marido tinha dado a mesma joia para Sophia e para mim? Era muito esquisito, especialmente se Sophia vinha tendo um caso com Christopher. Estava com tanta pena de Marci! Esperava que Salome a estivesse animando.

— Sophia D'Arlan é *inacreditável*. Se eu estivesse aqui, poderia ter te contado exatamente o que estava acontecendo — disse Milton, recostado no sofá da sala com a túnica asiática de seda vermelha que revelou ao tirar a capa.

— O que você está querendo dizer com isso? — questionei, enxugando os olhos com um lenço de pano. Estava sentada no chão, de pernas cruzadas, tentando me secar diante da lareira.

— Sylvie, o Hunter comprou aquele colar para *você*. Só para você.

— Como você sabe?

— Sei porque, querida, eu estava lá. Estávamos todos em Londres naquele fim de semana, hospedados no Blakes...

— Mas, Milton! — interrompi, com raiva. — Por que você não me disse? Lembro de ter perguntado a você especificamente se tinha visto Hunter naquele fim de semana em que não consegui contatá-lo, e você disse que não.

Milton agitou-se no sofá, fazendo sibilar a túnica rubra. Sentou-se e inclinou-se em minha direção, de forma conspiratória. Então disse, no tom de voz abafado que reserva para espalhar as fofocas mais valiosas:

— Eu não devia nem estar te contando isso, pois todos nós tivemos que jurar segredo. Foi tão romântico.

— O que foi tão romântico assim? Por que a Sophia tem o mesmo colar que eu?

— Bom... Hmmm... O pingente foi ideia da Sophia.

— Não! Como assim? — levantei num pulo e comecei a andar de um lado para o outro em frente à lareira.

— Bem, estávamos todos reunidos em volta da mesa para o jantar naquela sexta-feira à noite, em Londres, no Le Caprice... amo o Le Caprice, *amo*. Hunter, que é um fofo, Sylvie, e te ama muito, nos perguntou o que ele poderia fazer para te recompensar pela lua-de-mel cancelada. Aí Sophia gritou: "Joias!". Daí Hunter falou que não saberia o que te dar. A Sophia puxou um lindo pingente de S que estava escondido pela blusa e disse a ele para mandar fazer um igual para você.

— *Igual*? — Minha voz subiu no mínimo três oitavas.

— Foi isso que *eu* estranhei. Mas a Sophia disse ao Hunter que você jamais ficaria sabendo. Acho que ele estava tão desesperado por causa do fiasco da lua-de-mel que caiu na pilha. A própria Sophia levou ele no S. J. Phillips para encomendar a peça.

Isso explicava a fotografia na revista *New York*. Mas Milton ainda não tinha terminado de contar a história. Ele prosseguiu:

— Foi uma tentativa de um hétero fofo-barra-bobo de pedir desculpas. Você sabe como são os maridos. Eles nunca sabem direito o que comprar para a esposa. Não entendem nada de joias, o que eu acho um charme, na verdade.

— Mas então por que a Sophia falou para a Marci que o Hunter tinha dado o colar *para ela*? — protestei.

— Porque, querida, a Sophia queria o Hunter *para ela* — explicou Milton. — A Sophia queria que você pensasse que o colar era para ela, e ao exibir o dela na sua frente, conseguiu exatamente o que desejava: instalar o caos. O fato de que a Marci é uma fofoqueira incorrigível também não ajudou em nada. A Sophia fez dela gato e sapato.

— Mas e o Christopher? — perguntei, confusa.

— É óbvio que ela correu atrás dos dois maridos e se arrumou com a presa mais fácil.

— Uma pausa! — Dei uma risada. — Mas, e a notinha na Page Six?

— Não há nada que Sophia goste mais do que plantar uma história sobre ela mesma numa coluna de fofocas. Vê se me escuta: qualquer boato que circule a respeito de Sophia é criação dela, e somente dela. Ela fala que *todo mundo* está apaixonado por ela, principalmente os caras casados. Ouvi dizer que ela já chegou a ser hospitalizada por causa disso. O colar *sempre* foi um presente para você.

— Ah, Milton, eu estraguei tudo — disse, atemorizada. — O que eu vou fazer?

— Por que você não come outra trufa?

— Você não vai nem acreditar onde eu estou!

Eram quatro horas da madrugada daquela mesma noite. Lauren estava totalmente desperta do outro lado da linha e, pelo jeito, do outro lado do mundo.

— Onde? — perguntei, sonolenta.

— No aeroporto Narita, em Tóquio.

Sentei-me na cama e acendi o abajur. Talvez as aventuras de Lauren me distraíssem, me tirassem um pouco de meu estado de ansiedade.

— O que você está fazendo em Tóquio, Lauren? — indaguei.

— G. M. O que eu posso dizer? Nós nos beijamos no spa da primeira classe da Japan Airlines. Foi uma coisa bem estilo *Encontros e desencontros*. Acho que ele está *loucamente* apaixonado por mim, você não acha?

— Você está apaixonada por ele?

— Meu Deus, não! Lembre-se da meta: cinco ficantes até o Memorial Day, nada de compromisso. — Ela soltou uma risadinha. — Mas... Ele foi "o" ficante entre todos os ficantes, se é que você me entende. Quer dizer... Comparado a todos os outros, foi como beijar... Deus. Sério mesmo. O Giles tem os melhores métodos no quesito beijo dentre todos os homens com quem já fiquei. Foi tão gostoso que pensei estar passando por uma experiência de quase-morte. Ficou tudo branco, e acho que desmaiei de verdade por uns dois segundos. Já teve essa sensação?

— Mais ou menos... — Emudeci. Não conseguia reunir energia para rir junto com Lauren. Só fui capaz de soltar um suspiro profundo.

— Você está com uma voz péssima. O que houve? — perguntou Lauren.

Contei a ela toda a história lastimável, envolvendo Marci e Sophia, e Christopher e Sophia, e Hunter e eu.

— Que confusão. Jesus! Volto amanhã. O Giles quer que eu fique aqui, mas... Não quero me decepcionar. Ele tem uma noiva. Não posso me esquecer disso.

A bolha de amor de Lauren estourou de repente. Ela soou murcha.

— Pensei ter ouvido você dizer que não queria saber de namoro.

— Não quero, mas... Acho que agora que completei o Desafio Ficativo, sei lá, estou me sentindo meio vazia. Aonde isso me levou? Estou tendo um momento de clareza: assim, eu alcancei minha meta, mas... Não cheguei a lugar nenhum... Nenhum.

— Você se divertiu — eu disse, tentando animá-la. — Você não está infeliz, que nem eu. Nem sei onde o Hunter está!

Entrei em pânico. O que eu iria fazer?

— A gente acha o Hunter. Meu pai encontra *qualquer pessoa*, ele é assim ó com todo mundo que trabalha pro FBI. Não se preocupe. Vejo você amanhã. A Salome falou que vai dar uma festa e que nós duas *temos* que ir. Esteja lá. Nada de desculpas.

22

Glamela

"Glamela" Grigione (nome verdadeiro: Pamela) é a epítome da *contessa* italiana de cabelo preto que estabeleceu moradia em Nova York. Ela ganhou o apelido por se encharcar, literalmente, de glamour com o passar dos anos, e em particular porque, quando adolescente, foi presença constante no *Furtivo*, barco predileto de Gianni Agnelli. Glamela é uma das mulheres mais excêntricas de Nova York. Se você ligar para ela e perguntar "Como vai?", ouvirá uma das duas respostas possíveis: "Estou divina" ou "Estou meio doida". Em coquetéis, ao chegar num traje *vintage* deslumbrante de Missoni ou Pucci, ela sempre declara: "Estou feia; me leve para casa", tornando-se imediatamente benquista por toda a multidão, apesar da beleza e dos peitões ao estilo Monica Belluci: de causar inveja.

Foi muito engenhoso escolhê-la como anfitriã da Vingança de Salome — o codinome dado por Salome para o coquetel no qual planejava vingar-se de Sophia em nome de Marci. Nas 24 horas seguintes ao escândalo Sophia-Christopher ter estourado, Salome organizou uma festa no loft de Glamela, na Grand Street. O local era tão famoso pela coleção de arte contemporânea que ninguém poderia rejeitar o convite, nem mesmo Sophia. O pretexto para o coquetel era o Prince Angus, como era conhecido o artista *avant-garde* de Glasgow que criava instalações. Sua exposição seria inaugurada na noite seguinte, no Gagosian. Ninguém sabia qual era o nome verdadeiro de Prince Angus, mas em Nova York ninguém se importa com o nome real dos britânicos.

— Que espaço maravilhoso! — exclamei, efusiva, quando Glamela abriu a porta para mim naquela noite. Agi de modo excessivamente entusiástico numa tentativa de esconder meu estado de desespero: fazia 24 horas que Hunter tinha sumido, e não tive mais notícias dele. Quando liguei para o escritório de manhã, Danny me contou que Hunter não tinha dado entrada no hotel de Zurique onde se supunha que ele iria se hospedar. Ninguém sabia o paradeiro dele.

— Não é divino? — concordou Glamela, enquanto me guiava pelo loft. Usava um vestido de chiffon e caxemira que flutuava atrás dela quando andava, de pés descalços, pelo imenso apartamento. A única joia era uma corrente de ouro e esmeraldas que usava em volta do tornozelo esquerdo, como uma princesa indiana. — Dá para crer que isso aqui já foi um minidepósito de móveis?

É claro que o loft já tinha sido um minidepósito: ele era grande o suficiente para abrigar toda a costa leste do país. Só a sala de estar devia ter uns quinze metros de largura, com janelas que iam do chão ao teto e cuja vista eram os lindos telhados do SoHo. Havia arte para tudo quanto é lado: um poodle gigante de Jeff Koons ali, um óleo de Cecily Brown acolá, um tapete de Tracey Emin no chão. Com o assoalho escuro e as paredes brancas laqueadas, a sala era o pano de fundo perfeito para as obras. Os únicos móveis ali eram duas banquetas de couro branco e um piano de meia cauda branco também.

— Está todo mundo na biblioteca — disse Glamela, com o chiffon sibilando rápido à minha frente.

A "biblioteca" era muito mais aconchegante do que o resto do apartamento, mas era também ultra moderna. Quando vistos de perto, percebia-se que os "livros", embrulhados em papel marrom de forma impecável, eram, na verdade, fitas de vídeo antigas. O aposento estava apinhado de obras de arte.

— Tô aqui! — avisou Tinsley.

Ela estava reclinada num enorme sofá coberto por um tapete de pele de cabra, trajando um vestido de veludo vermelho com mangas bufantes que parecia ter sido feito para uma criança de quatro anos. Estava batendo papo com o tal Prince Angus. Vestido com retalhos de tecido xadrez unidos com alfinetes de fralda, e com uma franja comprida de cabelo descolorido, ele parecia uma mistura de Sid Vicious com David Hockney. Era estranhamente sexy, daquele jeito que as pessoas criativas simplesmente o são, mesmo que tenham um visual mega esquisito. Fui juntar-me a eles, e peguei uma taça de champanhe no caminho.

— Oiê! — disse Prince Angus, quando me sentei ao lado de Tinsley. Ele falava igualzinho a um dos Beatles.

— Ele não é *divino*? — comentou Tinsley, enlaçando o pescoço do sujeito com seu longo braço. — A Salome já está com uma paixonite animal por ele.

— Ela é gostosa! — disse Angus.

— Não é? — concordei. — Qual é o tema da sua exposição?

— Mandei trazer uma cabana Tudor de barco de Penrith para Nova York, e pintei o lado de fora para que ficasse parecendo uma caricatura de uma mansão estilo Mock Tudor em Beverly Hills. A exposição se chama *Mock Mock Tudor*. Rá rá rá! — cacarejou ele. — A adorável Salome é solteira?

— Poderia ficar, pelo... muçulmano certo — disse Tinsley, olhando para Angus com um pouco de desconfiança. — Ela resolveu que agora só vai namorar homens da própria religião. Caso contrário, dá muito problema entre ela e os pais.

— Ah — disse Prince Angus, com leve melancolia.

Naquele instante, vi Sophia pelo canto do olho. Eca! Detestei vislumbrá-la. Porém, pelo bem do plano de Salome, que presumi ser diabolicamente engenhoso, tentei aparentar calma. Sophia estava de pé ao lado da lareira, no canto oposto da sala, com um braço apoiado no batente. Vestida de cashmere branco da cabeça aos pés e usando um colete de pele cor creme. Ela parecia estar rindo histericamente junto com... Salome. *O que* Salome estava tramando? Um pouco mais longe, Valerie e Alixe conversavam. *O que* estava acontecendo? E onde estava Lauren? Não era para ela ter vindo ao coquetel?

Fui até Alixe e sussurrei:

— O que a Salome está tramando?

— *Amei* o seu colar, Alixe — interrompeu Valerie, antes que ela tivesse chance de me responder.

— Lanvin. Sou uma idiota. Todo mundo já tem um desse — disse Alixe, manuseando o novelo de pérolas negras envoltas por uma rede delicada. — O problema é que, se eu compro um colar, tenho que comprar também o anel *e* a pulseira *e* o brinco. Não dá para comprar *só* o colar. Você nem imagina a encrenca que arrumo comigo mesma — ela bufou. — *Adorei* o seu vestido.

— Tudo o que eu queria esta noite era ficar embaixo das cobertas, então vim com o meu vestido de ficar embaixo das cobertas — retrucou Valerie.

Valerie estava fazendo charminho. Ela usava um vestido curto preto e ridiculamente justo com um laço branco amarrado à cintura. A última coisa que ela parecia era com alguém que estava na cama.

De repente, gritos e acenos vieram do lado da lareira.

— Faisal! Querido! Aqui! — cantou Salome, que trajava um vestido curto cor de chocolate com bolinhas brancas.

Estava gesticulando para alguém. Todo mundo se virou para ver para quem. Um persa extraordinariamente belo, vestido com um terno preto impecável e uma touca árabe vermelha, adentrava a biblioteca. Parecia um Omar Sharif moderno, com olhos de diamantes negros. Juro que ouvi uma coletiva tomada de fôlego feminina enquanto ele atravessava a sala até a lareira, onde Salome o aguardava.

— Salome. A bela — declarou Faisal ao segurar a mão estendida de Salome e beijá-la. — E quem é esta... *flor*? — perguntou, voltando-se para Sophia.

— Sou Sophia D'Arlan — disse Sophia, pescando sua expressão mais sedutora para cumprimentar Faisal.

Não fazia a mínima ideia de como isso tudo se transformaria numa punição para Sophia — parecia agradável demais. O que Salome estava arquitetando? Aquele homem era o ex-marido de Salome? E onde estava Lauren? Ainda não havia nem sinal dela. Nesse ínterim, em seu estilo inimitável, Sophia dava em cima de Faisal como um tigre matando a presa. Vinte minutos depois, foram embora juntos, de braços dados, para o grande choque dos convidados reunidos na festa. A única pessoa que parecia não ter pirado era Salome, que estava alegremente empoleirada no sofá, aninhando-se nos braços do príncipe aquele tempo todo. Quando a porta se fechou atrás de Sophia e Faisal, Salome literalmente caiu do sofá e jogou-se no chão, gargalhando como uma exótica boneca de dar corda.

— Eu sou uma gênia!!! *Rá ri rá rá rá rá!* — riu Salome, enlouquecida.

— Como assim? — indaguei.

— Aguarde e... — *risadinha-risadinha-rarará* — confira! Sou *muito* má.

Tirando a natureza peculiar da vingança empreendida por Salome na festa, outra coisa me pareceu muito estranha naquela noite: Lauren não deu as caras. Já que ela tomaria parte no tal do plano que Salome poria em prática, sua ausência parecia estranha — mas não tanto assim. Afinal de contas, Lauren *nunca* aparecia nos eventos onde tinha que aparecer. Mas quando, no dia seguinte, eu ainda não havia tido notícias dela e ela não fora ao ateliê de Thack para a prova de roupas que havia agendado, achei *realmente* estranho. Lauren tinha sido convidada por uma das crianças da Warner para ir à cerimônia do Oscar, e tinha dado ao Thack um gordo cheque para pagar o vestido que queria que ele fizesse. Até Lauren ficou impressionada com a cerimônia de entrega do Oscar: eu não conseguia crer que ela não estaria obcecada com a roupa que usaria. Além disso, eu estava afoita para conversar com alguém a respeito de Hunter: a última coisa que desejava era analisar o caso com Marci ou Tinsley. Já haviam se passado dois dias, e eu ainda não tivera nenhuma notícia de Hunter. Até as pessoas do escritório dele começaram a ficar preocupadas. O que havia acontecido com ele?

Naquele dia, o celular de Lauren estava morto. Quando liguei para a casa dela, a ligação caiu direito na caixa postal. Mais estranho ainda foi a reação de Thack: para um cara cujos negócios estavam se afogando em problemas, e que estava dependendo de Lauren ser fotografada no Oscar usando um vestido feito por ele, Thack não parecia estar em pânico, mesmo depois do fiasco Nina-gate, como apelidara o episódio.

— Esse *toile* não é uma delícia? — comentou ele, contemplando o vestido de Lauren com uma expressão sonhadora. — A silhueta é totalmente John Singer Sargent.

O *toile* tinha um formato super romântico. Com o busto em forma de espartilho, que descia em uma cintura finíssima e se abria numa saia onírica, o vestido era muito mais elegante do que se vê no Oscar atualmente.

— Thack, ela não está aqui! — protestei, em vão.

— A-RÁ! — ele soltou, alegre. — Esse vestido é matador.

— Thack, as contas é que estão de matar este mês — observei.

— Vai dar tudo certo, Sylvie, para de me aborrecer. Bom, quem mais eu vou vestir para a festa do Oscar?

Não tive nem disposição nem coragem para responder: ninguém.

— Dona Sylvie! Doo-naa! — choramingou a governanta de Lauren, Ágata, ao telefone, dois dias depois. Sua voz estava abafada pelas lágrimas, estava histérica. — Ela se foi! Se foi!

— Como assim?!? — perguntei. Ágata parecia muito chateada.

— A Lauren voltou de Tóquio. Aí ela disse que ia dar uma saidinha de cinco minutos e... Não voltou mais. O passaporte dela sumiu, m-m-mas... — ela chorava, quase ininteligível.

— Bom, talvez ela tenha tirado umas férias — sugeri, tentando não demonstrar minha própria preocupação.

— Ela nunca viaja sem que eu faça as malas dela. Nunca. Ela *nem sabe* fazer a mala. Aiiiiii! Acho que ela está morta!

— Ágata! — falei, ofegante. — Isso não é verdade...

— Mas, dona, ela deixou as joias — Ágata engoliu em seco. — Ela sempre leva as joias quando sai de férias!

Sem uma quantidade considerável de diamantes, férias simplesmente não eram férias, em se tratando de Lauren Blount. Ágata tinha razão: as joias diziam tudo. Lauren havia desaparecido, oficialmente.

23

O Irã como Vingança

ELES SE CONHECERAM EM UM COQUETEL, e três dias depois, já estavam casados. No sábado, Sophia D'Arlan, de Paris e Nova York, e o sheik Faisal Al-Firaih, de Jidá, na Arábia Saudita, e de Genebra, na Suíça, que dizem possuir uma fortuna de aproximadamente US$ 17 bilhões, casaram-se em uma cerimônia civil no minúsculo principado europeu de Luxemburgo. (Faisal já tem quatro esposas, e parece que este era o único local da Europa onde ele poderia casar-se de novo, legalmente). O casal planeja viver entre o palácio de Faisal em Jidá e o sítio onde ele costuma passar as férias, no Irã.

— Não estou me aguentando! Casei a temida Caçadora de Maridos com o único homem que pode ser o marido dela e de quatro outras mulheres ao mesmo tempo. — Gargalhou Salome ao ler a matéria da seção "Promessas" do *New York Times* em voz alta, alguns dias depois. — Sítio no Irã? Que tal um harém no Irã? Já ouviu falar na lei de Charia, Sophia?

Faisal Al-Firaih era tio do ex-marido de Salome ("A família toda se chama Faisal, até as filhas", explicou ela). Aparentemente, ele estava fascinado pela nova esposa ocidental. Já Salome estava fascinada consigo mesma. Ela tinha alcançado seu objetivo. Salome estava segura de que Sophia nunca mais teria permissão para colocar os pés na terra dos infiéis. Enquanto isso, Marci contratara o supracitado advogado que cuidou do divórcio de Ivana, e alegava que levaria o divórcio a cabo. Sua vida sexual estava uma loucura. Estava determinada a completar um Desafio Ficativo ainda mais difícil do que o de Lauren.

As notícias a respeito de Lauren não eram tão animadoras. Ela havia evaporado mesmo. Os jornais noticiaram, e Lauren ganhou da imprensa um novo apelido: "Divorciada Debutante Desaparecida". Parecia ter ficado tão famosa quanto a princesa Diana da noite para o dia, com seu desaparecimento sendo descrito como se fosse uma tragédia desesperadoramente glamourosa. Até Dominick Dunne seguiu os rastros de Lauren para a coluna que assina na *Vanity Fair*, sem êxito. Alguns artigos na imprensa sugeriram que ela tinha sido vista em Teterboro embarcando sozinha num aviãozinho, alguns dias atrás; outros diziam que ela tinha sido vista vagando, embriagada, pelo *duty-free* do aeroporto de Genebra, comprando relógios de cuco suíços. Dá para imaginar os cochichos nos jantares: "Ela andava terrivelmente infeliz"; "Dinheiro demais"; "Não, foram os diamantes. Diamantes demais na juventude causam demência precoce"; "Se ela tivesse continuado a fazer Pilates, isso jamais teria acontecido"; "O Louis a sequestrou, ela está presa na cabana dele no Alasca. Ele não aguentou vê-la se divertindo tanto"; "Ela não estava bebendo uma quantidade suficiente de água. Se tivesse tomado dois litros de Evian por dia, estaria aqui agora". Meu predileto foi: "Ela se escondeu na casa de Brigitte Bardot, na França".

Eu estava mega deprimida. Lauren podia até ser mimada, podia até ser a mais excêntrica das excêntricas nova-iorquinas, mas era divertida e uma ótima amiga e, por trás disso tudo, havia um coração de ouro. Ela realmente se preocupava com Marci, Salome e todas as amigas, e, de forma um tanto egoísta, detestava o fato de ela não estar por perto para cuidar de mim. E se algo terrível tivesse acontecido a ela?, eu pensava, toda hora. O desaparecimento de Lauren só fazia exacerbar minha angústia por causa da ausência de Hunter. Na véspera, me ligaram do escritório dele, perguntando se tivera notícias. Acharam o BlackBerry dele embaixo de uma pilha de papéis que havia na sua escrivaninha de trabalho e ficaram muito preocupados. Fazia pelo menos cinco dias, e nem um pio. Mesmo quando Milton tentou me confortar, dizendo que parecia que Hunter tinha entrado na "caverna dos homens héteros", não me senti melhor. Sentia-me sozinha demais, e até com um pouquinho de inveja de Sophia — ela, pelo menos, sabia do paradeiro do próprio marido.

Na segunda-feira seguinte, perambulei, inconsolável, até o Café Rafaella, para tomar o café-da-manhã, lamentando não estar acompanhada de Hunter. Quando a garçonete serviu dois cafés com leite e dois croissants, como fazia sempre comigo e com Hunter, me senti tão triste que não fui capaz de avisá-la que não era mais necessário servir tudo em dobro. Enquanto bebia meu café e contemplava a outra xícara, tive a sensação de estar compartilhando a refeição com um fantasma. Triste, peguei um exemplar do *New York Post*.

Tomei o maior susto de minha vida.

— O quê? — Deixei escapar, para ninguém em particular.

Ali, na capa do jornal, gritava para mim em tinta vermelha berrante a manchete espetacular:

O CASAMENTO SECRETO DA DIVORCIADA DEBUTANTE!
Veja na página 3 o vestido, detalhes e fofocas!!!

Abri na página três. Ali, radiante, Lauren sorria numa fotografia em preto e branco. Flocos de neve caíam ao seu redor, e um vestido de noiva de organdi branco flutuava atrás dela... Ela estava... *na Rússia*? Examinei a fotografia mais de perto. Havia torrezinhas douradas no fundo... O cenário parecia exótico e invernal. O vestido era tão justo quanto possível no busto e depois se derramava em volta das pernas e dos pés, com uma cauda enorme... Não era possível! O vestido era de Thack. Era lindo de morrer. Ele sabia disso o tempo todo? Claro que sabia! Não é de estranhar que estivesse tão tranquilo naquele dia em que ela não apareceu no ateliê. Em seguida, olhei para o rosto de Lauren: os olhos estavam pintados de forma impecável com delineador preto, meio que ao estilo anos 60, e o cabelo caía em ondas suaves em volta do rosto. Parecia estar usando uma joia enorme em volta do pescoço, embora fosse difícil ver o quê, exatamente, era aquilo. Numa mão, segurava um buquê de camélias brancas, na outra, um cigarro. Era bem o estilo dela, aquele toque individual. Seus olhos brilhavam como se ela estivesse explodindo de felicidade. Mas onde estava o noivo?

Rapidamente, desci os olhos até o texto da página. Mal consegui respirar enquanto lia:

A DIVORCIADA MAIS GLAMOUROSA DE NOVA YORK, a herdeira dos Hamill, Lauren Blount, que declarou uma vez que jamais se casaria de novo e que cunhou a expressão "Divorciada Debutante" para descrever a si e as suas amigas que só querem diversão, foi vista se casando na Catedral de São Isaac, em São Petersburgo. A noiva usou um vestido feito de organdi e seda, criação do jovem estilista nova-iorquino Thackeray Johnston. Corre o boato de que o vestido tem 180 metros de bainha dobrada à mão e 17 mil pérolas minúsculas bordadas à cauda. Ela levava uma echarpe branca de pele de arminho na mão, e um coração de diamante azul pendurado no pescoço, que parece ser o famoso coração da princesa Letizia da Espanha. A joia foi um presente do noivo, Giles Monterey, sobre o qual pouco se sabe. Pressupõe-se que o casal tenha se conhecido por causa de um par de abotoaduras Fabergé, exposto no Hermitage de São Petersburgo. Os dois se conhecem há cinco semanas. Alguns dias atrás, Blount desapareceu de sua residência em Nova York. Temia-se que estivesse morta ou que tivesse sido sequestrada. Quando pedimos para que comentasse a novidade, a nova sra. Monterey, radiante apesar dos 30 graus negativos, disse, "Dê um olá para as minhas amigas de Nova York por mim", e sumiu dentro de um Mercedes totalmente filmado. O casal partiu imediatamente para uma lua-de-mel de quatro meses.

Uma lágrima desceu, trêmula, até meu nariz: todo mundo estava se casando, o que apenas acentuava minha condição solitária. Fitei o jornal enquanto gota após gota caía sobre ele. Naquele instante, algo branco surgiu em meu campo de visão: um lenço de pano era empurrado em minha direção. Que constrangedor. Olhei para cima e enrubesci: lá estava Hunter.

— Fiz uma coisa terrível — disse ele. — Mil desculpas.

24

Envelope Marrom

— Pode parar — protestei, enxugando as lágrimas com o lenço de Hunter. — Eu é que fiz uma coisa horrível. Querido, cometi um erro enorme. Achei que você estivesse de caso com a Sophia, e depois descobri que ela estava tendo um caso era com o marido da Marci, e... Não estou nem acreditando que não confiei em você. Fui uma boba, pedindo o divórcio, que é a última coisa que eu quero nesse mundo. Você acha que consegue me perdoar?

— Não — disse Hunter, olhando bem nos meus olhos.

Gelei. Eu tive o que mereça. Simplesmente olhei fixo para ele, horrorizada com o que eu tinha feito.

Em seguida, algo estranho aconteceu. Hunter sentou-se à mesa e pegou na minha mão. Então, falou:

— Não tenho que te perdoar... A culpa não foi sua. Eu é que cometi um erro idiota.

Tinha uma expressão esquisita no rosto. Ai, meu Deus, será que ele ia dizer que *esteve* com Sophia, no final das contas? Isso era horrível demais para ser posto em palavras. Fitei Hunter, engolindo em seco, aguardando com ansiedade.

— Qual o erro? — gaguejei, por fim.

— Contratar a terrível Sophia. Naquela viagem a Londres, mencionei a ela que queria te dar um presente especial, para compensar a lua-de-mel cancelada, e ela se ofereceu para me ajudar a escolher alguma coisa pra você. Falou que não teria problema nenhum eu copiar o colar dela. Fui um idiota. Sei bem como ela é. Eu deveria saber que ela iria tramar as coisas de modo a levar vantagem. Gostaria de nunca ter contratado essa garota. Ela é uma devoradora de homens desde o colegial. Sempre tendo uns casos que, em geral, não passam de invencionice...

— Shhh! — pedi, colocando a mão sobre a boca de Hunter. — Nunca mais quero ouvir falar dessa idiota desgraçada.

Embora estivesse aliviada por ter Hunter de volta, ainda ficava incrivelmente brava com a mínima menção ao nome de Sophia. Ela causara tanto estrago. Meu único consolo era saber que ela nunca escaparia de sua vida saudita.

— Prometo que ela nunca mais vai chegar nem perto de nós dois — disse Hunter.

— Mesmo? É sério? — perguntei, inflexível.

Por mais que quisesse abraçar meu marido, ainda não conseguia relaxar de verdade depois de tudo o que tinha acontecido. Hunter percebeu meu ar de relutância. Tentando me confortar, ele disse, com uma piscadinha de olho:

— Por acaso eu já te prometi algo e não cumpri, baby?

Hesitei. Ao pensar nisso de verdade, o fato é que Hunter nunca tinha voltado atrás nas promessas que fez. Por fim, eu disse, simplesmente:

— Nunquinha, querido.

Hunter pareceu aliviado e levantou a mão para acariciar minha bochecha. Então, disse:

— Não suporto a ideia de você ter visto a Sophia usando aquele colar maravilhoso. Vou te dar alguma coisa mais linda ainda, minha flor.

— Na verdade, eu amo o colar...

— É uma pena, porque já encomendei uma coisa tão linda que você não vai nem acreditar.

Derreti-me mais rápido do que um sorvete num dia de verão. De súbito, senti uma mistura deliciosa de risos e lágrimas fervendo dentro de mim. Hunter se debruçou sobre a mesa e me deu um longo beijo na boca. Depois se levantou, sentou no banquinho ao lado do meu e colocou o braço em torno do meu pescoço. Com a outra mão, ele secou minhas lágrimas com um lenço. Era divino, exatamente como tudo devia ser.

— Por onde você andou nesses últimos dias? — perguntei, embora não estivesse mais preocupada com isso.

— Pensando.

— Onde?

— Isso não tem importância.

— Querido, eu tenho que te fazer uma outra pergunta — anunciei. — Nada de respostas vagas, por favor.

— O.k. Vou ser totalmente claro e transparente. O que você quer saber? Pode perguntar qualquer coisa.

— Por que você faz segredo? Por que fica desaparecendo toda hora? Todos aqueles telefonemas misteriosos e todo o tempo que você passa na internet e nunca me deixa ver o que está fazendo. Se você não estava de caso com a Sophia, então o que estava tramando?

Hunter apenas sorriu e abriu a pasta. Tirou um envelope marrom e me entregou. Estava escrito LUA-DE-MEL Nº 2.

— Que issooooo! — berrei, encantada. Devolvi o envelope a Hunter.

— Você não vai olhar para saber aonde vamos? — ele perguntou, empurrando o envelope de volta para mim.

— Não. Uma noiva nunca sabe onde vai passar a lua-de-mel. Tem que ser surpresa.

— É verdade. Estou feliz que você confie que vou te levar para um lugar legal.

— Eu confio, querido, eu confio — disse. Mas não resisti a dar uma alfinetadinha em meu marido. — Mesmo depois de você ter cancelado nossa lua-de-mel anterior.

— Você é tinhosa hein! — brincou, partindo um pedaço do croissant e o colocando na minha boca. — Parece que você não come há uma semana.

— Não consegui comer enquanto você estava longe — respondi, de boca cheia. — Aliás, dá pra acreditar que a Lauren se casou?

Apontei para a matéria no *Post*. Hunter não parecia nem um pouco surpreso.

— Eu não te falei que ela iria se casar e ter três filhos rapidinho? Não te falei? — Hunter comentou.

— Mas... com o Giles Monterey? Ele estava noivo!

— Eu falei que os dois formariam um casal perfeito, não é?

Era verdade. Hunter tinha uma percepção sinistra acerca da vida amorosa de Lauren que nem eu era capaz de compreender.

— Querido, posso fazer só mais uma perguntinha, e depois prometo que dou o assunto por encerrado? — pedi.

— Diga — respondeu ele. — Pode perguntar o que quiser.

— Quem é o tal amigo de faculdade que você sempre corre pra visitar? Isso está realmente me incomodando.

— Ah, ele... Bom, dá pra você esperar até a lua-de-mel? Aí prometo que te falo. Na verdade, você vai conhecê-lo.

— Obaaaa!!! — exclamei. — Mas espero que não seja uma lua-de-mel com todos os seus amigos de faculdade... Certo?

Hunter se aproximou. Colocou os lábios perto da minha orelha e sussurrou, galante:

— Agora, minha querida, tem alguns dias que não te vejo, que tal a gente ir para casa e... você sabe?

— Hoje é segunda-feira, e lá no trabalho... — comecei, com um leve tom de protesto. Mas... Hunter estava tão fofo. Ele estava com aquela aparência um tanto quanto amarrotada de quem acabou de sair do avião, que achei irresistivelmente sexy. E eu estava com tanta saudade dele. Não havia como não ficar tentada. — Pensando bem, acho que devemos... você também sabe.

25

Lua-de-Mel... Pra Valer

Escrevi praticamente a mesma coisa no meu diário em todos os dias de nossa lua-de-mel:

Lua-de-mel. Barco. Marido. Delícia.

Lua-de-mel é tudo de bom. Simplesmente é. Do alvorecer até o crepúsculo, do jantar ao café-da-manhã, e todo o tempo entre um e outro, vocês se sentem mesmo o casal da propaganda do Eternity. Ao contrário da tentativa de lua-de-mel nº 1, a lua-de-mel nº 2 foi um sonho. No final de janeiro, Hunter e eu partimos de uma Nova York coberta de neve e, cerca de sete horas depois (que pareceram sete minutos — assim como acontece com tudo quando se está em lua-de-mel; tudo passa rápido demais), tiramos os sapatos e pisamos no convés de teca de um barco a vela lindíssimo, verdadeiramente impecável, cujo nome era — bastante apropriado, pensei — *Felicidade*. Estava atracado ao porto de Gustavia, em St. Barts, uma bela e pequenina baía cercada por montes verdes e viçosos, pontilhados por casas de veraneio rosas e amarelas.

Antonino, um capitão italiano queimado pelo vento, nos cumprimentou. Usava uma bermuda cargo bege, uma camisa polo branca impecável e óculos escuros de tartaruga. Combinava direitinho com o barco, assim como os outros seis membros da tripulação. Todos os bancos e cadeiras reclináveis eram estofados com a mesma cor da bermuda de Antonino, e os objetos de madeira ou eram de um branco brilhoso e laqueado, ou de nogueira polida. Era literalmente impossível escolher entre bege e branco estando naquele barco: era como estar dentro de um sorvete de café. Havia roupões bege, adornados com o monograma "F" em branco, louças Bernardaud listradas e até pés-de-pato com essas mesmas cores.

Passamos os dias seguintes velejando preguiçosamente pelas baías e angras de St. Barts. Todos os dias fazíamos as mesmas coisas: nadar, trocar carinhos e tomar sol. Sério mesmo, isso foi tudo o que fizemos. Mas não precisávamos de variedade. Ancorávamos numa enseada charmosa, descíamos do barco, caminhávamos pelo vilarejo e depois bebíamos *citron pressés* em alguma cafeteria ao ar livre, enquanto líamos o *Herald Tribune*. De tarde, navegávamos até uma baía deserta para nadar e praticar esqui aquático.

De vez em quando, outro barco deslizava até a baía e ancorava longe o suficiente para não nos perturbar, mas próximo o suficiente para ser observado através de binóculos. Passar horas espreitando o convés de outra pessoa através das lentes é considerado, em barcos, um esporte aceitável. É super fascinante especular quem são as manchas pretas no convés distante e o que estão fazendo.

Outras atividades incluíam uma grande quantidade de comilança, sexo frequente estilo lua-de-mel no meio da tarde, que, posso confirmar, é bem melhor do que sexo sem ser de lua-de-mel, e — meu Deus, que delícia — bolos recém-saídos do forno na hora do chá. Acho que chá e bolo foi minha refeição predileta durante a lua-de-mel. Há uma sensação de velhos tempos confortável — mas também glamouroso — em jogar um cafetã verde-esmeralda de Allegra Hicks sobre um biquíni rosa-choque e ficar sentada na sombra, bebendo chá e comendo bolo de gengibre fresquinho enquanto se está a bordo. Os bolos eram acompanhados por papos bobos, românticos, *à la* lua-de-mel. Nossas conversas durante o chá consistiam, de modo geral, em eu falando o quanto amava Hunter usando seus novos Villebrequins, em que tipo de bolo eu iria comer no dia seguinte e em Hunter me dizendo que eu estava linda mais gorduchinha.

Então, uma tarde, algo aconteceu. Ancoramos numa pequena baía próxima a um curioso vilarejo de pesca, chamado Corossol. Os penhascos que circundavam a baía eram repletos de agátis e plumérias, e a água, lá embaixo, parecia brilhar como um néon azul: era um local perfeito. No outro lado da baía, havia uma praia rochosa completamente deserta. Depois do almoço, deitei-me numa macia cadeira reclinável do convés e fechei os olhos, enquanto Hunter lia um livro. Além do chuá-chuá da água batendo nas laterais do barco e do zumbido fraco das cigarras na costa, tudo estava quieto. A baía inteira era só nossa — a praia mais particular que seria possível encontrar. De vez em quando, uma gaivota voava sobre nós, dando guinadas, como se espiasse nosso convés. O único som era a agradável voz de um dos membros da tripulação perguntando, "Aceitaria um drinque?".

— Olha só? — disse Hunter, de súbito.

— O quê? — indaguei, preguiçosa. Não me era possível fazer o esforço de abrir os olhos. Era gostoso demais ficar ali deitada, meio que dormindo ao sol.

— Talvez você queira dar uma olhada nisso — disse Hunter.

Com relutância, abri um pouco os olhos e coloquei os óculos escuros. Sentei-me. A uma certa distância, na direção da praia, via-se um enorme iate a vela singrando, em silêncio, para dentro da baía.

— Eles não estão perto demais da gente? — perguntei, ao ouvir o barulho da âncora e da corrente do outro barco sendo jogadas ao mar. O povo fica muito protecionista com suas baías: cerca de minutos depois de entrar em uma delas, aquele território, de alguma forma, se torna sua propriedade particular.

— É um belo barco — comentou Hunter, pegando um par de binóculos e olhando através deles. — Dá uma olhada. — Ele me passou os binóculos.

Emoldurado pelos grandes círculos pretos das lentes, o iate entrou no foco perfeito: devia ter uns 150 pés, com dois mastros gigantescos na frente. Super elegante, o casco polido tinha um acabamento espelhado azul-marinho que refletia o oceano cintilante com tanta nitidez quanto um espelho.

— Não me importo de dividir a nossa baía com esse barco. Ele é lindo — decidi ao observá-lo.

Examinei com mais atenção. O barco era impecável, com dois conveses e móveis estofados com algodão azul-marinho e branco. Apontei os binóculos para a popa. Ali, decifrei o nome do iate.

— *Au Bout de Souffle* — eu disse, em voz alta. — *Sem fôlego!* Que nome legal pra se colocar num barco.

— Não é mesmo? — concordou Hunter. — O que mais está acontecendo por lá?

— Bom, dá pra ver uma tripulação numerosa circulando no convés superior — informei, apertando os olhos para ver melhor.

— E então, ah, aquilo ali parece um homem andando no convés de baixo... E ali está a mulher dele... Ela tem um visual mega glamouroso... Está vestindo um mini-cafetã com bordado dourado incrível... Uau, as pernas dela são tão bronzeadas, e o bumbum dela é perfeito.

Subi os binóculos pelo corpo da garota. Usava óculos escuros tão grandes que cobriam boa parte de seu rosto, e tinha um lenço de seda turquesa enrolado em volta da cabeça, como um turbante. Ela tinha uma aparência ainda mais glamourosa do que Lee Radziwill passando as férias em Capri nos anos 60. Continuei fazendo meus comentários sobre moda com Hunter, que parecia se divertir bastante com todos os detalhes.

— Ah, olha só, ela está acendendo um cigarro. Nossa, ela está usando uma pulseira de ouro maravilhosa. Adoro garotas que usam joias na praia. É tão decadente. Que engraçado... Ela está com um lindo colar de pérolas... Espera aí! Hunter! — berrei, passando os binóculos para as mãos dele. — Aquela é a Lauren? Com Monterey? Tenho *certeza* de que é ela.

Hunter sorriu e ergueu os binóculos.

— Hmmm. Aquela com certeza é Lauren acompanhada de algum marido qualquer — ele disse.

Hunter não parecia nem um pouco surpreso. Eu, por outro lado, estava explodindo de alegria.

— Vamos — disse Hunter, segurando minha mão. — Vamos entrar na chalupa e ir até lá dar um oi.

Vinte minutos depois, o capitão francês do *Au Bout de Souffle* nos ajudava a embarcar. Lauren e Giles estavam de pé no convés, de braços dados, esperando por nós. Era inacreditável: Lauren, casada! Os recém-casados pareciam literalmente brilhar de tanta alegria. Giles estava super bronzeado e vestia um short rosa pastel; Lauren já tinha trocado de roupa — e de joias. Agora, ela estava vestida com um maiô zebrado chocolate e branco com as costas completamente descobertas. No dedo anular, havia um enorme anel de ébano e topázio, e seu cabelo estava preso num elegante rabo-de-cavalo. Era óbvio que o casamento tinha feito bem à Lauren. Ela estava mais deslumbrante do que nunca, em especial tendo um dos barcos mais glamourosos que já vi como cenário.

— Oiiiiêêê! — exclamou Lauren, me dando um grande abraço. Depois se voltou para Hunter e disse: — Hunter, seu *arteiro*.

Enquanto isso, Hunter e Giles se abraçaram como velhos amigos. Que estranho, pensei.

— Que bom te ver de novo, Hunter — disse Giles.

— Faz um tempão, né? — devolveu Hunter, dando um tapinha nas costas de Giles, bem ao estilo masculino.

Que coisa bizarra. Aqueles dois não eram velhos amigos. Eles não eram nem conhecidos, pelo que eu sabia. Olhei para Hunter com cara de interrogação.

— Espera aí, vocês dois *se conhecem*? — perguntei, desconfiada.

Hunter estava com um sorriso travesso indescritível.

— Querida, tenho uma coisa muito engraçada para te contar. — Hunter me olhou e piscou para mim. — O Giles é aquele velho amigo da faculdade sobre o qual eu te falei.

— *O quê?!?* — berrei.

— *Melhores* amigos na faculdade — acrescentou Lauren, com um sorriso largo. — Eles são tão vidrados um no outro que às vezes fico preocupada... Ele ainda não tinha te contado?

Olhei para Lauren. Depois olhei para Giles, e aí me virei de novo para Hunter. Eu estava completamente por fora. Vendo a expressão no meu rosto, Giles e Hunter ficaram à beira de um ataque de risos.

— Eu disse pra você que ia juntar os dois e eles iam se casar, não disse? — falou Hunter.

Giles Monterey era o amigo de faculdade misterioso? Não conseguia crer que não tinha chegado a tal conclusão séculos antes.

— Mas Hunter, no Natal, quando você disse que seu amigo de faculdade estava em Nova York e eu sugeri levar a Lauren para conhecê-lo, lembro direitinho que você disse "não" — observei, ressentida.

— Isso foi durante o auge da minha paranoia quanto à Sophia. Lembro de ter pensado que Hunter certamente tinha saído para encontrá-la. Era óbvio que eu tinha interpretado mal toda aquela situação.

— Querida, era tarde demais. Eles já tinham se conhecido em Moscou. Temo informar que, naquela época, já fazia meses que Giles e eu estávamos tramando — retrucou Hunter. — Nossa estratégia teria ido toda por água abaixo se ela tivesse ido conosco naquela noite.

— É verdade — riu Lauren. — Eles foram terríveis com a gente! — Ela partiu em direção a uma escada em espiral, no meio do convés. — Vamos para o convés de cima. Tem uma rede super maravilhosa lá.

Todos a seguimos. O convés superior era um pouco mais boêmio, com uma grande área coberta por uma tenda, sob a qual havia sofás brancos e baixinhos. A rede balançava suavemente ao vento, indo um pouco para o lado da proa. Era *quase* tão romântico quanto o *Felicidade*, embora eu tenha decidido em segredo que o iate *Au Bout de Souffle* era grande demais para ser íntimo de verdade. Todos nos sentamos nos sofás, à exceção de Giles, que continuou de pé, perguntando:

— Drinques para todo mundo?

— Eu adoraria tomar um mojito — eu disse.

— Limonada caseira, por favor, querido — pediu Lauren, jogando-lhe um beijo.

Em seguida, Giles desapareceu para pegar as bebidas, e eu fiquei sozinha com Hunter e Lauren.

— Você é inacreditável, Hunter! — protestei. — Por que você não me falou? Como você foi capaz de deixar que eu ficasse me preocupando com a Lauren e esse negócio com o Giles durante tanto tempo? E a noiva dele? O que aconteceu com ela? Haja história!!

Por mais que estivesse feliz por Lauren, estava levemente incomodada por ter sido enganada.

— Sylvie, eu *invoquei* essa noiva do nada — disse Lauren.

— O que você quer dizer com invocar? — indaguei.

— Você não se lembra? Naquele dia da partida de polo, quando perguntei ao Giles para quem era o Coração da princesa Letizia, ele disse: "Digamos que seria um presente de noivado". Ele não falou com todas as letras que tinha uma noiva específica em mente — explicou Lauren. — Aí eu comecei a imaginar que ele tinha uma futura esposa maravilhosa, mas não tinha. Depois ele me contou que resolveu se casar comigo quando me viu andando em direção a ele naquela tenda. Não é super romântico? Nem parece verdade, não é?

— Mas, Hunter, todas aquelas vezes que eu te contei que a Lauren estava apaixonada por um homem que estava noivo, por que você não me disse que ele estava disponível? — perguntei.

Hunter não respondeu de imediato. Olhava o oceano enquanto contemplava a resposta. Tudo estava em silêncio, interrompido ocasionalmente pela reverberação de uma onda cristalina contra o barco.

— Se eu tivesse dito a verdade, você teria contado tudo a Lauren, e essa linda história de amor não teria acontecido — disse Hunter, por fim, com uma gargalhada. — O Giles me fez jurar que eu guardaria segredo. Ele estava louco por ela. Sempre quis dar o Coração Azul pra ela, mas sabia que se parecesse interessado demais ela pularia fora. Além disso, você me deu informações maravilhosas a respeito do estado do coração da sua amiga, que obviamente foram logo passadas para o Giles. Tenho certeza de que você não teria me contado tantas coisas se soubesse o que nós tínhamos em mente.

Eu mal conseguia acreditar no que estava ouvindo. Se não estava enganada, Hunter tinha deixado que Lauren e eu pensássemos que Giles Monterey estava noivo, enquanto, quietinho, dava relatórios a ele sobre os sentimentos arrebatadores de Lauren, para que Monterey tivesse mais chances de casar-se com ela.

— Seu marido me entendeu direitinho, e sou muito grata a ele. — Lauren assentiu, resignada. — Um homem noivo é *muito* mais atraente do que um solteiro, sempre digo isso. E foi tão romântico quando o Giles disse que o Coração Azul seria para a futura esposa e eu pensei, *não serei eu*. Fiquei apaixonada por ele na hora.

Hunter tinha razão. Era uma bela história de amor. Naquele instante, Giles ressurgiu com uma bandeja de drinques.

— Os limões são dessa região aqui, sabe — contou Lauren, pegando um copo de limonada. Enquanto Giles distribuía as bebidas, ela dizia: — Eu *nunca* teria me casado contigo se achasse que você estava disponível para casar, não é, querido?

Giles sorriu e passou a mão pelos cabelos da esposa. Ele a adorava de verdade. Daí, disse:

— Devo toda a minha alegria ao Hunter. Foi ele quem planejou tudo. É incrível. Seu marido foi o nosso cupido.

— Concordo. Meu marido é um santo — eu disse. — Está bom, já chega.

Naquele momento, Lauren se virou e olhou bem dentro dos meus olhos. Seu rabo-de-cavalo agitava-se em volta dos ombros à brisa do mar.

— Está vendo, Sylvie, quando seu marido te disser para confiar nele porque tudo vai dar certo, você pode confiar — ela lembrou.

Olhei para Hunter. Ele retribuiu, com um olhar amável. Naquele breve instante, era como se de repente tivéssemos nos compreendido perfeitamente. Nunca confiei tanto em meu marido.

— Eu sei — respondi, sentindo a felicidade estampada em meu rosto. Estava tão alegre, tão verdadeiramente satisfeita, que sentia o deleite chegando à ponta de cada fio de cabelo.

Lauren secou o copo de limonada.

— Então, quem vai na tequila das quatro da tarde? — sugeriu, olhando em volta, em busca de algum membro da tripulação.

Que alívio: apesar de estar casada, Lauren não tinha mudado nem um pouquinho.

※ ❀ ※

— Meu Deus, estou amando a minha segunda lua-de-mel. É *muuuito* melhor do que minha Lua-de-Mel Pós-Divórcio — suspirou Lauren.

Pôr-do-sol, e ambas estávamos deitadas na enorme rede, sendo balançadas gentilmente pelo leve vento do entardecer. Giles e Hunter aproveitavam a água calma do começo da noite para esquiar de wakeboard na baía. Uma hora, Hunter fez uma manobra radical e, sabe-se lá como, conseguiu me jogar um beijo enquanto pulava uma onda.

— Que exibido — comentei, secretamente orgulhosa.

— Sabe, Sylvie, o Hunter é o melhor marido do mundo... depois do meu, é claro. Você não devia se irritar com ele — avisou Lauren. — Ele sempre soube tudinho o que estava acontecendo, mas não deu nem um pio para não estragar as coisas pra ninguém. Sou uma amiga bem melhor pra você, agora que sou casada.

— Não entendi nada quando você se casou de repente e ele não pareceu ter ficado surpreso. Ele é mesmo um ator.

— Que tal um *mille-feuille*? Sabe, a gente tem um *chef* francês especializado em doces a bordo.

— Acho que, no momento, estou com calor demais para comer um doce — respondi, bebendo meu belo mojito. — Seu vestido de noiva estava divino.

Lauren fechou os olhos por um instante, como se estivesse se lembrando da alegria de usar aquele vestido.

— Uma pena que ninguém viu o vestido de perto — suspirou ela. — O Thack é um gênio. Ele me mandou uma mensagem de texto. Fizeram zilhões de encomendas por causa daquela foto no *Post*.

— E escuta essa: a Nina Chlore quer usar uma versão azul do seu vestido no Oscar. Você não se importaria, não é? — perguntei.

— Fico lisonjeada por um ícone da moda como a Nina se inspirar numa pessoa maltrapilha como eu — ela respondeu, irônica. — Que tal a gente ir para a proa e ver se encontramos uns golfinhos?

Em seguida, Lauren se lançou para fora da rede, e eu a segui. Andamos até a proa, onde ficamos inclinadas sobre a beirada do barco, contemplando a profundeza azul, em silêncio. De repente, Lauren apontou para uma sombra cinza se mexendo na água, à sua esquerda.

— Olha — sussurrou Lauren. — É uma tartaruga. *Adoro* tartarugas. São tão feias e fofinhas. Você acha que vou estragar esse maiô Thomas Maier se der um salto da proa do barco?

Naquele exato instante, o focinho de um golfinho pulou com força para fora da água, em busca de ar. Tão subitamente quanto apareceu, ele sumiu ao longe.

— Ah, foi embora — disse Lauren. — Te contei da Salome?

— O quê? — perguntei, me empoleirando na beirada do barco e olhando para Lauren.

— Ela vai se casar.

— Não brinca! Com quem?

— Angus McConnell, o escocês. Parece que ele *é* um príncipe de verdade. Ele é, tipo, um dos Macbeth ou alguma coisa do gênero. Aquela coisa toda de nome de mentira era uma mentira mesmo. A família dela *super* fala com ele. O pai dela falou que ela certamente poderia se casar com um infiel se ele fosse da realeza. De agora em diante, ela será a "princesa Angus".

— Não?!!!?

— *Sérinho*. E a Tinsley fugiu com o cara do FreshDirect *enquanto* estava noiva do porteiro, que ficou arrasado. O entregador buscou a Tinsley no prédio dela com uma limusine branca que ia daqui até a semana que vem. A Tinsley ama tanto o cara que está fingindo não estar constrangida. Ah! Outro golfinho, olha só! — exclamou Lauren, estendendo o pescoço.

— Você ouviu dizer que a Marci está pensando em voltar com o Christopher? — perguntei.

— Sério? — indagou Lauren.

De repente, ela pareceu pensativa, e ficou olhando o mar por um momento. Depois olhou de novo para mim e disse:

— Espero que ela volte. Independente do que as pessoas dizem, estar casada é milhões de vezes mais sexy do que ser divorciada. Rola a intimidade. Agora que eu sei o que estava perdendo, tenho a sensação de que todas aquelas festas, aquelas viagens, todos aqueles... orgasmos. — Nesse instante, Lauren não conseguiu conter a gargalhada. — Como eu estava falando, todos aqueles orgasmos, no final das contas, não foram tão incríveis assim, nem os múltiplos. Não há nada melhor, sabe, do que ser uma *ex*-Divorciada Debutante. Mas é claro que estou um pouco decepcionada comigo mesma.

— Por quê? — perguntei.

Lauren ficou manuseando o anel que usava no dedo anular, deslizando-o para cima e para baixo antes de me dar uma resposta. Tinha um olhar travesso. Então, disse, sem expressar nenhuma emoção:

— Fui um fracasso *total* no Desafio Ficativo.

Olhei para ela com olhar inquisitivo.

— Como assim foi um fracasso?

— Eu não estava planejando arrumar um marido... — explicou ela. — E ficar loucamente apaixonada por ele.

— Não chamaria isso exatamente de fracasso — declarei.

— E eu *continuo* sendo incapaz de consertar o surround — insistiu Lauren, teimosa. — É tão inconveniente.

Lauren estava completa e profundamente, loucamente — chame como quiser — apaixonada pelo marido. Era chocante. Nunca pensei que diria isso, mas é a verdade. As mulheres divorciadas de Nova York, hoje em dia, fazem quase tanto esforço para arrumar marido quanto um dia fizeram para se livrarem deles.

Fim

Agradecimentos

Eu não poderia ter escrito *Divorciada Debutante* sem ter sido inspirada por algumas garotas nova-iorquinas incrivelmente glamourosas, maravilhosamente espirituosas e um bocado extraordinárias. Agradeço a todas essas fantásticas DDs da vida real que me cochicharam seus segredos e cooperaram comigo com tanto bom humor. A todas vocês — e vocês sabem quem são — seu anonimato permanece intacto e minha gratidão é sincera.

Gostaria também de agradecer a meu editor em Nova York, Jonathan Burnham, pela revisão linha a linha, sem a qual este livro talvez não fosse tão legível. À Juliet Annan, da Penguin U.K., muito obrigada. Para meu agente, Eric Simonoff, da Janklow Nesbit, com quem tenho uma dívida por seu maravilhoso agenciamento. Também agradeço a Luke Janklow pelo apoio. Na Miramax Books, Harvey Weinstein, Rob Weisbach, Kristin Powers e Judy Hottensen formam uma ótima equipe para se trabalhar. Sandi Mendelson foi uma agente publicitária fantástica.

Pela incrível ajuda no quesito inspiração e detalhes para este livro — das obras de arte expostas nas paredes de Lauren às joias que ela usava na cama — eu gostaria de agradecer às seguintes pessoas: Bob Cohen,

Pamela Gross, Susan Campos, Miles Redd, Daniel Romauldez, Dr. Genevieve Davies, Blaire Voltz-Clarke, Jeoffrey Munn da Wartski, a equipe de A La Vielle Russie, Gulia Costantini, Samantha Gregory, Antony Todd, Tinsley Mercer-Mortimer, Beth Blake, Kara Baker, Miranda Brooks, Milly de Cabrol, Holly Peterson, Cleopatra, NG, Muffy Potter Aston, Vicky Ward, Charlotte Sprintus e Samantha Cameron.

Também quero agradecer à Anna Wintour pelo apoio ao meu trabalho, tanto dentro quanto fora da *Vogue*, à enorme família Sykes pela lealdade e respaldo, Carly Fraser pela incrível checagem de fatos, Anna-Louise Clegg pela ajuda na hora de organizar minhas revisões, e Emily Berkeley, da Louis Vuitton, por achar as belas malas de couro Epi que enfeitam a capa da edição original.

Mais que tudo, agradeço ao meu marido, Toby Rowland, por ler *Divorciada Debutante* várias e várias vezes, e por me levar a lugares extraordinários que me servem de inspiração.

Impresso no Brasil pelo
Sistema Cameron da Divisão Gráfica da
DISTRIBUIDORA RECORD DE SERVIÇOS DE IMPRENSA S.A.
Rua Argentina 171 – Rio de Janeiro, RJ – 20921-380 – Tel.: 2585-2000